迷失在白垩纪

⑩

—— 林中之马的魔王 著 ——

浙江文艺出版社
Zhejiang Literature & Art Publishing House

图书在版编目(CIP)数据

迷失在白垩纪.⑩/林中之马的魔王著.—杭州：浙江文艺出版社，2023.3

ISBN 978-7-5339-5970-8

Ⅰ.①迷… Ⅱ.①林… Ⅲ.①长篇小说—中国—当代 Ⅳ.①I247.5

中国版本图书馆CIP数据核字(2019)第294100号

图书策划 柳明晔
责任编辑 张　可
营销编辑 宋佳音
装帧设计 仙境 WONDERLAND Book design
版式设计 吕翡翠
责任印制 张丽敏

迷失在白垩纪.⑩

林中之马的魔王 著

出版发行 浙江文艺出版社
地　　址 杭州市体育场路347号
邮　　编 310006
电　　话 0571-85176953(总编办)
0571-85152727(市场部)
制　　版 浙江新华图文制作有限公司
印　　刷 杭州印校印务有限公司
开　　本 710毫米×1000毫米　1/16
字　　数 267千字
印　　张 16
插　　页 1
版　　次 2023年3月第1版
印　　次 2023年3月第1次印刷
书　　号 ISBN 978-7-5339-5970-8
定　　价 49.00元

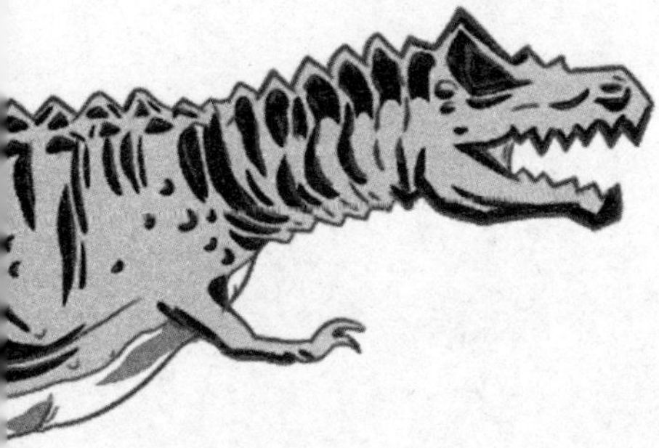

第1章 报 纸

第一个案子则带来了更多的影响。

首先是让联盟颁布了妇女儿童保护条例，但并非是成文的规则，而是在原有的基本条文上增加了这样的条款：任何针对妇女、十四岁以下儿童所犯的罪行，罪加一等且按照上限执行；针对妇女及十四岁以下儿童的凌虐事件，按照故意伤害罪，从严处理，如果存在婚姻关系或者是家庭关系，在征求受害人意见之后，可以解除婚姻关系或是剥夺抚养权，解除赡养义务；十岁以下儿童犯罪，由其监护人承担法律责任，十岁至十四岁儿童犯罪，由其本人及监护人同时承担同等法律责任。

这样的条款显然和以前那个世界的相关条款差异巨大，但在白垩纪这个世界，人们势必更加早熟，更早进入社会履行责任。

第二条新的法律则是联盟的婚姻条例，同样是新增了基本的原则性条款，规定了联盟对婚姻实行登记制度，保护婚姻的合法性和严肃性，保护双方对于婚姻的自主权和婚后的相关权利，保护夫妻对共有财产的合法处置权，保护对儿童和老人的抚养、赡养义务及对于财产的继承权，以及离婚的相关规定。

大部分条款都和以前的《婚姻法》相同，但值得一提的是，联盟明确了“通奸”这样一个罪名，感情和婚姻关系破裂且无法弥合的家庭，可以由任何一方提出离婚，诉诸法庭，分割财产及儿女的抚养权等其他权利。但在婚姻关系未解除时与他人保持不正当关系，当事人将受到法律的严肃处理，不但在离婚分割财产等方面不利，还会被判处一定期限的劳役刑罚。

这也是针对联盟的现状不得已采取的做法，否则真的没有办法避免杜志强和普云翔这样的悲剧继续发生。虽然有了这样的条文也不可能杜绝类似的事情发生，但至少可以让人们对于自己的行为更加自律一些，受害者也有途径争取自己的正当权益，惩处犯错者，避免一时冲动下再次出现这样的极端情况。

人们当然是众说纷纭，有人赞同有人不赞同，但总体来说，对于联盟在这两个案子当中的表现和结果，大家都还算是满意。

作为联盟主席，张晓舟和李雨欢难得地享受了一次特权，成为了联盟〇〇一号结婚证的持有者。

“恭喜你们！又结一次婚！”高辉笑嘻嘻地说道。

“别乱说话！”李雨欢随手拿起一个垫子向他扔了过去。

“倒是你，什么时候登记啊？”张晓舟摇摇头说道。

“我……”高辉的脸一下子苦了起来，“我错了，咱们聊点别的吧！比如……你觉得邱岳又想搞什么鬼？”

“谁知道呢？”张晓舟的心情微微有些沉重了起来。

邱岳在陶永波被宣判之后的第三天递交了辞职报告，这既让张晓舟松了一口气，又让他有些不安起来。

邱岳在这个位置上，虽然什么作用都没有，但联盟每天至少能看见他，知道他在做什么。而他辞职之后，理论上来说，只要他不杀人放火，不触犯联盟的规章制度，他想干什么都行。甚至于，他如果想离开联盟到地质学院或者是何家营去，那也是他的自由。

张晓舟很清楚他这个人的能力，让他离开自己的视线，也许并不是什么好事情。

但他没有理由阻止邱岳辞职，某种意义上来说，这也是他们期望的结果。

夏末禅突然冲了进来。

“怎么了？”张晓舟马上站了起来。他最怕看到有人这样走进房间，因为这往往意味着，又有不好的事情发生了。

“邱岳……邱岳他办了一份报纸！”夏末禅缓了一口气后说道，同时把手中的那张纸递了过来。

报纸?!

与其说是报纸,不如说是地下手抄本,因为它是由四张装订在一起的A4纸组成的,和联盟现在大多数文件一样,上面密密麻麻地用手抄了许多文字在上面。

“是从地质学院那边传过来的!”夏末禅说道。

“《远山周刊》?”张晓舟念道。

如同邱岳之前在宣教部所做的事情一样,这份周刊以人们喜闻乐见的小故事、段子、笑话和对生活有帮助的知识为主,也有一些针对联盟时事的评论文章,第一篇就是《远山第一谋杀案始末》这样惊悚而又吸引眼球的文章,张晓舟马上一目十行地看下来,里面没有明目张胆地攻击联盟,但明显就像他之前的风格那样夹带着许多私货。

这样的文章风格,毫无疑问是邱岳的手笔。

“岂有此理! 谁批准他搞这个的?”得到消息匆匆赶来的老常说道。

“没有人批准,但我们也没有规定说不行。”梁宇摇摇头说道。

“我们应该尽快取缔它!”

“以什么理由? 他并没有直接污蔑或者是攻击联盟,而且他的发行地点还是在地质学院……”

“那就这样眼睁睁地看着他兴风作浪?”高辉问道。

很显然,这份《远山周刊》将对宣教部的工作造成严重的冲击,动摇它的地位。

张晓舟却一直在看着周刊的第二篇文章《过渡阶段何时结束?》。

里面讲述了城北联盟成立的一些细节,指出了当时的种种弊端,并且在文章最后提出了一个问题:城北联盟成立时可以说是一盘散沙,没有纲领性的文件,对很多责权利的问题都没有明确,存在很大的隐患。

“我们可以理解城北联盟成立时的仓促和局限,那个时候,康华医院依然存在,并且是城北严重的不稳定因素,人们甚至不知道所谓的城北联盟能不能建立并存续得下去。在那个时候,采取果断措施先把联盟成立起来,这无疑是值得肯定的神来之笔。但在几个月之后的今天,这样混乱不堪的组织架构显然已经不符合当前联盟的发展状况,也不利于联盟的未来发展。笔者不知道城北联盟的领导人是怎么想的,是乐于继续维持这种混乱状况，以保证自己的利益，还是在联盟已经趋于稳定，完全具备整改条件的当下，顺应民心，把这些历史遗留问题理清理顺，完成联盟的真正构建，为联盟的未来建立一个良好的基础。让我们拭目以待！”

他忍不住笑了起来。

很显然，这篇文章与其说是写给大家看的，不如说是专门写给他看的。

“他们从这里面不会有任何收入。”梁宇说道，“没有印刷手段，也没有长期稳定的纸张来源，发行量不会很大，如果没有人支持，很难维系下去。”

“需要怎么维系？”老常说道，“只要有纸有笔他就能搞，根本就没有什么成本！”

“那就更不可能禁止了。你可以禁止它在台面上流通，但人们私下传阅你怎么控制？你怎么证明是他弄出来的？你越是查禁，大家反而越是想看它写了什么。难道你还能把他抓起来？”

“别争了。”张晓舟把它放下，摇摇头说道，“只要他不散布谣言，不污蔑诋毁联盟的政策，那我们就没有理由，也没有必要取缔它。找他来谈谈，看看他到底想干什么吧。”

“张主席。”邱岳微笑着走进张晓舟的办公室，然后坐在了对面的位置上。

“这篇稿子，你是写给我看的吧？”张晓舟问道。

邱岳笑了笑，没有回答。

“你究竟想要什么？”

“如果我告诉你，我只不过是想要联盟发展得更好，你相信吗？”邱岳答道。

张晓舟久久地看着他，于是邱岳再一次笑了起来：“既然我的答案你不会相信，那这样的问题又有什么意义呢？”

“我可以随时取缔你所谓的报纸。”张晓舟说道。

“它根本就没有建立过，何谈取缔？”邱岳微笑着说道，“你作为联盟主席，随时都可以把我抓起来，给我安个罪名让我去矿山挖一辈子的矿，甚至可以合理合法地安排我出意外死掉，但你不会这样做。”

“你怎么知道？”

“因为如果你这样做，那你就亲手毁掉了自己想要建立的东西。”邱岳说道，“虽然没有进你那个理论研究小组，但张主席，我想没有人比我更明白你努力地想要建立一个什么样的联盟。消灭了我，并不能让你的梦想实现，相反，却会让你的梦想蒙上一层永远也洗不去的污垢，你不会这样做的。更何况，你怎么保证消灭了我之后不会有另外一个人站出来反对你？消灭了我，并不等于就永远不会有人反对你了。用这样的手段消灭敌人又快又简单，是会上瘾的，如果你这样做了一次，那你就会一直继续这样做下去，然后飞快地蜕变成一个暴君和独裁者。那是你想要的结果吗？”

张晓舟没有回答。

“给我必要的资源。”邱岳说道，“我的要求不高，只要够一个小小的报社最基本的开销就可以了，我甚至可以自己想办法找人免费撰稿，但纸和笔是个大开销，尤其是纸，我承担不起。”

“为什么我要这么做？”

“因为你希望的世界一定会有媒体监督。”邱岳说道，“我知道你们研究过什么样的模式最适合我们当前的情况，那你就一定会明白，媒体监督是社会监督必不可少的一个部分。你现在也许可以保证手下的人不出问题，五年、十年以后呢？谁来监督他们？谁来保证他们不犯错？纪律监察部门当然是其中一个很重要的手段，但你怎么保证纪律监察部门不出问题？再建立一个新的部门来监督他们？”

“哦，对不起，我忘了你还有执委。”他很快就笑着摇了摇头，“但谁来监督执委？群众？你应该知道，群众没有多余时间和精力来做这些事情，联盟也不可能三天两头就罢免和更换执委。等到换届的时候，谁还记得他们做过什么事，犯过什么错？谁来监督他们按照自己的承诺行动？你一定需要一个立场、角度和联盟完全不同的机构来监督联盟和这些执委，让他们有紧迫感和危机感，知道不能混日子，不能贪污腐败，不能铺张浪费。除了媒体，还有什么更简单、更便捷的办法？如果有一天你离开联盟主席这个位置，你怎么保证自己的声音一定能够发出来？有一家独立于联盟之外的媒体，难道不是好事？”

“媒体监督联盟，那谁来监督媒体？谁来保证媒体的报道就是真实的？谁来保证媒体人不会成为变相的新特权阶级？不会以此牟利？”张晓舟说道。

“法律。”邱岳答道，“当然是法律！如果我诽谤、造谣、恶意中伤，那法律自然可以制裁我，有什么问题？不单单联盟，任何觉得被中伤的人都可以控告我们的报纸报道失实，要求澄清事实挽回损失。我又不向你要求豁免权。我很清楚，你甚至不希望自己有任何特权，那记者和媒体肯定也不会有任何特权。大家都依照规矩办事，谁也不用担心谁暗算谁。”

“媒体之间也可以相互监督，未来我们必定有更多的人口，更多的精神需求，当然也会有更多的报社。难道你要一直让大家看宣教部弄出来的那些死板得要命的东西？既然总要有一个开始，为什么不能是我？”他看着张晓舟说道，“任何组织都需要竞争才能继续向前发展，你看看现在的宣教部，已经是一潭死水，难道你就指望着他们能够承担起宣传教育大众的使命？”

他再一次笑了起来：“如果你有更好的选择，那由你自己的人来做这个事情当然是最好的，但他们就连掌握了足够资源的现成的宣教部都搞不好，你又怎么能指望他们做更多的事情？你应该明白，我不会傻到去公开挑战你和联盟的权威，让我这样一个小心谨慎而又懂道理的人来做这个事情，难道不好？”

张晓舟看着他，沉默不语。

他很清楚，邱岳的真实目的肯定不仅仅是他说出来的这些。

而邱岳则默默地等待着他的回答。

“我可以允许你开办一份报纸。”最终他对邱岳说道。

“多谢！”

“我可以给你提供办公场地，给你提供纸和笔，给你提供不超过三个人的编制，甚至给予你采访权。”张晓舟说道，“但你发出的每一期报纸，都要先拿到执委会上审核，你报社的日常工作也必须接受执委会和联盟宣教部的监督。你不能再私下搞任何地下刊物，否则就算违法。”

“那抨击他们的文章还能发得出来吗？这样的话我办这份报纸还有什么意义？”邱岳反对道，“而且，让宣教部来监督我？”

“我也是执委会的一员。”张晓舟说道，“只要你不是故意造谣生事，那你的文章就一定能发得出来。宣教部不会干扰你的正常工作，也不会干涉你报纸的内容，只会做一个旁观者。”

“如果若干年后你不再担任主席，甚至是不担任执委了呢？”邱岳问道，“你应该明白，你现在所做出的任何决定都有可能变成一种传统，并且长久地执行下去，你必须考虑到你离开之后它会变成什么样子。如果报纸接受某个人,或者是某几个人的审核,那这几个人就掌握了报纸的风向和命脉,你所担心的特权就会转移到他们身上,甚至成为权力交易的筹码。”

“这样的监督权存在有什么意义?只会人为地制造特权。”他对张晓舟说道,“裁决庭可以依法对做出不实报道的报社和记者进行诉讼,这难道还不算是一种对媒体的强有力的监督?这种监督摆在台面上,所有人都看得见,难道不比几个人私下的决定和判断要好?”

“我不会容许你不受监督地做这个事情。”张晓舟说道,“这是底线。你想要办报纸,就一定要接受监督。如果不是执委会,那就是联盟的某个部门,你自己选吧。”

“那好吧。”邱岳说道,“那就由执委会来审核报纸的内容好了。但我希望这能够有一个期限,在未来的某个时候,这样的规定就自动解除。”

“那就十年好了。”张晓舟说道,“我们设置一个十年的审查过渡期,十年之后,我们再来讨论要不要继续执行这个审查制度。”

十年以后,邱岳应该早就已经失去了做事的能力和心思,而他也应该可以安心放手给别的人了。

当然,那个时候也许会有另外一个人跳出来继续做这样的事情,但张晓舟相信,那时候联盟应该已经变得更强大,更稳定,也更能承受这样的风险了。

“十年?”邱岳笑着摇了摇头,“好吧,十年。”

“成功了!成功了!”

欢呼的声音从营地后面的那个棚子那边传了过来,王永军从矿区办公室走出来,看着正在往这边跑来的人们。

“搞了这么久才成功,有什么值得高兴的?”他抓着头说道。

“不管怎么说,总归是一个成功。”王哲说道,“就让他们庆祝吧。”

王永军的话酸溜溜的,其实更多的是因为做这个事情的人是来自地质学院的老师而不是城北联盟的成员。对于一贯在各方面都领先地质学院的人们来说,这样的事情的确有点让他们不习惯。

但未来这必定是一个趋势,即使仅仅是从技术储备的角度来说,地质学院所拥有的知识、设备和科学实验的方法就不是他们能够比拟的。

“往好处想的话，也许以后我们就能自己做陶器，自己做铁器，自己烧水泥了。”王哲说道。

他们其实都一直在关注地质学院的老师们在做什么，而今天成功的，其实只是烧炭的实验。

教科书上对于怎么烧炭只有几句话：把树木截成段，在炭窑中点燃，烧到一定程度，封闭炭窑，阻止空气进入，余热继续加热木材干馏，水分和木焦油被馏出，木材碳化成为木炭。

但如何理解，如何实际操作，其实并不简单。

这里的绝大多数人都没有烧过炭，甚至不知道烧炭的窑应该怎么弄，是竖的还是横的？烟怎么排？料从什么地方进？一次能够放多少木头，要烧多久，在什么时候密封，密封之后要等多久？

毕竟他们要研究的不仅仅是怎么成功一次，而是要搞清楚怎样才能大批量源源不断地生产出更多的木炭，确定工艺流程并进行推广。教科书上那样简简单单的几句话，却需要人们一次次地去实验、改进、摸索。

直接烧木头一方面是烟大、熏人，但更主要的是，热值太低，很多事情都做不了，而有了木炭之后，他们就有可能继续往后面推动技术的发展了。

当然，每踏出一步都会经历更多次的尝试和失败，但只有这样，他们才能一步步从对之前那个世界的依赖中走出来，真正具备在这个世界生存的能力。

“下一次送盐回去的时候把这个消息也带回去吧。”王永军说道，“张晓舟他们几个应该会高兴了。”

说实话，之前他一直对张晓舟同意地质学院在盐矿占有四成的比例感到有些不理解，在他看来，整个盐矿从发现到建设再到生产，联盟付出了那么多的努力，甚至可以说，冒了那么多的风险，牺牲了那么多人。什么都是城北联盟做的，地质学院仅仅是因为懂一点技术，就直接来摘桃子？

这样的话很多人都在私下里说，尤其是在盐矿取水的设备还没有做好的时候，人们看着地质学院的那些学生怕苦怕累，甚至连太阳底下都不太愿意待，这样的牢骚就更多了。

好在王永军自己心里虽然也不满，但却一直在打压这种不满情绪，然后让王哲去做大家的思想工作，终于没有让在新洲团队身上发生过的事情在盐矿这边再现。

而随着地质学院的人开始钻探到黏土层，开始用黏土试着烧瓦、烧陶器，然后开始试着烧炭，人们心里的不满终于慢慢地消失了。

还好当初大家已经有了一个良好的合作基础，不然的话，现在他们搞出来的这些东西，联盟又有什么理由分享呢？

虽然张晓舟当初未必真的有这样的想法，但在王永军看来，这就是最好的解释了。

“那个窑要是简单的话，可以直接在山上建，这样的话，直接运炭下来，又好用重量又轻，矿区这边也不用一直闻那些怪味了。”王哲说道。

王永军点点头：“今天晚上加餐吧？告诉大家，让大家都高兴一下！”

“好！”王哲点点头说道。

王永军看了看远处的围墙那边，严烨带特战队出去检查陷阱还没有回来，不知道今天会不会有什么收获。

为了防止意外，威胁到盐矿的安全，他们并没有把兽夹放在河谷里，而是放在了那片沼泽当中，牢牢地用铁链和绳索绑在巨大的树木上，然后每天中午最热的时候去检查收获。

那个时候，几乎不会有大型恐龙在活动。

按照张晓舟告诉他们的理论，恐龙不像哺乳动物那样有更加完善的体温调控手段，这些大型温血动物的体表面积比小型的动物更小，散热能力比较差，因此它们在天热的时候很少出来活动，往往躲在水里和树荫底下，一动不动防止体温过高，在天黑后才开始活跃。而那些秀颌龙、吼龙甚至是羽龙之类的中小型恐龙都没有这样的问题，所以它们往往一天到晚都在活动。

但这个时段却是蛇类、鳄类这样的冷血动物的活跃期，在白垩纪，真是一刻也不能放松警惕。

这样的狩猎方式全凭运气，有时候，他们去的时候那些动物还没有死，只是受伤了，还在挣扎，他们便在远处用弩将其杀死，然后分割后带回来。但有时，它们已经死去，并且被不知道是什么的动物吃过，这种时候他们只能把那些被咬过的地方割掉，把血排干，然后把剩下的肉带回来。

而最糟糕的情况就是，夹子夹中了某个体形巨大的家伙，但它硬生生地扯断绳索和铁链带着夹子跑掉了，这种情况下，他们只能尝试着对脚印进行追踪，看有没有机会杀掉被夹子夹伤的倒霉蛋。

这样的情况下，追踪往往不难，难的是如何保证队员们的安全。王永军和严烨做了一个死规定，凡是离开河谷口半小时的路程之后还没有找到那条受伤的恐龙，就放弃追踪回来。超过那个距离，未知的危险太多，而且他们也没有能力再把那些肉带回来了。

不过这样的情况很少出现。

来盐矿喝盐水的大多数都是鸭嘴龙，这些恐龙看上去体形巨大，其实却是一群承受能力很弱的动物，很少能够忍受被夹子死死咬住的剧痛而硬把绳索和铁链扯断，往往在人们检查陷阱前就已经死了。

角龙则比较有韧劲，它们往往能坚持很长时间不死，在人们到来的时候还试图反抗，需要花费大量的时间放箭把它们杀掉，它们的皮也很厚，骨头太多，切割起来难度超大。

甲龙类的恐龙则是他们最不喜欢看到的猎物，而它们也往往是把夹子带走的元凶。

要去看看他们的情况吗？王永军忍不住想着。

但灼热的太阳却打消了他的念头。今天还没有下过雨，真的是太热了。

“让他们放水！”李乡对身边的学生说道。

他点点头，挥动起手中的信号旗，几分钟后，他们头上的那根水管里开始有声音发了出来，管子下方的排气阀发出尖锐的声音，让他们心惊胆战，但随后，这样的声音渐渐停住，排气阀也落了下来。

一名学生小心翼翼地打开阀门，水流很快就喷了出来，那小小的转轮开始快速转动起来，并且带动了皮带，把设在另外一侧的从柴油发电机上拆下来的发电机的转子带得转动了起来。

这样的成功让大家都兴奋不已。

“起励!”李乡说道,“小心一点儿!”

一名双手戴着橡胶绝缘手套的学生小心翼翼地把线夹夹在了蓄电池的触头上,电火花飞溅起来,发电机在他们临时安装的基座上震动了一下,随即稳定下来,几乎是与此同时,之前就已经接在发电机输出一侧的电压表也工作起来,显示出了此刻的输出电压,七十二伏。

接在另外一侧不远处作为负载的小电炉开始慢慢地发红。

“成功了!”人们兴奋地叫了起来。

李乡也满意地点点头。

电压比额定输出小得多,这也许是因为转轮的设计有问题,转速不够快,或者是因为用皮带带动转子导致了转速的损失,但他们没有可以用来测量转速的装置,没有办法知道转动频率究竟还差多少。

但不管怎么说,能发出电,对于他们来说已经是巨大的成功了。

这个简易的发电装置也许在以前的人们看起来会觉得太过于粗陋,但对于并没有电学专业的地质学院来说,能够凭借一些对柴油发电机结构和对于水力发电原理的认识,从无到有地通过身边各种各样的物品拼凑出这样一套机器,已经值得他们骄傲了。

事实上,他们很早以前就想过要做这样的事情,没有电,没有电灯,更没有电脑的日子对于学生们来说简直就是一种煎熬,在李竹当权的时候,将整个学校范围内的雨水和地下水通过修整下水道集中起来,提出利用地质学院和周边地形的落差发电的构想,并且列入了地质学院的重点科研攻关项目。

但因为他的死,学校的氛围彻底改变,这个构想也就一直停留在了纸面上,只有少数人还在一直做着纸面上的研究。

从技术上来说,这个想法的可行性其实非常大。

之前那个世界,一些农村利用几米高的水头和农用灌溉水渠的流量发电供一家或者是几家人用,这样的情况在一些降雨量丰富的地方并不少见。发电量也许只有一两个千瓦,甚至更小,但技术难度低,也不需要怎么维护,直接输出二百三十伏左右的电压,可以满足基本的生活需求。

整个地质学院的占地大概接近五平方公里,作为一条河流的流域面积来说当然太小了，但他们所在的这个区域降雨相当频繁，如果能够把整个区域内的降水集中起来用于发电，也许带不动很大的机组，但一两百千瓦应该是没有任何问题的。那样的话，重点部门的照明、计算机房的用电和蓄电池充电的问题就都解决了。

多余的电量也许不可能分配到每个人的头上，但至少，组建一个小型的局域网共享一下资源，甚至是看看电影，搞个什么游戏比赛之类的丰富一下业余生活应该都不是问题。

遗憾的是，这样的微型发电机他们并没有，而和城北联盟达成合作关系之后，找遍了整个城北也没有找到这样的东西。

张晓舟他们后来甚至通过瓦庄何家的关系让他们去五金机电市场寻找了一下，也许因为远山周边并不属于缺电的地区，农业用电的价格也不算高，这样的微型发电机没有什么市场需求，整个五金机电市场里都没有找到一台这样的发电机。

他们只能另想办法。

这得益于外来派在学校掌权后，学校的实际组织能力和科研动手能力都得到了极大的提高，如果还是施远等人掌权，这样的工作也许永远不可能搞起来。

仅仅是改造地下排水系统就花费了他们太多的时间，这个工作到现在也没有完成，但万泽等人急于在这个问题上获得突破性的成果，以此来树立新一届管委会的声誉，几番波折之后，他们最终像在盐矿所做的那样，在悬崖边上不远的位置挖了一个大蓄水池，以此来先进行试验。

但第一次试验却差一点就酿成事故，他们忽视了第一次注水时管内空气的问题，水管前面也没有设置阀门，结果从管子中喷涌而出的压缩空气和水流直接把他们好不容易才做成的水轮机冲得飞了出去，如果不是管子面前正好没有人，说不定就要出现伤亡事故了！

这让他们不得不首先处理引水管道的安全使用问题，并且再一次调整了设计。但发电机毕竟是现成的，他们所做的只是给它装上一个持续的动力系统，于是在四天后的今天，他们终于第一次获得了成功！

李乡似乎已经看到地质学院夜晚灯火通明的景象，甚至已经看到了学生们在大礼堂观看电影的景象，这对于提升学生们的士气，提升管委会声誉，尤其是提升外来派委员们的声望，绝对会是一个极大的利好消息，他们现在所要做的，只是考虑如何继续完善这套系统，然后用学校里原有的供电线路和设备，把电力从悬崖下输送到校区内。

电力以这样的电压输送肯定会有不小的损耗，但好在整个校区的范围并不大，他们只要能够把发电机的输出电压提高到二百六十伏左右，末端电压应该就能保证在二百二十伏。

“把阀门开大一点看看。”他对那个负责操作阀门的学生说道。

皮带的运动速度在明显加快，电压也开始一点点地上升，但就在输出电压即将攀升到一百二十伏的时候，引水钢管突然又开始发出异响，几秒钟后，水流彻底消失了。

“怎么回事？”人们诧异地说道。

“水池的水用完了。”李乡无奈地说道。

悬崖上方的人们挥动着信号旗，告诉了他们这个消息。

毕竟只是挖了一个不大的用于试验的水池，能够坚持几分钟，这已经是它的极限了。

下一步必须把池子扩大！至少要能够满足一两个小时发电的需求吧？李乡这样想道。

“收拾东西，我们先上去！”他对身边的学生们说道。

李乡回到地面，却看到万泽正在和邱岳说着什么。

看到他过来，万泽把一张写满了字的A4纸递给他：“这是邱大总编给咱们写的宣传材料，你看看，还有没有什么要添加的内容？”

李乡微微有些腹诽，邱岳根本就没有到悬崖下面去看过哪怕一次他们的实地操作，这就把宣传材料写出来了？

但他没有说话，而是笑着点点头，低头仔细地看了起来。

“要说还是你有魄力啊！”万泽对邱岳感叹了一句，“之前我听说你从副秘书长的位置上下来，还以为你消沉了，准备来劝劝你，没想到你这是以退为进啊！”

邱岳笑了笑，和他虚与委蛇了几句。

在副秘书长的位置上能够得到的好处他都已经拿够了，借着这个有名无实的职位，他和所有的执委都搭上了线，也在大多数人面前露了脸，留下了一个印象，尤其是在地质学院这一方，很多人不像城北的人们那样知道发生了什么事，借着这个副秘书长的名头，他算是成功地和他们结识了，并有了交情。

但这个位置能够带给他的好处也就仅此而已了。

只要他还在这个位置上，张晓舟和老常就不会让他有机会做任何实事，不会再给他任何表现的机会，即便是老常突然出什么事情死了，只要张晓舟还在位，那他就依然只会是副秘书长，没有任何挪正的机会。

那他在这个位置上还有什么意义呢？难道就为了那么点薪水，把自己给别人留下的好印象渐渐消磨掉，让所有人都觉得他是一个没有前途、尸位素餐的人？那样的话，他之前曾经做出的那些成绩也将慢慢被遗忘，人们终将不知道他是什么人，不知道他能做什么，他最终将真的在这个位置上慢慢腐烂。

在被挂在副秘书长这个位置的这段时间里，他一直在反思自己，观察别人。

不管是张晓舟、钱伟、老常，还是严烨、万泽、何春成、何春华，这些现在被人们认识、被人们追随的人，他们都有一个最基本的特征，那就是他们都在身体力行地做事，而不是躲在幕后。

人们能够看到他们做了什么，也清楚地知道他们做了什么。

不管是好还是坏，不管是对还是错，在这个白垩纪的世界，只有站出来做事的人才有可能成功。

像从前那个世界一样，在幕后策划、运作，发展自己的影响力，这样的做法在这个世界行不通。尤其是在联盟未来的权力版图中，必定只有那些站在台前的人才有可能获得成功，一个谋士，永远不可能真正踏上舞台。

但他还不能确认这一点，于是他鼓励陶永波等人借着之前的案子尝试着站出来。

虽然功败垂成，但如果不是那个孩子在最后一刻倒戈，随着这个案子一锤定音，陶永波必然能够成为在人们心中留下深刻印象的人物。

如果这样的印象继续一次次加深下去，人们认为他敢于替民众仗义执言，敢于为了大众的利益而与联盟政府抗争，那在未来某次执委换届的时候，他将很有希望挤掉某个执委，成功地进入执委会。

当然，他最终失败了，可他已经证明了这条路是正确的。

事实上，即便是在以前那个世界，在很多国家和地区，律师，尤其是拥有一定声望的律师，转行从政的并不少见，其中大获成功的也并不罕见。

这让邱岳确定了自己的方向。

他当然不可能站出来去做一名律师，但在之前那个世界，还有几种人很容易获得大众的认可而成为民意代表，教授、高级知识分子、知名作家、敢于揭露真相的知名记者，这些路都可以走，而他最终选择了他最擅长的办法。

可笑张晓舟一心以为他想要利用《远山周刊》这个平台来搞点什么阴谋诡计，但事实上，他根本不需要在暗地里做什么。以前在宣教部的时候，他写出的文章都代表联盟，人们只会知道这是联盟的宣传材料、宣传手段，不会知道他是谁，也不会记住他的名字，而现在，他所写出的每一篇社论，每一篇报道，每一篇具有鼓动性、引导人们思考的文章，都落上了他的名字。每一期《远山周刊》被人们传阅，他每一次出去采访，他的力量和影响力都在增加。

舆论的力量掌握在他手中，他根本就没有必要去歪曲事实，去搞那些见不得人的事情，人们将会通过这些文章认识他这个人，记住他的名字，并最终认同他的思想。

而到了那一步，他将改变以往的做法，走到台前，去演讲，去鼓动，并最终成为另外一种民意代表，在未来的远山权力版图中获取自己的一席之地。

这样的做法换在另外一个地方，另外一个人领导下，也许最终都将是徒劳无功，但在城北联盟，在张晓舟这样一个理想主义者的治下，他将合理合法地重新站起来，甚至有微小的机会将张晓舟取而代之。

“这个地方是不是有点夸张了？”李乡这时候说道。

万泽把那张纸接了过来：“你是说进度这一块？”

“我觉得一个月后就能让学校的夜晚重放光明，这不太可能。”李乡说道。

“怎么会？今天你们不是已经成功发出电了吗？”

“但电压很低，而且电流也不大，功率其实并不高，到时候能带几盏灯都还说不好。”李乡解释道，“从我们安置发电机的位置到学校的配电室，输电线路有将近一公里多，在这样的电压下，损耗应该会很大。而且，我们的水量也不足以……”

“我知道困难很大！但你应该明白，这篇报道很重要！”万泽说道，“你应该知道，联盟那边这段时间发展的势头很好，而我们几乎没有什么可以拿得出手的成果，再这样下去，学校士气就更低落，人心就更散了！我们又没说明天就能点亮整个学校，还有一个月的时间，难道还不能解决这些问题？李乡，你能看到问题是很好的，既然能看到问题，那应该就能找出解决的办法。我们又不要你发出多少电，带动多少机器，难道一个月之后点亮几个灯泡还有问题？你也是委员，应该从全局的高度去看这个问题。”

“就这样吧！”他最后说道，“邱大总编，这就拜托你了！你放心，只要报道出来，那些东西都不是问题！”

第2章

炎 阳

生产一队的营地内，人们在一天的辛苦劳动之后，正聚在食堂外面的水池边擦洗。

这几乎已经是每个人每天的习惯，不然的话，带着一天累积下来的灰尘、汗水和木屑，浑身上下都不舒服。

女人们对此也习以为常，不会有人因为看到某个大老爷们只穿一条内裤站在那里而大惊小怪。

但就在好几个人一起洗得正爽时，水流却突然停住了。

“哎！怎么没水了？”好几个人都叫了起来。

“是不是忘了打开储水箱的开关了？”一个刚刚擦洗完，正在旁边用毛巾掏耳朵的男子说道，“谁去水箱那儿看看？”

联盟几乎所有住人的房子都进行了改造，屋顶的大部分区域都用来种植玉米或者是番薯，而所有的积水和雨水却都通过管子引到楼下的水箱里集中起来，经过沉淀之后，上层较清的水通过一个由纱布、碎石、细沙和木炭粉做成的简易过滤器之后流到位置更低一些的第二个水箱里，然后在通过第二个过滤器后，流入第三个，也就是他们平日所用的水箱里。每个水箱下面都有一个开关，打开后就能把落在最下面含有杂质的水全部放掉，重新蓄水。

因为降雨很频繁，一幢楼房屋顶所收集的雨水经过处理后完全能够满足里面居民日常的需要，人们唯一要做的，就是定期检查管路的状况，更换过滤器里的材料。绝大多数时候，仅仅是清洗一下过滤器最上层的纱布就能继续使用下去。

人们大声地叫着这个星期负责检查管路和过滤器的人的名字，他有些惊讶地跑了出来。

“我昨天才检查过啊！”他有些委屈地说道。随即向水箱那边跑去，所有的开关都是开着的，他顺着架子一个个爬到水箱上去打开盖子检查，最后，他爬到最高的储水箱上稍稍地有些惊慌地叫道：“没水了！水都被用光了！”

没水了？

人们都诧异了起来。

这样的事情从这套系统建好之后还从来都没有发生过，这时候才有人想起来，从昨天到今天，似乎只下了一场雨，而之前的那几天，几乎也没有怎么下雨。

“天气真怪！”人们这样说道。

大部分人只能放弃擦洗的念头，或者是跑到附近认识的团队去要点水来用用，那些地方住的人没有这么多，水肯定多的是。

就连厨房做晚饭要的水都没有了，邓佳佳没有办法，只能请在旁边树下纳凉的几个男人帮忙到附近的团队去弄水。

“小严队长还不准备来接你到盐矿那边去啊？他不会是认识其他女孩子了吧？”人们一边从她手里接过用来盛水的容器一边取笑她道。

“去死吧，你们！”邓佳佳毫不示弱地大声说道。

这样的情况出现在联盟绝大多数的地方，但大多数房子都还有水用，只有几个生产队因为人员住得太集中而出现了这样的情况。

没有人多想什么。

但到了第二天，却依然只是在上午下了一阵小雨，雨水甚至只是把楼顶的那些土稍稍湿润了一点儿，一点儿也没有流到储水箱里。

人们只能继续到周围的团队去弄水。

干了一天活，身上如果不洗一下，晚上真的没法睡觉。

第三天，连一场小雨都没有下，人们终于有些慌张了，而联盟高层也终于意识到了这个问题。

这只是偶然出现的情况，还是这个地区特有的季节性气候？

他们没有办法知道答案。

“我们必须按照长期干旱的可能性来考虑。”张晓舟对人们说道。

联盟六千多人，那么多土地，正是出苗的时候，每天的用水量都是一个天文数字，如果不及时作出应对，等到现有的所有存水用光，那就麻烦了。

“必须马上让人们明白问题的严重性，开始节约用水。”梁宇说道，“必要的时候，应该恢复安澜大厦时每人每天只能用一盆水的规定。”

“我们的水分散在每幢有人居住的房子里，你怎么管？哪儿盯得过来？”老常摇了摇头，“再说了，还有地里要用的水，这个只能靠人们自觉，没法管。”

“节流是一方面，但现在，最重要的应该是寻找水源吧？”钱伟说道。

“水源应该不是问题。周围这片土地的地下水应该非常丰沛，只要挖井就行了。”高辉说道，“也许只要挖下去几米就会有水出来了，唯一的问题只是怎么把水运上来。”

“盐矿用的那种水车应该可以用吧？”梁宇问道，“我记得盐矿那边的水车可以把水提到两米五高的地方？”

“用那个提水当然可以，但高度太高的话，以人力就很难带动了。”吴建伟说道，“远山这边即使是选在东木城，地面到下面的高差也有六米多，如果考虑到挖井的深度，那就有可能会有八米或者十米，甚至更深，那么高的话，做是做得出来，但人力肯定带不动了。”

“材料上尽量改进一下，用坚固而又轻便的材料行不行？”张晓舟问道，“不行的话，减少中间装水的容器的数量，或者是在地面挖一个池子，在四五米高的地方再搭一个平台建个池子，分三级提水，这样行不行？”

“这个……应该可以吧？”吴建伟点点头，开始在纸上画了起来。

“但即便是把水用水车提上来了，联盟那么大的一块区域，要怎么把水分配下去？修沟渠肯定不可能，工程量太大了！一时半会儿根本弄不出来。用水管的话，材料是一方面，铺设也是大问题。”钱伟皱着眉头说道。

“这个倒不是问题，每个团队都有手推车，让他们自己拿桶来运就行了。”梁宇说道。

“拿那个跑一趟能运多少水？人喝的、用的，关键还有地里的苗！”张晓舟焦急地摇了摇头，“不过也没有办法了，只能先这样克服着。希望这只是暂时现象吧！”

谁能想到，在这样天天下雨的地方，会突然出现水不够用的情况？

“联盟这边先马上拟个紧急通知发下去，让各个区域、各个团队都认识到问题的严重性，把节约用水的重要性充分说清楚！宣教部这边要马上出一个专刊说这个事情，等我们的解决办法出来，宣教部要赶快贴出去，让大家心里有数，不要慌！对了，让邱岳那边也配合，大力宣传这个事情！”

“是！”夏末禅点点头。

“吴工，你今天就带人去找合适的地方，先挖一个地方看看！”

“好！”吴建伟点点头。

水很快就挖了出来，事实上，仅仅是挖了一米多深，就已经有水渗了出来，但他们还是继续向下挖深了一米多，让水有足够水车运行的深度，然后才停了下来。

因为土质松软，边坡一直在坍塌，吴建伟不得不让人们把水池扩大，挖出斜坡，然后用原木固定住，并且从悬崖上弄来之前铺在路上的那些地砖，把它们铺在水池底部，以此来澄清池子里的水，避免因为搅动池底的泥土而再一次把水弄浑。

这在一定程度上减小了人们对于缺水的担忧，但没有水一直都不是张晓舟他们担忧的问题，如何把这些水运到悬崖上，如何把它们分配到每一个人手中，这才是最大的问题。

张四海等人加班加点地加工着脚踏水车，但即便是有之前盐矿那个较小的脚踏水车的成功经验，要做出一个提水高度提升几倍的大一号产品也不是一两天就能完成的。他们同时分了一个组出去研究怎么制作手摇水泵，这两种过去常见的取水工具已经远离了城市，几乎没有人用过，他们不知道哪一种效率更高，更省力，只能两种都上，然后进行对比。

之前在盐矿使用水车其实更多的是在考虑着修整河道之后在那个地方建一座水车，利用河水的冲力来取盐水池中的盐水，这样就能把人力彻底解放出来。也正是因为这样，他们现在反而对如何制作水车更有经验一些。

城里大多数人都还有水可用，他们在宣教部的工作人员的宣传下已经意识到了缺水的可能性，但还把希望寄托在不下雨只是暂时现象上。而靠近东木城的那些人们，则不得不开始提着水桶到下面那个水池里打水，到后来，则干脆在下面把所有要用水的事情都做完，然后才提着浇灌作物的水上来，以此来减轻运水的负担。

情况却在继续恶化当中，随后的几天，连一场小雨都没有再下过。

地质学院那边尝试着在学校的一块空地上挖了一口井，但第一天的时候还有少量水，第二天水就没有了。他们不得不继续往下深挖，但地下水位却一直在下降，最后只能放弃了这口井。

整个远山的地势普遍高出周边的丛林一大截，而周围又没有更高的山脉或者是山丘，很显然，水都沿着地下的缝隙流走了。平时下雨多的时候地下水的问题还看不出来，但到了现在这个时候，问题就严重了。

“除非我们能够挖出十几米深，甚至二十几米深的井，否则的话，在城里直接打井就非常不现实。”一名老师说道，“我们可以想办法造手摇水泵，但这需要时间研究，而且手摇水泵的扬程高低要看大气压。就算现在的大气压比之前那个世界更大些，应该也不会大到二十多米。”

“为什么？”一名委员问道。

“大气压就这么大。”那个老师摇摇头，对于他问出这样的问题显然很不屑。

这个委员却依然不明白大气压和水泵的扬程有什么关系，老师只得画了一张原理图，让他明白，水泵的原理是依靠制造一个相对的真空空间，利用大气压把水压进水泵，然后通过两个单向阀的配合，实现抽水。

“那像城北联盟那样用水车不行吗？”另外一名委员问道。

“行是行，可我们这边的地势比他们那边高得多，他们那边都得用两级水车，我们这边至少要用三级水车，还不如水泵方便。”

“他们为什么要用水车而不用水泵呢？”另外一名委员问道。

“这个我就不知道了，各有优劣吧。不过联盟那边首先研究水车的技术，多半还是因为想要利用盐矿那边的河流作为动力。”

双方都在想办法解决问题，但干旱的迹象却越来越明显，越来越严重了。几天以后，几乎所有居民点的存水都用光了，人们不得不像之前梁宇说的那样用小推车到东木城和北木城来取水，供水的压力一下子变得非常大。

联盟已经组织人手在两座木城的位置各挖了三个水池，每个水池最少也有三米五深，经过一个晚上大概可以蓄满九吨多水，但相对于六千多人和两千多亩地的用水需求来说，也只是勉强够用。

人们一方面紧急地安装着水车，另一方面，联盟组织了数百人沿着阶梯排成环形，用传递的办法把水运到地面，再用手推车运到需要的地方去。

效率很低，但暂时还没有更好的办法。

而学校那一方则更加糟糕。

他们已经按照城北联盟的经验在自己一侧构建了一个小小的丛林营地，但比联盟的两座木城都要小得多，而且阶梯也还没有完成，这时候他们只能用升降机来取水，但悬崖却成了他们最大的敌人，这样的做法比联盟这边更没有效率，更慢更费力。

大量的番薯因为缺水叶子都完全蔫了，万泽等人急得没有办法，只能不断地组织人手运水，抢修通往丛林的阶梯，同时不断地催促工厂研究手摇水泵的进度。

几天以后，联盟一方的第一个水车已经搭了起来，开始工作，而地质学院这边的第一个手摇水泵也做了出来。

“最大扬程十四米八。”这个数字让所有人都有些惊讶，这也意味着，他们所处的这个环境大气压是原来那个世界的一点五倍以上，因为不知道他们所处的环境的海拔，平均大气压也许能有以前那个世界的两倍。

但学校一方的困境却没有因此而就简单地得到缓解，算上水池的深度，即便是在水泵的工作极限上取水，也得借助用于过渡的平台才能把水送到高处去。非常费力不说，水泵也是三天两头出问题。

而联盟一方在吸取了他们的经验之后，迅速停下了修建水车的工作，全力生产和改进手摇水泵的设计，他们在之前为了修建水车而搭建的那个平台上放了一个巨大的储水箱，通过两次接力后把水运到悬崖上，虽然依然很费力，但随着越来越多的水泵投入使用，缺水的问题总算是得到了缓解。

至少是暂时的缓解。

“今天又有一百五十个人申请调到生产队去。”梁宇专门跑到张晓舟的办公室说这个事情。

短短的几天时间里，已经有将近五百人申请全家调到生产队去，这对于联盟来说绝对不是一个可以忽略的数字了。

原因显而易见。

随着那些塔楼一个个建立起来，东木城和北木城周边的土地已经变得安全起来，生产队的人们也已经开始分配土地，在自己的那半亩地上安装支架和遮阳网，忙得不亦乐乎。

他们当然也存在缺水的问题，但悬崖下的土地中地下水非常丰富，只要选好一个地方挖下去两米深，肯定就能见到水渗出来，大半天就能积满水。这样的简易水井只需要用木头在周围支撑一下就能使用，平时不用水的时候用个木头做成的盖子或者是植物枝条编成的盖子遮住，再覆盖一层蕨类枝叶就能防止水分过度蒸发。

虽然也存在要一桶一桶挑水去浇地的问题，但这样干，比在远山城内那种千辛万苦才能稍稍湿润一下土壤的难度已经小了不知道多少。

很多人还在不惜劳力地拯救着自己土地里刚刚冒头的幼苗，但大多数人却已经选择了放弃。虽然已经有差不多四十个手摇水泵在抽水，但那东西本身就是一件非常消耗力气的工具，尤其是在扬程这么高的情况下，打一会儿水胳膊和肩膀就酸得要命，即便是壮劳力也坚持不了多长时间。靠近两座木城的那些地还能够勉强浇得上水，远离这两个地方的那几个区域，除了抽水之外还要承担运水的劳动量，已经没有多少人还在坚持了。

大多数人只是运送自己平日吃喝和使用的水，有些人甚至连洗脸之类的事情都到木城下面去弄了。对于他们来说，抽半天水的工夫，消耗的那些力气，还不如走下去把什么都弄好了之后再回来轻松。

这种情况下，一些头脑灵活的人注意到之前联盟为了吸引人们到生产队工作而给出的优惠条件，试图到用水更方便的地方去工作，这就一点儿也不奇怪了。

“先登记下来。”张晓舟和老常等人商量了一下之后说道，“王牧林你们丛林开发部派人来组织，让他们去帮忙修建塔楼，原来的承诺不变，只要愿意去生产队我们就帮忙协调更换土地，但自己土地旁边的那座塔楼要自己动手盖，盖好了才能调过去。”

梁宇点点头，但王牧林和张四海的脸却苦了下来。

王牧林那边的人手几乎都已经全部投入了塔楼的修建、打简易水井、分地和架设遮阳网的工作，个个都忙得像发了疯一样。而张四海手下的人又要做抽水泵，又要提供建设塔楼所需要的各种各样的螺栓、角钢、斜撑之类的材料，也早就累得不行了。

“你得给我加人！”两人几乎是同时说道。

“行！”张晓舟点头说道，“王牧林，你那边我让各个区的执委带着他们的工作人员下来帮你们，你和他们也熟，自己协调安排他们。张四海，你这边技术性太高，我只能给你几个打下手的。”

“打下手的也行，只要能干活就好。”张四海说道。

张晓舟向窗外望去，原本就不算宽敞的木城变得越发拥挤不堪，两座木梯时时刻刻都有人在上上下下，人头攒动。

吴建伟一度很担心承重问题，好在他们之前设计和施工的时候就已经放出了很宽的余量，两座木城的阶梯都表现得不错，完全经受住了考验。

“水泵还要继续修改，最好是能做成脚踏式的。”他转过头来，叹了一口气对吴建伟和张四海说道。

手摇和脚踏的劳动量差异太大，完全不能相提并论，而脚踏式最好的地方是还可以借助体重，这就大大地节省了体力。

“我们正在试制一种双人的脚踏式水泵，如果成功的话，应该可以大大地提高抽水的效率。”吴建伟对张晓舟说道，“机械这块我不太在行，主要还是靠小张他们在摸索。不过这终究不是长久之计，饮用水和生活用水还勉强能够解决，靠人力抽水来满足城里这么多土地的灌溉肯定不行。现在是苗期对水的需求还不大，等抽穗的时候，全靠人力怎么可能支持得了？依我看，远山这个地方局限性太大，最终人肯定还是得都搬到下面去。”

这个道理肯定没错，但这不是一天两天能够完成的，只能慢慢来。

“风车造得出来吗？”张晓舟问道。

“原理都没问题，模型也肯定做得出来，可要能带动设备抽水的话，那就要研究研究了，肯定不是一时半会儿能搞得出来的。现在手上事情这么多，肯定没时间弄这个事情。”张四海答道。连续好多天都一直在忙着这些事情，让他眼圈发黑，胡子也像乱草一样猛长，但脑袋上还是光秃秃的，让人看了又想笑，又有点于心不忍。

但事情紧急，张晓舟也没有办法给他们放假休息。

“我会让盐矿那边尽快弄一批肉回来给你们增加营养！大家咬咬牙，多想想办法。这段艰苦时期挺过去，一切就都好了！”

刚刚把他们送走，万泽又来了。

“张主席，你们一定得帮帮忙！”他一见面就火急火燎地叫道。

张晓舟一听这样的话，头一下子就轰的一声，疼得直咬牙，但他还是点点头：“万主席你先别急，有什么事说出来听听，咱们一起想办法努力吧。”

“我们那边今天又出事了！”万泽这几天急得火气很重，满口都是泡，一张嘴说话就疼得很，但他也顾不上这个了，“你们这边能不能支援我们点人手？你放心！你们这边压水泵的事情我们包了！其他活计也行，只要我们那些学生能干的活，要多少人都行！”

他这也是没办法，联盟这边的人还能下到木城里去解决掉大部分用水的问题，地方多，几个水池也是越挖越深，越扩越大，水量也充足。

但他们那边本来对丛林的开发就因为高差太大的问题几乎停滞，况且因为学校本身的土地面积大，种出来的粮食足够他们吃，他们也一直都没有什么开发丛林的需求。联盟这边两个木城外加起来已经砍伐出将近两千亩的空地，而他们总共不过十来亩空地，建了一个小小的木城作为前进和研究基地之后，几乎连挖水坑的地方都没有了。这几天他们一直在忙着拼命砍树，拼命建阶梯，但这种事情临时抱佛脚怎么来得及？

工具都是小问题，但熟练的伐木工和木匠可不是一两天就能锻炼得出来的。

联盟通过修建两个中继站、两座木城和建设盐矿的过程锻炼了一大批能够干这些活的人。可学校这边怎么可能临时突然就冒出可用的人来？工期紧急，大家的心也急，结果短短十几天里，已经有七八人受伤。

更严重的是，今天早上他们用作中继水池的那个平台突然塌了，正在上面抽水的几个学生全部从平台上摔了下来，有两个当场就死了，剩下的全都进了医院。

这样的事情让学生们一下子就爹毛了，施远等人乘机鼓动说是负责指挥施工的外来派委员的责任，要求追究到底。

这样的紧要关头当然没有人会跟着他闹，但这样的事情对于外来派终究是一个重大的打击。

虽然用那些水泵勉强也能继续抽水，可这么高的高度下，抽水消耗的人力和所要花费的力气简直要命，很多学生宁愿继续用升降机提水都不愿意用水泵抽水。他们也不敢像联盟那样通过人力沿阶梯运水，那种情况下如果阶梯垮了，上面站满的人，死伤肯定会有几十号，这种后果谁也承受不起。

“不要多，你借我十来个伐木的好手和木匠，让我们把眼下这个关口熬过去就行！”万泽说道。

“十来个？”张晓舟在心里叹了一口气。

联盟自己都到处缺人，而且就是缺能干技术活的人，伐木工好找，但联盟自己现在也在忙着建塔楼，木匠本身也严重不足。

地质学院那边就是用再多的劳力过来换，也解决不了根本问题啊！

但他也没有办法一口回绝，只能对万泽说：“你别急，这个事情我们好好商量一下。”

“小严队长，今天收获不错啊！”哨塔上的卫兵远远地就对严烨他们一行人说道。

“运气还可以！”严烨答道。

今天被兽夹夹住的是一条体形中等的鸭嘴龙，他们沿着固定路线过去的时候，它已经奄奄一息，没费多少力气就把它弄死了。按照惯例把它处理了之后，分成四块，两人一组用木头杆子挑着回来，总共也只不过花费了一个小时。

如果遇到的是甲龙或者是角龙，弄上大半天才能杀死，而且分割的时候要费尽吃奶的力气，那样的情况下，派人回来寻求援助也是常见的事情。

盐矿现在已经成为联盟最主要也是最稳定的蛋白质供应源，虫子虽然并不难抓，数量也不少，但总量毕竟有限。不像盐矿这边，因为有这口卤泉一直在吸引着恐龙来喝盐水，几乎每隔一天就能抓住一条恐龙。

最夸张的一次，他们一天就抓住了三条恐龙，最后不得不在周围点起了火堆，并且把盐矿里闲着的人全都发动了起来，最后还是不得不放弃了其中一条，只把另外两条带了回来。从那以后，他们就很少密集地放兽夹了。

地质学院那几个老师从草木灰里提取出来的碳酸钾算是一种碱，可以用来处理他们从恐龙身上剥下来的皮，这样一来，盐矿这里除了提供整个远山必需的盐之外，还能够提供大量的肉干、皮革，渐渐成了联盟除了远山之外最重要的地区。

这个地方的居住条件当然不能与远山相比，炎热和辛苦是最大的问题，但有经常能够吃到肉作为筹码，还是吸引了不少人过来。

而随着远山那边干旱情况的加重，也有更多的人愿意到这边来干活了。

“你来得正好！”王永军明显是在营地那边等着他，应该也是刚刚从远山送了东西回来，正在和王哲说话，“联盟那边让我们抓紧时间建一批房子。”

“要加人？”严烨感到有些奇怪。盐矿的产量已经趋于平稳，用上水车之后，挑水的人一下子减少了好多，很多人都改去砍树和烧炭了。挖矿洞的工作因为工作面就那么大，也只能用那么几个人。

现在增加人手根本没什么意义。

“不是我们的人，是学校那边的人。”王永军说道，“现在不是干旱吗？他们那边取水困难，万泽和张主席他们商量了一下，决定尽量减轻他们那边的负担，分一部分人过来。”

这让严烨有些不满。

凭什么他们有需求我们就得担着？之前什么都没有的时候不见他们过来，等现在前期建设基本完成了，他们就来享受成果了？

“多少人？”他的语气有点不好，于是王哲在他身后用手轻轻地推了他一下。

“第一批要来二百人，后面说不定还会增加一些。”王永军说道，“你放心，这次来的这些人是来干活的，他们会派两个委员过来带队。大部分人住在山上跟着我们的人学怎么砍树，怎么处理木材，然后准备让他们在半坡那里建一个中继站，以那个地方为中心慢慢地往周围砍树，在那个地方建一个木城。这样我们到远山之间就能慢慢地连起来，以后安全性就有保障了。他们那边自己会运粮食过来，我们这里只负责接收一批家属和后勤人员，大概三十来个人。”

“他们砍树的时候要我们去保护他们？”严烨问道。

王永军点点头：“明天你带队去把夹子先都收回来，等忙过了这一段再继续捕猎。”

这样的安排让严烨有点不情愿，不过王永军已经这么说了，他也不好再硬顶。

“这些肉怎么办？”

“老办法，做成肉干。”王永军说道，“今晚我们吃一顿，之后他们来的时候请他们吃一顿算是欢迎，以后就算了，我们没有理由还包他们有肉吃。”

严烨点点头。

盐矿这块的工作是王哲负责行政，他负责作战，王永军抓总。不过王永军自己老是抢严烨的事情，很多时候，行政上的事情反而是严烨和王哲商量着办，王永军只负责定出目标，从不考虑怎么实施。

严烨很快就把用来建房的地方划了出来。

距离他们现在的营地大概三百多米，在河的对岸，靠近后墙方向。那块地稍稍平一些，他们本来是准备开辟出来种一点玉米番薯之类的作物，但现在肯定不行了。既然是这样，严烨准备把它作为以后所有从学校过来的人的居住区，双方保持一些距离，避免惹来不必要的麻烦。

河谷中的平地本来就不多，再建起这片营区，基本上就只剩下一些小块的缓坡地，用来零零散散种点玉米或许还可以，要盖房子那是不可能了。平整山坡这样的事情对于他们来说工程量太大，几乎不可能。

王哲也同意他的想法，于是两人很快就安排人在那边画了地基的位置，安排人手动了起来。

“陶永波呢？”整队的时候，严烨突然发现少了一个人。

“他说他肚子疼。”杜志强马上说道。

对于这个在法庭上刁难自己，联合自己的老婆想要把自己置于死地的家伙，他总是满满的恶意。要不是王永军和严烨盯得紧，而且第一天就给了他个教训，他说不定会隔三岔五地揍那家伙一顿。不过好在陶永波这家伙根本就不是干活的料，不是装病就是真的犯病，盐矿的三个管理者都非常不喜欢他。

经常能看到他倒霉，这让杜志强对他的火气也没那么大了，但能够有上眼药的机会他当然也不会放过。

“他说的？”严烨果然皱了皱眉头。

“他脸色不好，应该是真病了。”另外一个之前临阵脱逃被送来服劳役的人急忙说道。

“正好今天吃肉，他不干活就喝粥好了。”严烨说道。这样的情况不能鼓励，不然人人都装病，工作还怎么做？

人们都微微地欢呼了一声，虽然在这个地方经常能够见到肉，可作为犯人他们当然不可能跟着其他人一起吃，这种看得见闻得到就是吃不着的痛苦对他们来说有时候甚至比服刑本身更难受。

于是王永军和严烨也经常用这种诱惑来鼓励他们老老实实干活，尤其是对杜志强这样的重刑犯，不这样做，他们也怕他搞出什么事情来。

不过王永军对于杜志强的看法倒是不差，在他看来，打让自己戴绿帽子的人天经地义，打死了当然要承担后果，不过也恰恰说明了杜志强是个能人。最起码，犯这种错的人肯定比那些临阵脱逃的人有种多了。于是杜志强很快就成了所有犯人的小队长，负责带头干活。

安排人们开挖地基之后，严烨还是去看了陶永波一眼。

只见他躺在床上，眉头紧皱，脸色惨白，满头大汗，脚边有一堆污物，应该是刚刚吐出来的，的确不像是在装病。

严烨用手试了试，烫得厉害。

他急忙把王哲叫来，但王哲问了陶永波发病的原因，他迷迷糊糊的样子，像是没有了意识，话也说不清楚。

王哲对此也没什么办法，他是比一般人多点医药常识，可他毕竟不是医生，手边也没有多少药可以用。发烧出汗呕吐，很多病都有这样的情况，仅仅是凭借这么点线索，他真的判断不出陶永波这是怎么了。

两人去找王永军，三个人聚在一起商量了一下，觉得就这么把他送回去看病的话有点太夸张了。发烧的原因有很多种，现在这个情况，让他在路上折腾说不定情况会更糟糕。

“说不定明天就好了。”王永军说道，“送回去还不是苦熬，有什么区别?”

于是严烨安排一名身体瘦弱一些的犯人过来照顾他，给他喝了点盐水，用湿毛巾敷头降温，王哲还给他吃了两颗宝贵的抗生素，就让他继续休息了。

到了晚上吃饭的时候，甚至专门弄了点浓浓的肉汤给他喝了下去。

他的精神明显好了很多，甚至还迷迷糊糊地和他们说了几句话，道了谢，这让他们三个心里稍稍安定了一些。

但第二天一早，那个负责照顾他的犯人却惊慌失措地跑来告诉他们：陶永波死了！

张晓舟简直头疼得没有办法了。

本来因为突如其来的干旱，事情就多得让人发狂，结果现在又多了这么一件事！

联盟因为生病去世的人其实陆陆续续也不少了，现在的医疗状况大家都清楚，也没有人会因此而责怪到联盟或者是段宏等几个医生的头上。从这一点来说，联盟的医患关系倒是不算差。

但陶永波的身份毕竟有点不一样。

就在王永军和几个队员用担架带着陶永波的尸体赶回来之后不久，他的家人马上就闹了起来，而段利国等人也马上就替他们写了一张诉状，并且抄写了好几份，一份由陶永波的家人交到了吴建伟那里，其他的则张贴到了各个区的宣传栏。

联盟的大门再一次被堵住，也不知道他们从哪里找来白色的衣服和布带，披麻戴孝地拖着陶永波的尸体跪在那里，向来来往往的人哭号喊冤。

“现在哪有时间管他们的事情！”钱伟过来找张晓舟说何家营那边的事情，却被他们挡住了不让进，差一点就打起来。

“现在是死一个，要是被他们拖着不能干正事，到时候就是死一片了！”

张晓舟放下手里的东西准备去处理这个事情，老常挡住了他：“这种事情你别再插手了，让我来处理。”

张晓舟本来想要坚持，这样的事情他觉得不应该推在老常身上，但老常的目光很坚决，于是张晓舟最终点了点头：“他们要是觉得对陶永波的死因有怀疑，可以解剖尸体，也可以跟着江晓华去盐矿那边调查了解死因……不对，即使他们不要求，我们也应该把这些事情做好了，免得以后说不清楚又被他们泼脏水。总之就是走正规途径申诉，我们就配合他们把事情做好，确保途径畅通，信息透明，并且及时公布出来给大众知道。但如果他们不讲道理，那该拘留就拘留，我们同样派人去把事情调查清楚，把结果公布出来让大家知道是怎么回事。”

“你放心吧，我知道该怎么做。”老常点点头出去了。

张晓舟才问道：“何家营那边怎么了？”

“他们内部好像打起来了！”钱伟说道，“怎么办？”

他的态度明显是想借这个机会解决何家营的问题，可在眼下这个节骨眼上，联盟哪还有精力去做额外的事情？

“怎么回事？什么打起来了？”于是张晓舟问道。

“在新洲楼顶只能看到一群人在追砍另外一群人，但不知道是怎么回事。”钱伟说道，“怎么办？要不要试探一下？”

“又有人暴动？”张晓舟问道。

“看样子不像，像是村子里两队打手在火并。”

张晓舟摇了摇头：“如果是他们自己狗咬狗，那就别管。现在这个情况，别节外生枝。你可以派人去瓦庄那边试探一下，但别擅自行动。”

钱伟微微有些失望，但他也知道张晓舟他们几个已经忙得头都快要炸开了，要让他们再分心去考虑怎么对付何家营，甚至借这个机会把何家营干掉，也真的是不现实。

可这样的机会失去了，不知道什么时候才会再有，他长长地叹了一口气，但还是站了起来：“行，我知道了。”

就在这时，他们却听到下面一阵喧哗吵闹，钱伟跑到窗口，惊叫起来：“老常流血了！”

张晓舟马上丢下东西跑了下去，但还没有走到门口，便看到老常用一块毛巾捂着头，一个工作人员扶着他走了进来。

毛巾上血迹斑斑，他的脑袋上也有很多血，看上去很可怕。

“你怎么样？”张晓舟急忙问道。

“我没事，只是擦破了一点皮。”老常摇摇头，“你放心，他们已经被抓起来了。很多人都看到我被他们打破了头，这下肯定不会有人站在他们那边了。”

这话让张晓舟愣了一下，他随即摇了摇头：“这……哎，你赶快去处理伤口吧！”

钱伟找到一个目击了全过程的工作人员，按照她的说法，老常一直在很耐心地做那几个人的思想工作，但他们却一直在吵，说陶永波是被人害死的。老常说陶永波的死因现在大家都不知道，不如做个尸体解剖搞清楚。陶永波的老婆和母亲马上扑在他的尸体身上，大声地哭诉说不可能让他死了还被人切成一块一块的，还说这些医生和联盟都是蛇鼠一窝，根本就不可能秉公办事，肯定什么都查不出来。

老常问他们到底要怎么样，他们就说要赔偿，要联盟给陶永波平反，要追查凶手，老常问他们凶手是谁，他们就说反正肯定是盐矿那边的人，肯定和王永军他们几个人脱不了干系，说不定就是他们下的手。这时候不知道老常和陶永波的弟弟说了几句什么话，他的情绪便突然激动起来，指着老常说“你算是个什么东西”，还突然重重地推了老常一下，使他一头撞在了门口的柱子上。

“我去收拾他们！”钱伟愤怒地说道。

“别这样！”张晓舟急忙拉住了他，“你要是去动了手，那些人又要有机可乘了。”

“就这么算了？”钱伟愤愤不平地说道。

“当然不会！”张晓舟说道，“我们去找江晓华！”

江晓华不在办公室，应该是到下面去帮忙了。

丛林开发部的事情乱作一团，他便主动请缨下去帮忙，顺便看看所有联盟公务员的工作作风问题。

张晓舟和钱伟绕了一圈才在北木城外面的一个塔楼施工点找到了他。

“张主席？钱主任？找我有事？”他惊讶地问道。

张晓舟点点头：“你这边走得开吗？我们边走边谈！”

路上两人匆匆把发生的事情告诉了他，他气得七窍生烟，张晓舟急忙提醒他：“你是联盟的检察官，更加不能乱来！一切都要按规矩办！”

“我明白！”江晓华说道。

老常教了他很多办案和刑侦方面的知识，某种意义上讲，说他是老常一手带出来的徒弟也不为过，听到这样的事情，他又怎么可能无动于衷？

“你一定要明白，越是这种情况，就越要把事情做得干干净净清清楚楚！”张晓舟不得不再一次告诉他，他终于咬着牙点了点头。

“人已经抓起来了，接下来你觉得该怎么做？”张晓舟问道。

“家属按照扰乱治安进行一个星期的思想教育，打人者等常秘书长的伤情鉴定出来之后，看是不是要起诉他。”江晓华说道，“要是常秘书长有个什么闪失，那……”

张晓舟叹了一口气，自己的话显然没什么作用，但他能这么做，总比私底下乱来好。

“陶永波的尸体要尽快解剖，把死因搞清楚。”他对江晓华说道，“所有相关人员的口供，包括老常被打这件事情的人证物证都要搜集好。让王永军配合你，等这边该做的事情做完，你跟他到盐矿那边去，把所有人证物证搜集调查清楚。如果陶永波真的是非正常死亡，那责任和来龙去脉一定要搞清楚，一项项记录下来。有人为责任的，一定要追究清楚！这件事情现在如果不调查充分了，以后肯定会出大问题！”

“我明白！”江晓华点点头说道，“你放心，我一定不会放过任何一个证据和细节，一定让他们那些人挑不出毛病来！”

张晓舟微微叹了一口气。

要想让那些人一点毛病都挑不出来，这几乎是一件不可能的事情。

但最起码，他们自己要能够说得清楚事情的来龙去脉，要能够让大多数人知道这是怎么回事。

“对了，最好是让段宏派个人过去。”他突然想到了另外一种可能，“让他们看看，会不会是什么传染病。”

钱伟和江晓华都吓了一跳。

要真的是传染病，那就麻烦了。

那边运过来的盐和肉干几乎所有人都吃过，而且那边的盐，联盟每一个人都还要吃。如果盐矿那边发生能够迅速致人死亡的传染病，那整个联盟就都危险了！

这件事情造成的影响其实没有想象的那么大，天灾当前，人人为了救灾都累得像狗一样，根本就没有几个人去关心联盟总部门口发生了什么。

但显而易见的是，这些人在未来肯定会拿这件事情大做文章。

江晓华的调查从一开始就往应付挑刺的方面去准备，就像张晓舟说的那样，他们未必能做到足够应付鸡蛋里面挑骨头，但最起码，要让大多数人知道他们没有故意隐瞒真相。

康华医院的医生们对于自己再一次兼任法医感到很无奈，这真的不是他们的专业，但解剖之后他们还是看出了一些问题。

陶永波的直接死因应该是急性肾衰竭，除此之外，没有看出感染或者是其他病症的迹象，结合王永军对他死前那些症状的描述，他们判断陶永波应该是死于热射病，也就是一般意义上所说的中暑，当然，是其中最严重的症状。

“中暑?”江晓华和王永军对于这个结果都有点没法接受。

王永军争辩道:“他又没在大太阳底下干活！我们盐矿那边没有树木遮阴,对于这块的预防工作反而更重视,只要是需要长期在那儿干活的地方都要先搭棚子,有时候甚至是双层顶的棚子。而且他们干活的时候也随时都有淡盐水喝,怎么可能是中暑?”

“并不是说只有在太阳底下干活才会中暑。”段宏解释道,“这段时间以来都没有下雨,温度一直很高,远山这边都有三十几度,你们那边在河谷里,温度更高,应该接近四十度了吧？如果是在河边那些石头上,我觉得温度说不定超过四十度了。在这样炎热的环境里长时间进行体力活动,本来就容易引起机体体温调节功能紊乱,进而造成出汗、极度口渴、乏力、头痛、恶心呕吐、体温高、低血压甚至是晕厥。这几天远山这边也出现过很多中暑的情况,但都是先兆和轻症中暑的症状,及时休息,补充水分,或者是通过物理手段降温,一般都会很快好起来。陶永波这个情况应该是因为他本身身体就不是很好,在高温环境当中长时间劳动而引发了身体的体温调节功能障碍,随后导致了身体内部脏器的衰竭。”

“但我们马上就让他休息,还专门找人来照顾他,用湿毛巾给他降温了啊!”王永军说道。

“那些方法对先兆中暑和轻症中暑的人有效,但对于他这种情况,只用湿毛巾降温是不够的。要是你们知道他是什么情况,把他全身泡在低温的水里降温,可能会有一点效果。但他的情况,那时候体内温度肯定已经很高了,有时候可能要用冰盐水灌肠或者是洗胃才能把体内温度降下来。别说是你们,就算是在我们这里也不一定有条件做得到。”

“如果当时马上把他送回来会有救吗?”江晓华问道。

“这个不好说。”段宏摇了摇头,“热射病的发病其实是很快的,致死率也很高。他能够坚持到晚上应该和王队长他们采取了一定的降温手段有关,如果把他送回来,路上应该没有降温的条件,也许半路上就死了。”

江晓华点点头,把这一点记录了下来,并且拿给段宏看。

“你刚才说的这些话要作为证据保存下来,可以吗?”

段宏点了点头:“没问题。”随后便在记录上签了字。

王永军的心情有点不好，江晓华拍了拍他的肩膀："这是他自己身体不好，和你们无关。"

虽然医院已经出了结果，但张晓舟还是坚持让段宏安排一名医生跟着王永军和江晓华一起到了盐矿那边去做进一步的确认，江晓华专门带了一个温度计到那边去，结果在中午最热的时候到盐池边建在岩石上的棚子里测了一下，地面温度竟然达到了六十度，而空气温度则达到了四十一度，人们熬盐的棚子里，虽然周围都有通风，但因为十多眼灶一字排开在不停地蒸发盐水，空气温度达到了四十五度！

"你们这样不行！"江晓华马上说道，"必须停工！ 不然陶永波的死亡将只是一个开始！"

"空气温度超过三十九度就不要再外出活动了。"随行的医生说道，"尽量待在阴凉的地方，避免活动，多喝水。你们这个地方太危险了！ 高温高湿再加上重体力劳动，每个人都有患热射病的危险！"

王永军、严烨和王哲等人面面相觑，他们也知道温度很高，但因为之前没有这个意识，也没有人带温度计过来，根本没想到温度会有这么夸张！

棚子里的地面温度都到六十度，那不用想，外面那些在太阳暴晒之下的石头上，温度肯定有七十度了！

"我们马上就把作息制度调整过来！"王永军马上说道。

"山上那些人也一样。"江晓华说道，"我回去以后马上替你们向梁主任申请要温度计，你们一定要注意温度问题了！"

随行过来的那个医生和王哲交流了一下，再一次确认了陶永波的死亡应该不是传染病，江晓华也把这些东西都记录了下来，甚至一个个找陶永波病发前的狱友录了口供，然后让他们一一签字。

"江检察官，"王哲一脸的紧张不安，"这事情，不会算我们管理有问题吧？"

"叫我的名字就行。"江晓华摇摇头，"这个事情应该扯不到你们头上，联盟那么多人就没有一个想起这个问题的，也没有给你们配温度计，怎么可能怪到你们头上？ 放心吧！"

既然跑了一趟，医生干脆给他们普及了一下平时有可能出现的伤病的症状和处理办法，尤其给他们讲了出现热射病之后该怎么办，因为涉及每个人自身的安危，所有人都听得非常认真。

江晓华带着一大堆口供和证据回去，专门向张晓舟报告了这个事情。

张晓舟意识到，这样的危险不但存在于盐矿，所有在露天工作的人都存在同样的问题，他马上把梁宇找来，要求他尽快给每个工作区域都配温度计，同时要求王牧林那边安排专人来负责这个事情。

安排人倒是没问题，但联盟本身就没有多少温度计，好在以前每家每户都有体温计，虽然拿来测气温存在很多不便，最高读数只能到四十二度，但也足够给人们提醒了。

宣教部马上就出了相关的内容，不但在所有宣传栏都贴了相关的内容，提醒人们注意高温下的防暑避暑，对于身边中暑的人要及时救治，还专门派人到每个人多的点去宣传这个知识。就连邱岳的《远山周刊》也跟风报道了这个事情，提醒所有人注意。

陶永波的死在未来也许会是一个麻烦，但在这个时候，却为避免更多的人中暑死亡而敲响了警钟。某种意义上来说，也被作为联盟历史的一部分记录了下来。

第3章 村 落

“热成这样，这日子真是没法过了！”唐涛躺在自己的宿舍里，抬头看着门外树梢之间的天空，满心希望着能够看到一些云彩。但天空却像是被水刚刚洗过一样，放眼望去全是同样的蓝色，半点云彩都见不到。

“你省点力气吧。”同宿舍的李橘同样是以一个“大”字的姿态躺在地板上，这样热的天气，不管是联盟还是地质学院都有强制停止一切工作的命令，他们也乐得休息。一直要到午后三点以后，太阳的威力稍稍减弱一点儿，气温也稍稍回落一些，他们这个分队的队长才会又来组织他们出去干活。

干活……干活……干活……以前的他们完全不可能想象得到，自己天之骄子的生涯之后，面临的会是这样的未来。

“早知道会是这样的话，老子宁愿复读也不会来读这鬼学校！”

地质学院的大多数学生都会忍不住这样说，而不管之前在干什么，只要有一个人这么说，气氛就会迅速地低落到冰点。

生活简直惨淡到了极点，尤其是在干旱开始之后。

之前他们凭借着地质学院的那些土地，还可以说生活得不错，至少没有进行强体力劳动的需求。少部分人也许稍稍累一点，但大多数时候，要做的也不过是熬时间的工作。毕竟他们种植的番薯算是一种不太需要人照顾的庄稼，产量大，抗病害，耐干旱，除了不能经常吃，吃多了放屁多、会泛酸水之外，几乎没什么太大的毛病。

但干旱开始之后，那个本来得天独厚的地方便已经变成了一个失去所有希望的死地，除了个别老师和设备管理员还在留守，一支护校队还在学校南边的高速公路上做日常性的巡视和防范，防止有人去搞破坏，把宝贵的学术资料、教材和机器设备毁掉，大部分人都已经离开了那个地方。

不走不行啊！

一直以来，他们都觉得没有电是这个世界上最凄惨的事情，但等到干旱开始之后，他们才发现没有水比没有电还要糟糕一百倍！

毕竟，没有电只是生活不便，尤其是很多以前的娱乐都没有办法开展了，可没有水，那可真的是要命了。

他们也做过努力，但曾经让他们感到庆幸、感到骄傲的那块土地，却在干旱面前狠狠地打了他们耳光，所有人累死累活，弄上来的水也只是勉强够用，那些番薯再耐旱，也没有本事在连续一个多月将近两个月一滴雨不下、气温又极高的情况下存活下来。迫于无奈，他们只能把所有番薯都提前收了，然后在烈日下晒成番薯干保存起来。而这些口味不怎么好的东西，也成了他们这段时间以来的主食。

“山不过来，我就过去”，万泽给他们做动员的时候是这样说的，虽然那时候听得蛮有道理，甚至说很有哲理，但现在想想，其实也只是一堆空洞无用的话而已。水运不上来，就只能我们去找有水的地方，这样的事情从古到今多着呢，以前楼兰之类的西域古城，不就是因为没有水而自然消失了？根本就没有他们所说的那么高尚，那么热血沸腾。

地质学院四千多人陆陆续续开辟了八个“据点”，北木城外五个，东木城外三个。李橘和唐涛所在的这个算是动工比较早的，位于城北联盟东木城和盐矿之间，距离东木城大概四公里，沿着道路往东再走两公里多就是地质学院建立的第一个“据点”——半坡，而再往前走两公里多，就是城北联盟盐矿的三岔口伐木营地。

他们的这个“据点”被命名为“龙首”，这个名字的来源是因为这里的路边曾经放置了一颗巨大的恐龙的脑袋，但这个恐龙的头骨现在已经被城北联盟的人运走，放在了东木城的城头上去作为装饰了。

虽然龙首已经不在这里，但不管怎么说，龙首这个名字还是保存了下来。经过将近半个月的努力，他们也基本上建成了足够容纳二百多人居住的树屋。这个速度说起来和城北联盟的人之前建三岔口伐木营地的时间差不多，不过他们都去看过三岔口的那些树屋，老实说，两者之间的差距确实很大。

龙首这边的树屋普遍比较小，通常只能容纳两个人，稍稍放点个人的用品就挤得不行，外面有个小小的平台可以稍稍活动一下。而城北联盟三岔口伐木营地的那些树屋往往能住五六个人，还有会议室、仓库、食堂等，甚至还有浴室，大多数树屋之间还用吊桥连接了起来，虽然不能运货，但人走完全没有问题。

三岔口那边的树屋其实和很多学生一开始时设想的那种类似于漫画和游戏中精灵族的树屋非常相似了，除了房子的样式稍稍显得难看和格格不入了一些，其他都还好。

那时候他们也兴致勃勃地画了不少称得上是美轮美奂的树屋设计图，决定要好好地弄出一个堪称经典和梦幻的高空村落来给联盟这些没有什么艺术细胞的人看看，让他们知道生活和艺术其实可以完美地结合起来。

那些联盟派来帮助他们搞建设的人也不说什么，只是笑笑。

现实很快就一次次地打了他们的脸，他们很快就意识到，好看的背后往往意味着更多的付出和艰苦的努力，而这是他们所有人最大的软肋。

他们的设计不得不一次次修改，一次次简化，最后被彻底扔到一边不看，而他们最终做出来的东西，其实完全照搬了联盟的做法，甚至因为做工的问题，比人家做的那些还要更加粗糙一些。

这样的差距真的有点让人丧气，不过学生们都自我安慰着，告诉自己这里反正只是暂时在干旱季节居住一下，以后肯定还要回学校去住，于是他们便更加没有什么心思把树屋搞得更好了。

据说下一步的任务是继续伐木，然后在附近建窑烧炭，运送到盐矿那边去。一部分人也许要到西北方向的那个主要由商贸旅游系的学生组成的“据点”去帮忙，让他们能尽快住进去。而其他人则要在开辟出来足够大的平地之后，在周围的土地上继续修建城北联盟的那种塔楼，然后在周围种番薯，或者是种玉米。

这样的规划听起来真让人觉得人生一片黯淡，虽然他们当中有很多人其实本身就是出身农村，但从小到大却从来没有真正种过几天地，顶多就是农忙的时候稍稍帮家里一点儿忙。

如果他们真的想种地，当初又何必费力读书考到省城来？

“唐涛！李橘！打牌吗？”隔壁树屋的人突然问道。

这或许是他们来到这个世界之后最大的消遣了，毕竟，就算是再怎么缺乏动手能力的人，想办法找点硬纸板来做一副扑克总不是什么困难的事情。有点艺术细胞的，搞点“三国杀”和简单的桌游卡牌也并不困难。相比城北联盟那边的人最多不过是用木头简单雕刻出象棋和围棋，地质学院的学生们可以说是把自己的创造力和动手能力在这些事情上发挥到了极致。

唐涛看了看李橘，他躺在地板上根本就没有半点想动的意思。

“‘斗地主’吗？”于是他问道。

“随便！”

“好吧！”唐涛说道，同时迅速地站了起来，沿着楼梯爬了下去。

说服万泽接受这样的方案费了很大的力气，而万泽说服地质学院的其他委员则费了更大的力气，但在天灾和人们的怨言当中，这样的举措最终推行了下去。

联盟也有将近四千人加入了生产队，开始了离开远山的生活。不过他们中的大多数人还住在远山城里，只是每天要花费将近一个小时的时间步行到两座木城，然后从那里前往自己工作的塔楼。

超过八十座塔楼在这样的生存压力下迅速地建设了起来，将近一千五百亩土地在它们的保护下，开垦出田垄，安装上遮阳网，然后播下了新的种子。

而在这些塔楼建设的过程中，更多的树木被砍倒，更多的土地被平整了出来。

一些还活着的玉米苗和番薯苗被移栽到这些新开辟的土地上，远山城中原有的那些好不容易才开辟出来的土地被荒废了八成，那上面原有的支架和遮阳网都被拆下来移到了悬崖下的土地上，只有最靠近水泵的少数土地依然保存了下来。而这些土地的主人们也承受着比别人更多的辛劳，每天都要花费大量的时间和精力在取水上。

地质学院在“据点”这件事情上却快了城北联盟一步，因为距离的关系，他们从一开始就只能考虑把人整体迁移到丛林里去。

联盟当然不可能把自己开辟出来的土地移交给他们，这样的要求即便是地质学院里现在最惹人嫌的施远等人也不会提出来。联盟只是把自己之前勘测出来的成果与他们共享，帮助他们选择了几个最适合建设树屋的地点，然后尽最大的可能调出了一些熟练的伐木工和木匠，到每个点上去指导他们的工作。

第一个“据点”半坡放在了三岔口伐木营地附近，这是因为那里已经积攒了很多可以用来搭建树屋的木材，在那个地方踏出这一步也可以得到伐木队最大限度的支持，甚至可以用一带一的方式，替地质学院快速培养出合格的伐木工和木匠。

事实上，双方的人员在半坡营地仅仅花费十天时间就建成了足够三百人居住的树屋，而且到最后，这个营地都是地质学院八个“据点”中规模最大、树屋功能最齐全的一个。

随后是龙首营地和其他营地，那些在半坡营地建设过程中培养出来的学生们很快就分散到了各个“据点”去，开始带着自己的同学们干了起来。

进度却并不理想。

老实说，联盟经过多次建设工作之后，对于修建树屋已经积累了大量的经验，也无私地把这些经验传授给了地质学院的人们，但大多数年轻人对于这样的工作却并不热衷。他们更喜欢扮演设计师、指挥者、技术员这样的角色，干一些动脑而不是动手的工作，而不是听从别人的指挥从事单调、枯燥而又费力，还容易受伤的体力劳动。

他们的精力很旺盛，但却总是用来争论，用来表达自己的意见和不满。他们经常会有不同意见，但又缺乏说服同伴的口才和依据，最终往往导致事情做到一半就不欢而散。

但更加糟糕的却是那些吃瓜群众，他们厌恶这样的劳动，又懒得动脑筋，懒得动手，甚至懒得表达自己的想法，于是便木然地在旁边看热闹。有人站出来指挥，他们便笨手笨脚地做一点事情，但只要一有机会，他们便又回到自己之前所站的那个角落，看着别人忙碌，或者是干脆自己找点其他乐子。

反正事情总会有人做的，不然的话，大家住哪里？难道一直住在这些漏风的帐篷里？

即使是有一些人乐于工作，但也很快就会在其他人的懈怠下变得心理不平衡，慢慢也变得懈怠起来。

那些作为志愿者跟着城北联盟的工匠学到了一些技术的学生，在这样的情况下也很快不满起来。而那些一开始还比较愿意干活的外来派们，也意见越来越多。

外来派比较集中的营地进度还算比较理想，虽然不算快，但起码勉强达到了正常水平，而那些以学生为主的营地，甚至连联盟正常进度的一半都达不到。

许多人在建设的过程中因为大大小小的琐事争吵，闹翻，最终各自打报告要求调换到其他营地去。

万泽最终不得不做出一个规定，每个人自己住的房子自己建，校方只负责教你怎么做，帮助你准备木材以外的材料。从伐木开始，到分割木料，到用工具刨光木材的表面加工成型，再到运输，都必须自己想办法。每个人必须自己动手绑着安全绳爬到树上去测量和计算，去设计自己的树屋，自己动手锯掉多余的枝杈，去把一块块的板子固定在树上，并且一块块地拼接起来。

除非你是老人或者孩子，除非你能够证明自己身体有疾病或者是残疾没法干活，否则的话，即便是女生也必须自己动手，至少必须亲手完成其中的三分之一的工作，不能由他人代劳。

这样的规定让很多人不以为然，很显然，这样的做法完全抛弃了效率，一个人要去做那么多工作，那也意味着他什么工作都不会在行。

但恰恰是因为这项规定支持人们不要去管那些他们看不上的人，也让很多人行动了起来。

那些对于生活更有经验，懂得妥协和交流，也更愿意付出和配合的成年人很快就相互帮助完成了自己的树屋，收拾东西带着家人搬了进去。

然后是那些比较肯学肯干又乐于服从的学生，他们虽然没什么技能，但人们总是愿意帮助他们这样的人。很快，他们的树屋也建了起来。

那些随大流的人也不得不行动了起来，关系比较好的人自然形成了一个个的小团队，开始笨拙地摸索起来。事情逼到面前，当他们不得不自己亲手去完成这项简单而又复杂的工作时，他们终于开始意识到自己之前的做法有多无聊和可笑，也终于开始反思自己之前的做法。

虽然磕磕绊绊，但他们的行动还是得到了那些早已完成了自己工作的人的帮助，树屋也渐渐成型了。

但有一部分人却在这个事情上吃尽了苦头。

他们往往是那些意见最多，也最不愿意接受别人指挥的人，他们通常自视甚高，觉得自己的才能应该用在更有意义的地方，不屑于做这样的事情，也吃不了这样的苦头，甚至还在一开始的时候对于那些站出来组织大家干活的人冷嘲热讽，说他们这个不对，那个不行，意见一大堆，实际上压根提不出什么有意义的建议。

他们等待着万泽的新规定破产，认定这样的事情不可能推行得下去，继续在人群里散布着不满和负能量，但随着人们一一搬进自己亲手建好的树屋，他们突然愕然地发现，自己竟然在不知不觉当中被其他人抛弃了。

到了这个时候，他们已经没有办法混在人群里滥竽充数，也没有办法投机取巧，随着越来越多的人住进了自己的树屋，他们这些还住在帐篷里的人就变得显眼了起来。

“连女孩子都不如!”

“一群眼高手低的家伙!”

“一群废物!”

人们开始嘲讽他们。在这样的压力下，他们最后不得不亲自行动了起来。

之前他们总是有意无意地找别人的麻烦，而现在，麻烦很快就来找他们了。

愿意和其他人合作的早在这以前就已经完成了组队，到了现在这个时候，剩下的人彼此之间都看不顺眼，甚至之前还吵过架。有几个人勉强和别人合作了几天，但很快就因为无法忍受对方对于该怎么做的喋喋不休而散了伙。

但修建树屋这样的事情一个人做是不可能的，他们不得不学会忍受另外一个像自己一样偷奸耍滑、意见一大堆的人，不然就只能到别的营地去碰碰运气。

人们也不愿意帮助他们，事实上，很多人在建成了自己的树屋之后，终于开始明白自己做事情和看别人做事情之间的差别，终于明白有时候事情并不会像他们之前想象的那样简单，开始学会去理解那些站出来带领大家的人的难处。有些人从这件事情当中学会了服从和合作，也有人获得了满足感和成就感。

而不约而同的一点就是，对于这些在队伍里散布负面情绪的人，他们都感到非常厌恶，在这种情况下，他们都等着看这些人的笑话。

很快就有人受了伤，但在了解了情况之后，万泽等人并没有让人帮助这些人建好树屋让他们住进去，而是让学校的医务人员替他们包扎之后让他们继续。

“加油！”医务人员对他们这样说了之后，便离开了，这样的“毫无人性”“丝毫没有半点同情心”的做法甚至让其中少数几个人委屈得哭了。

你们宁愿闲着看热闹也不愿意帮忙，一群冷血动物！

他们无法忍受这样的事情，干脆跑回了学校。

但那个地方已经变成了一片空城，居住当然没问题，但他们住在那里，从劈柴、做饭到打水，所有的事情也都得自己做。那些留守的老师、设备管理员和护校队的成员早已经接到了学校管理委员会的通知，让他们注意这些人不要让他们有机会制造破坏，同时不要给予任何救命之外的援助。

这让早已经习惯了在人群中打混，发牢骚说怪话，觉得享受别人的劳动成果天经地义的他们彻底崩溃了。有几个人开始在学校里乱涂乱画甚至搞破坏，他们很快就被护校队抓住送到盐矿劳动改造，而剩下的人被这么一吓，又逃回了自己之前所在的营地，不得不继续想办法修建自己的树屋。

人们意外地在这个过程中收获了很多东西，也看清了很多东西，对于万泽等人的不满却在这个过程中慢慢地消失了，对于外来派执委的支持率甚至在八个“据点”陆续建成之后达到了顶峰。

“太可惜了，这些人里面竟然没有施远他们。”万泽有些遗憾地说道。

施远那几个人虽然在他们眼中也是一样的废人，但他们在这一次的事情里却很快就看清楚了形势，甚至带头学习怎么干木工活，在完成了自己的树屋之后，他们开始主动帮助周围的人，甚至主动请缨去帮助隔壁的“据点”，挽回了不少声誉。很多学生都觉得，他们这些人还是很厉害的。

但施远他们对于那些拖后腿的人同样看不上，没有理睬那些人。

那些人除了空有一张选票之外毫无用处，和他们走近，反而有可能推开更多有行动力和执行力的人，失去学生派本来就不多的人心，施远等人对这一点看得非常清楚。在完成了树屋的建设之后，他们宁愿主动去伐木和学习怎么烧炭，也没有去帮助这些人。

“要小心他们死灰复燃。”李乡说道。

对于迁出远山的提案，他是外来派中反对最坚决的一个委员。在他看来，这意味着地质学院丢弃了自己的所有优势，把自己放到了和城北联盟同一个水平线上去竞争，甚至可以说，把自己放在了一个极其不利的地位上去与城北联盟竞争。

他甚至激进地认为，这是城北联盟为了吞并地质学院而做出的尝试。

当地质学院的人们散居在城北联盟的“据点”周围，双方因为种种原因而不断接触，相互帮助，人数较少的地质学院的人们必然会渐渐丧失自己的独立性，甚至被城北联盟同化。

也正是在这样的想法下，他虽然最终只能屈从于投票的结果，但还是极力劝说所有委员投票把人数较多的五个“据点”设在了距离学校较近的远山正北方向。

从这个位置，他们可以在未来修筑一条阶梯，方便地返回学校。

而城东的那三个“据点”，则尽可能地设置在了一个三角区上，让他们可以相互抱团，而不至于必须经常接受城北联盟的帮助，渐渐丧失自己的独立性，同时能够和在盐矿工作的同伴保持接触，让他们不要忘记自己来自什么地方。

这样的态度让万泽有些不以为然。

施远等人的名声已经很臭了，只要他们这些外来派不犯致命的错误，施远等人就只能一直在旁边当看客，除了能够在有事的时候站出来吠几声，证明一下自己还活着，根本就不会有任何威胁。

而来自联盟的威胁则更不在万泽的考虑之内。

事实上，在邱岳从联盟副秘书长的位置上辞职出来办报之后，他的《远山周刊》就把施远等人掌握的校刊和宣传栏彻底打垮在地。万泽向邱岳提供了不少资源，甚至提供了人手，让《远山周刊》成为了在地质学院鼓吹外来派工作实绩的一面旗帜，许多学生在看他那些小故事和段子的时候，也顺便看看他的那些关于时事的文章，并且受到了不少影响。

无形当中，《远山周刊》已经成了远山城北人们重要的精神食粮，大家也通过这份唯一的报刊，了解了不少彼此的事情，隔阂也在慢慢地消失。

万泽的名字经常能够出现在《远山周刊》上，地质学院这段时间取得的一系列成就，包括成功发电这样的事情都让他刷了好几次存在感。

现在他走在联盟的土地上，偶尔会有人和他打招呼。

邱岳一直在拐弯抹角地通过各种各样的小故事鼓吹合并和选举。这让万泽越来越有信心,如果联盟与地质学院合并,自己即使不能成为得票最多的那个人,也肯定会是紧随在领头羊后面的那一个。

而在那个时候,谁能阻止他成为新体系下的实权人物?

“小严队长,到前面龙首歇一会儿吧?”

严烨抬头看了看天上太阳的位置,微微地点了点头。

从盐矿到东木城的这条路他们已经不知道走了多少次,但每一次走,周围的景象总会不一样。

整条路两侧十几米以内的树木现在都已经被砍伐一空,而那些藤蔓、灌木丛之类有可能遮挡视线的植物也早就被砍伐一空。因为一直都没有下雨,被砍掉的地方也没有植物长出来,只有一些低矮的蕨类和苔藓之类的植物贴着地面生存着,但很多都已经枯黄了。

他们刚刚经过的半坡营地周围已经被砍伐出了一大片空地,估计应该有几十亩。因为考虑到头顶暴晒的太阳,很多大树都没有砍掉,反而是把那些中等大小的树木砍伐一空。来自地质学院的一些人正在周边的大树上修建新的树屋,很显然,他们并不准备采用城北联盟的办法来修筑塔楼,而是准备用这种更为取巧,但也更加便捷的办法来设置观察哨,扩张自己的领土。

这样的做法让严烨有些不屑。

树屋造起来当然方便得多,但树木本身就会遮挡一部分视线,让观察哨的视野受阻。而且树屋上下也很不方便,可以容纳的人也不会很多,如果真的有恐龙袭击他们这个地区,分散在周围工作的人肯定有很大一部分将来不及逃到树屋上,他们所要面临的命运可想而知。

联盟的塔楼虽然要花费更多的功夫,但视线有足够的保障,也能让更多的人直接逃进塔楼内据守,拥有更多的功能。从这一点上就能看出双方领导人思路的根本差别。

严烨当然不会因此而说张晓舟的好话,但如果让他选,他绝不会让地质学院这些急功近利的人来领导自己。

地质学院的两个营地之间距离很近,只有两公里左右,虽然有树木阻隔没有办法看到彼此的位置，但只要他们继续沿着道路砍伐下去，不久之后，两个营地的土地肯定就会连在一起。

事实上，联盟和学校的高层的打算也是如此。

从龙首营地继续向西走，要不了两公里就能看到东木城最靠东的塔楼，张晓舟等人正准备在这个位置附近建设联盟的第三座木城，并且以这座木城为中心继续向周边开发。这样一来，从盐矿到远山将是连续不断的村落和塔楼，这片区域将会成为一个相当安全而且在双方密切控制下的土地。

严烨对这样的安排倒是没什么太大的意见，等到这条路彻底变成规划中的样子，盐矿那边要补充物资和粮食，同时把盐和肉干运送到远山肯定也会方便得多，他们也不必再投入那么多人来护卫运输队的安全，可以有更多的时间去狩猎和处理猎物。

也许是受王永军影响，杀死这些白垩纪的巨兽总会让他们这些人有一种说不出来的成就感，尤其是在面对那些体形堪比大象，甚至比大象还要庞大的巨龙时，他总会有一种一切都在自己掌控之下的满足感，并且相信自己可以征服这个世界上的一切。

可惜的是，盐矿那边要想变成理想中的样子也许还需要很长的时间。大概是因为气温太高，即便是已经拉了两层防晒网，那些种下去的果树苗在烈日下依然显得无精打采，长势很让人担心，河谷中炎热的气候也让人始终难以把它当成是一个可以安居的家园。

因此他不愿意让邓佳佳跟他到那边去受苦，宁愿过着现在这种牛郎织女两地分居的生活。

正思考着，龙首营地已经在眼前了，他们把推车推到路边的棚子下放好，跑到旁边的树荫底下坐下来，拿出随身携带的淡盐水一边喝一边闲聊了起来。

营地大多数人都分散在周围砍树，可以听到斧头在树干上敲击的声音和拉动锯子的响声，空气中弥漫着刚刚被锯开的木头的香味，附近下风处有个地方正在冒着烟，应该是正在烧炭。

有个人应该是回来拿东西，看到他们这队人后，有些羡慕地往手推车那边走了过去。

“这么多啊！”他没话找话地说道。

“好几天的收获。”严烨答道。

那人犹豫不决地站在那里看那些肉干，显然有点馋了。可严烨知道他们这些从地质学院过来的人并没有什么可以用来交换的东西，话又说回来，这些肉干都是联盟的物资。在盐矿，他可以决定或者是建议让人们改善一下伙食，振奋一下士气，可只要这些肉干离开了盐矿，他就没有了对这些东西的处置权。

他看着那人在那里咽口水，又舍不得离开，突然觉得有点好笑又有点同情。

但联盟的规定如此，他也没有办法。

“你们是用什么办法抓住这些恐龙的？”那人继续没话找话地说道。不然的话，空站在这里就太尴尬了。

“其实你们可以找找周围的虫子。”严烨对他说道，“有些虫子好好加工的话，味道不比恐龙肉差。”

“现在周围哪儿还有什么虫子啊！”那人摇摇头说道，“早都跑光了。”

其实联盟周边的林地也是如此。

烟熏，草木灰赶，每天还有砍树的声音和树木倒下的震动，稍稍大一点的活物早就跑光了，能够找到的只有那些体形小、生活在泥土里或者是树皮下面的虫子，要么数量太少，要么本身就不好吃。

比较好吃而肉又多的蜘蛛、蜈蚣、蝎子和那些巨大的甲虫，都早就逃离了人们生活的区域，变得难得一见了。

“唉，”那人微微地叹了一口气，“还是你们联盟好啊，隔三岔五就有肉吃。”看着那些肉干，他突然又说道，“要是我们合并为一家就好了。”

这样的话让严烨有点无语，合并的动力就是为了有肉吃吗？更何况，这些肉干看着多，但分配到联盟六千多人那里，其实真的是九牛一毛。往往只有那些在自己岗位上表现良好的人才会偶尔获得这样的奖励，其他人只能自己花工分券到联盟的商店去买。

不过这也算是一个美丽的误会吧？

但这或许也是邱岳一直以来在《远山周刊》鼓吹人类团结起来，一致对外，征服这个世界的结果。其实在盐矿的那些师生们也已经渐渐淡化了大家身份上的区别，而王永军在给联盟一方的成员改善伙食的时候，也总是顺带着给他们也分上一点儿。

也许不久之后，合并的事情就真的会提上日程了。

“那就希望我们两家早一点合并吧！”于是严烨对那人说道。

“小严队长！”刚刚走进东木城控制的领域，就陆陆续续有人和严烨打起招呼来。虽然有好几十人跟着他去了盐矿那边，但这边留下的人同样不少，再加上之前东木城另外那个队有认识他的人，所以每次他回来，总有一种回家的温暖。

“最近怎么样？”

“还能怎么样？反正就是熬呗！”那个和他打招呼的人说道。他和几个没见过的人正在用锄头翻一块地，旁边的田埂上放着用作架子的木头和一卷卷的遮阳网。

这些不认识的人应该是从联盟内部刚刚申请调过来的，他们有些好奇地看着严烨，显然，对他并不陌生。

“别这么说，日子会好起来的！”严烨说道。

“吃了没？要不在我们这儿一起吃？”这个熟人笑着问道。

严烨摇了摇头：“别客气了，我们这么多人呢！等把这些东西入了库，我们自己想办法。”

他一进东木城就看到了邓佳佳，她正在和一个陌生的男子争吵，旁边好几个人都在劝。

“怎么了？”严烨马上丢下队伍跑了过去。

“你来得正好！”邓佳佳凶巴巴地说道，“这个家伙明明不是我们的人，跑到我们这里混吃的，被发现了还恼羞成怒！”

“我怎么恼羞成怒了！”那个男子眼见人越来越多，明显已经㞞了，但嘴上还不肯示弱，“都是联盟的成员，我在这儿吃一顿怎么了？”

“你是联盟的人吗？我们一个都不认识你！”另外一个人说道。

“联盟这么多人，你个个都认识？”那个人强词夺理道。

“你是哪个区的？”严烨问道，“你们区的执委是谁？工作人员是哪几个？”

这一连串的问题让这个男子招架不住，他假装要说什么，趁大家不注意，吱溜一下钻进人群里跑了。

人们哄笑起来。

“肯定又是学校那边跑过来的。”有的人说道。

“他们也怪可怜的，天天吃番薯干番薯面，这家伙是馋了吧？”另外一个人说道。

“再馋也不能跑我们这儿混吃啊！当初我们天天吃树皮粉的时候也没跑他们那边去混吃啊！”

人们议论着，重新排起队来，邓佳佳也准备回食堂去继续工作。

“这样的事情经常有？”严烨问道。

“好几次了，一开始不想管他们，可他们总来，这哪儿行啊！”邓佳佳说道，“你等会儿来不来吃饭？”

严烨笑了起来：“算了吧！被人挑出来说我混吃混喝可就太丢脸了。”

旁边的熟人们都笑了：“小严队长，谁敢说你混吃混喝，我们替你揍他！不过你不会是说佳佳吧？我们这儿就她眼睛最毒，那我们可就帮不了了，哈哈哈哈……”

邓佳佳捶了他一下，他笑了笑，轻轻在邓佳佳耳边说道：“等我，有好东西给你！”

“什么？”

“等会儿你就知道了！”严烨答道，随后匆匆往车队跑了回去。

联盟的仓库在东木城上面设了一个点，专门处理从盐矿运过来的东西和要送到盐矿去的补给。严烨办好了交接手续，便按照惯例带他们去联盟的食堂吃饭。

“小严队长，你别管我们了，快点去吧！”队伍里的人们嘻嘻哈哈地说道。

严烨也不矫情：“那吃完饭你们休息一会儿，十二点半我们在仓库那儿碰面。”

大家笑着说道：“行，要是我们先到，就把东西先领了，你来签字就行！时间多得很，你别急，慢慢来！”

他匆匆赶回东木城，因为现在在附近工作的人都在这边吃饭，人还多得很，这样的情况，也难怪地质学院的那些人敢过来混吃。

食堂的大妈们远远地就看到了严烨，便逼着邓佳佳放下东西，盛了两碗粥，舀了一大碗杂菜给她，严烨看她一个人捧着三个碗，急忙三步并作两步地跑过去，把两碗粥接了过去。

“去哪儿吃？”

“外面吧，这里人太多了！”邓佳佳说道，“成天被他们逗，烦死了！”

两人于是从新开的那道南门走了出去，找了一段没人的墙脚，把东西放了下来。

"有什么好东西?"邓佳佳问道。

"当当当当!"严烨变戏法一样地从身后的包里拿出一个不锈钢饭盒,打开之后,香味马上就透了出来。

"这是……腊肉?"邓佳佳的眼睛一下子瞪得好大。

"也不算是啦。"严烨说道,"你尝尝?"

这可不是严烨能做出来的东西,而是盐矿那边几个中年人捣鼓出来的。现有的条件让他们没有办法按照以前的做法腌制腊肉,别的不说,硝盐、酒、花椒这些配料就没地方找去,不过之前联盟在鉴别各种各样的植物时,也找到了一些气味浓郁而又无毒的植物,他们便试着把这些东西晒干后磨成粉,代替五香粉、花椒粉之类的东西,再加上盐来处理他们获得的恐龙肉了。

一开始的味道真的是无法形容,因为天气太热,好几次做的肉都臭了,但又舍不得扔,只能硬着头皮吃。后来怕肉发臭,盐放得太多,那咸味又真的是齁得人想死。好在他们那儿盐也多,肉也多,几个人没事的时候就一直研究这个,一次次地研究各种东西的比例,研究做恐龙肉的手法,最近才终于算是成功了。

但因为做起来既费工又费料,也只是小批量地做一点。

比起以前各地的风味腊肉来当然还有很大的不足,但对于远山这些成天翻来覆去的就是玉米、番薯、树皮粉条"老三样"的人来说,那些仅仅是在太阳底下和热风中晾干晒干的肉干已经是难得的美味,这样的腌肉带来的味觉享受真的是无法形容。

"还有这个!"严烨献宝似的打开了另外一个盒子,里面是几条他自己抓的鱼做成的咸鱼干,味道当然不好评价,但毕竟是他自己做的,不是吗?

"真好吃!"邓佳佳吃得眉开眼笑,就连咸鱼干也吃得津津有味。

但她很快就停下了:"留给严淇吧!"

"那丫头不用管。"严烨心里暖暖的,嘴里却这样说道,"她是属猫的,自己会找地方,你还怕她饿着?"

"哪有你这样的哥哥!"邓佳佳说着,把两样东西都收了起来,"放着晚上我和她一起吃。"

两人一边继续吃饭一边捡没紧要的话说着,足足一个小时才把饭菜分着吃完了。严烨厚着脸皮去把洗干净的碗还了,然后便带着邓佳佳去找朱永。

“我算着你也该来了。”朱永等人这段时间已经从东木城搬了出来，开始在东木城外面开垦土地，他们的地分布在东木城往南的那个方向，由十几个塔楼保护着，足足有二百八十亩，大部分都已经种上了玉米苗和番薯苗，只有最靠南的那一小块因为塔楼才刚刚建起来，周围还一片混乱。

不过他们对于这些事情已经很有经验了，二百多人一起动手，只要两三天的时间就能把那块地弄好。

每人半亩地的标准早就够了，现在弄的都是生产队的公地，但大家彼此之间都很熟悉，关系也好，没有人会斤斤计较。经过这么长时间的磨合，大家都清楚集体劳动的效率更高，等到收获的时候，肯定比每个人只顾着自己的那半亩地强得多。

“这次的多吗？”人们焦急地等待着。

严烨把包里的那个木桶取了出来，递给他们。

“四五十条呢！”人们清点了一下数字之后兴奋地说道。

“小心点！”朱永叮嘱道。

“知道知道！我去放在水潭里了！”那个捧着木桶的人说道。

虽然人已经到了盐矿，但因为邓佳佳还在，其他人也还在，严烨和这边的关系一直都没断，虽然没有权力给他们带肉，但每次送东西回来，他总会私下给他们带点从盐矿那边弄来的小东西，到他们的地盘上走走看看，和大家聊聊天。有时候甚至是替他们到领导那儿去找找关系，解决点小困难。

有一次朱永他们带他去看新挖出来的水潭时，有人在旁边说了一句“水这么好可惜没有鱼”，严烨便把这个事情记在了心里。

这边没有鱼，但盐矿那边的小河里却是有鱼的，虽然大的不多，但用饮料瓶改装一下，放上点诱饵，每天还是能抓到七八条甚至是十几条。这样的小鱼苗拿来吃还不够一口吞的，正好带回来让朱永他们放在水潭和那些水井里。一方面是指望着未来能够慢慢长大，成为他们这个地方的一个产品，给大家带来点额外的收获；另一方面，也可以靠这些鱼检测这些水是不是干净，保证他们的安全。

当然，里面比较大的那些都被做成了咸鱼干，刚才已经都交给邓佳佳了。

大家都对严烨的做法心存感激，虽然他已经离开了那么久，但所有人都感觉他还是自己人。他们甚至给严烨和严淇都划了一块地出来，自作主张地帮他们种了庄稼。

“下一步就是继续往南扩了!”朱永意气风发地说道。

凭着他们这些人,只要联盟不禁止,给他们两个月,他们就能再开拓出二百亩地来！到了那个时候,平均每个人都能有两亩地,日子应该就会好过了。

第4章

疯狂开发

干旱持续了将近三个月，所以大多数人都把自己生活和工作的重心放在了悬崖下的世界。

现在还留在远山的，除了那极少数已经投入了太多劳动力而舍不得放手的田地的主人外，就只是轮值训练同时用来防范城南、维持城内秩序的那些民兵，科研人员，康华医院的医护人员，机械加工厂的工人，少数维护设备和保管物资的人，还有就是所谓的“远山学园”和隔离营里那些刚刚从城南交易来的人。

日常留在远山的联盟成员，也许加起来也不会超过两千人。

这些人日常所需用水，基本上可以通过手摇水泵和两级接力运送到悬崖上，虽然依旧不便，但这些东西真的没有办法也搬到悬崖下面去，只能咬牙克服。

好在要解决这些人的用水问题，已经比解决所有人的用水问题简单了许多。

远山学园的很多社团活动都增加了到水泵站去义务劳动这一项，不管是大孩子还是小孩子，高辉都决定要让他们亲身参与，明白干旱对所有人生活的影响。

科学社意外地借这个势头发展了起来。

每天抽水挑水的生活让孩子们苦不堪言，也给他们造成了严重的心理伤害，因为上午的课堂上讲得太粗糙，很多孩子都想要知道为什么会干旱，要怎么才能克服干旱，以及要怎么才能不必自己辛辛苦苦地去干这些事情，而这些问题只有在加入社团之后才会有人解答。

张四海百忙之中挤出一点儿时间，指导他们做了一个抽水风车的模型，放在学园外面那个干涸的水池里，很多孩子一下子就对机械有了极大的热情，机械协会不得不从科学社重新独立了出来，甚至超过科学社成了学园最热门的社团之一。

以前那个世界说懒惰是科学发展的原动力，从这件事情上来看，真是一点儿错都没有。

但社会发展的原动力显然不是懒惰，而是欲望。

当联盟把对多余土地的处置方案颁布出来之后，人们的热情就像是一下子被释放了出来，尤其是在看到生产一队以令人惊讶的速度建起一个又一个塔楼，开辟出一块又一块土地，然后获得联盟的认可之后，其他人也一下子就变得完全不同了。

上缴百分之三十的规定当然有些坑爹，而且不是个人所有，而是由生产队来统一分配，但对于粮食和财富的渴望却推动着人们砍倒一棵又一棵巨树，建起一个又一个塔楼。

生产队的数量很快就从现有的四个扩充到了十个，然后进一步扩充到了十六个，男人们不断地把那些树木用锯子截断，加工成需要的形状，然后运到搭建塔楼的场地，而老人和妇女则尽力做着力所能及的工作。

因为砍下来的树木太多，根本就来不及处理，大量本来可以加工成食物的树皮被直接丢弃，作为燃料烧掉。

这样的疯狂让张晓舟有些害怕，高温和连续不断的工作必然带来伤病，盲目的工作也有可能让人们放松对白垩纪丛林中那些危险的警惕。

他不得不带着联盟的各级管理人员游走在各个开拓点，控制人们工作的狂热，让他们把进度慢下来。

“我们有足够的时间。”他一次次地对人们说道，“那些土地最终都将是属于你们的，没有必要这么急。慢慢来，把自己现有的经营好比什么都重要。现在开垦出这么多土地，根本就种不过来，浇水就是一个大问题。”

他的话当然一点儿错都没有，但看着周围的人们正在获取更多的土地，人们还是忍不住竞争的欲望。有些队伍甚至宁愿先把树锯倒放着，抢先把属于自己的塔楼建起来，把地盘占了再说。

面对这种情况，联盟不得不给他们划出发展规划区域，防止两个生产队因为争抢更有利的地块而发生冲突。

这个举措最终让修塔楼划地的竞赛慢慢停了下来。反正你现在干或者是以后干，那块地原则上来说都是你的，那又何必非要现在动手？

狂热终于慢慢地平息了下来，许多人在这个时候才感觉到，自己早已经体力透支，疲惫不堪。

幸运的是，除了少数工作中的跌落和坠物砸伤事故，以及少数被昆虫蜇伤的案例，并没有发生严重的事故和袭击事件。甚至连他们所担心的疫病也没有发生。

“那些动物或许都迁移到有水源的地方去了，干旱让蚊虫也没有办法在这里生存。”段宏这样分析道，“干燥的环境也让疾病不容易发生，如果是之前那种一天下几次雨的天气，现在说不定要有一半人病倒了。”

某种意义上来说，虽然干旱逼迫他们不得不从相对舒适和安全的远山城走出来，但也给予了他们开拓的机会。

联盟在这时候做了一个统计，十六个生产队在这段短短的时间里建设了二百一十六个塔楼，新开发了将近四千亩土地，虽然其中很大一部分其实只是把树锯倒了荒废着，没有真正开垦，但加上之前就已经开垦出来的数量，两座木城周围现在已经有了将近六千亩土地，几乎相当于硬生生地在丛林当中砍出了一个城北联盟实际控制区的面积。

东木城和北木城所开辟的土地也完全连在了一起，可以预想，未来站在联盟东侧的那一圈悬崖上面往下看，肯定会是一大片五颜六色的防晒网和星罗棋布的塔楼，密密地连在一起。

修建新木城的呼声变得越来越高，人们对于每天要花费越来越多的时间在往返远山和自己的土地之间感到极其厌倦，其实已经有很多人住在塔楼里，但那里的空间毕竟有限，当初设计的时候也没有考虑住人的需求，住在那里非常不舒服。

“等大家休息一个星期，我们就分别在东面和东北方向开始各修建一座新城。”张晓舟说道，“现在就可以征求大家的意见，看有多少人愿意住在那里面。也可以现在就开始征求设计方案，但一定要首先考虑安全性，尤其是要考虑防火。”

他看着远处那些裸露在外还没有来得及真正开发的地面，原先长在那些高大树木下的苔藓和蕨类植物几乎都已经被烈日暴晒而死，一片枯黄。狂风吹过的时候，那些断裂的枯黄的叶子便四处飞舞，宛如以前那个世界冬天的飞雪。

大段大段还没有来得及加工的木头和被锯下来的边角废料分散着压在它们上面，到处都是。

这样的情况下，也许只要一颗火星就能造成大范围的火灾。

“让大家提高警惕，用火的时候一定要小心。”他对所有来开会的人说道，“一定要小心！”

“差距就在那里，大家应该都看得到。”地质学院的管理委员会例会上，万泽沉重地说道。

站在悬崖边上能够看得更加清楚，联盟划定的开发区域上的树木基本上都被砍伐一空，而且靠近外围的区域都已经立起了塔楼，竖起了绿色的预警旗帜。将近一半的土地已经安装了遮阳网，显而易见，下面肯定已经种下了庄稼。

而地质学院的这一侧，却只能看到稀稀拉拉的五块林间空地，彼此之间都还有很大的距离。东面的那三个营地情况要稍稍好一些，但也好不到哪里去。

联盟一个生产队的人数在二百人到三百人不等，而地质学院的一个“据点”最少也有三百人，最大的位于五个“据点”中心的那个被命名为“新地质”的“据点”甚至有六百多人，但两者之间的工作效率却天差地别。

有几个“据点”甚至到现在都还有人住在帐篷里，那些人已经完全自暴自弃，即使别人再怎么嘲笑他们，他们也不愿意动手去建自己的树屋，一副死猪不怕开水烫的样子。

“每次站在那里，我就会感到很羞愧。”万泽继续说道，“我不知道你们有没有这样的感觉，但我真的无法理解。虽然我们的人口比他们少，但真正能够干活的青壮年，其实并不比他们少多少，更何况，他们还有将近两千人留在城里！到丛林去的人数其实和我们差不多！”

“投入差不多的劳动力，使用相同的工具和材料，他们那边的人或许要熟练一些，但我们的人却更年轻，所构筑的建筑也比他们更简单！究竟是什么让我们之间出现了这么大的差距？我们的能力真的有这么大的差别吗？”

没有人回答，但很显然，很多委员，尤其是那些学生委员对此非常不服气。

“我们是从头开始！”很快，一名学生委员便说道，“不要忘了，城北联盟刚刚开始开发丛林的时候效率同样不高，他们也是在不断地培养了熟练工人，吸取了经验教训之后，速度才快起来的！”

“你说的当然是一个原因，但他们已经向我们共享了他们的经验和教训，在开发丛林这件事情上，我们是有后发优势的。”万泽摇摇头说道，“这不能成为理由！”

“那你觉得原因是什么？”施远说道。

他的委员职务本来在被何春华掳走后就已经自然解除，学生派很快就推选了另外一个人来代替他，但在他被何家营释放回来后不久，学生派的委员们内部便召开了一次会议，重新让他进入了委员会。

虽然也有很多人认为他的失败已经明显说明了他的无能，但他毕竟是委员会的元老，影响力始终还是存在的，也更有斗争经验。

但学生派在此后却遭遇了一连串的失败，甚至遭到了学生们本身的唾弃，他们在后来的二十五人委员会中甚至只占了七个名额，按照人口比例来说，这无疑是巨大的失败。随后，他们又遭遇了一系列崩盘似的失败，最后甚至连施远最引以为豪的宣传小组也惨败在来自城北联盟的《远山周刊》手上。

痛定思痛，在杨勇的一次次旁敲侧击下，他们终于认识到自己的失败源自脱离实际，源自空喊口号而没有实际作为，这让他们改变了以往的策略，并在这次的大迁移行动中表现出了不错的能力，获取了他们所在的那两个“据点”学生们的好评。

这让他们受到了鼓励，也正是因为如此，他们决定趁热打铁，迎难而上，夺回本该属于他们的权利，把外来派的阴谋彻底打垮！

很显然，万泽这番话是为了引出外来派的阴谋，施远等人精神高度集中，做好了战斗的准备。

“我认为原因很简单。”万泽说道，“因为我们一直在吃大锅饭。”

“这个问题其实早就已经存在了。”万泽趁着施远等人还没有来得及整理思路反驳的时候继续说道，“大家应该都很清楚，我们之前的成果其实仅仅是少数人努力的结果。实验室，工厂，温室，甚至是之前的那些土地其实都是少数骨干分子带领一部分人干出来的。大多数人其实什么都没做，只是在旁边摆摆样子，有些人甚至一直在里面挑刺,制造矛盾和冲突。”

这话明显是在指施远等人之前所做的那些事情,这让施远的脸色变得非常不好看。

“三分之一的人干活,三分之一的打酱油,三分之一的捣乱,这就是之前地质学院的真实情况。但因为那时候条件比现在好,收获也足够所有人分享,问题并没有暴露出来。”万泽继续说道,“但当我们必须从之前的那个摇篮走出来时,当所有人都必须从头开始,还是只有三分之一的人干活时,问题自然而然地就浮现出来了。你们应该可以看到,如果我们没有采取之前的政策,那这些始终不肯动手的人和那些打酱油的人,会对我们的骨干造成什么样的负面影响?如果不是把责任分摊到每个人头上,也许我们现在大多数人都还住在那些临时搭成的帐篷里。”

“你这是在转移矛盾。”施远马上说道,“把自己管理上的无能推到大多数人头上。按照你的说法,地质学院三分之二的人都是累赘?你敢站出去对他们这么说吗?”

“我没有说他们是累赘!”万泽说道,“但显然,继续再这样吃大锅饭下去,地质学院就完了,不会有任何前途可言!”

“真搞笑!”施远说道,“危言耸听!”

“我们必须改变这种情况。”万泽没有理他,而是继续对其他人说道,“我们不能再让辛苦工作的人和什么都不干的人一个待遇,更不能让他们和那些不但不干活,反而拖累进度的人一个待遇!我们必须改变现有的分配方式,多劳多得,少劳少得,不劳不得,否则的话,我们就会失去更多的骨干,让越来越多的人都选择袖手旁观。”

“这话说得容易!”

“要做出改变从来都不容易!”万泽说道,“但我们别无选择!施委员,难道你想要让愿意劳动的人去养不劳而获的人?难道你认为刻苦努力的人应该和什么都不干的人一个待遇?你敢站出来大声这样说吗?”

施远没有接这个茬。

“具体怎么做?”另外一个委员问道。

“我认为我们可以借鉴联盟的做法。”万泽说道,“很简单,我们打破现在所谓的‘公平分配’!我们也来搞工分制!所有人凭工分吃饭,凭工分换取物资。联盟已经在这方面积累了很多经验,我们可以直接把他们现有的体系拿过来参考,结合学校的实际情况修改之后投入使用。”

“会有很多人反对。”一名委员说道。

“那是肯定的。”万泽说道，“但我相信会有更多人支持！我相信大多数人不会想要继续混日子，他们只是渴望得到公平的回报，而不是我们以前所推行的那种‘绝对公平’！而我们现在就要给他们公平，让他们感觉自己的付出是值得的。我相信不会有人敢站出来大声说‘我就是要不劳而获，我就是要别人养着我’。施委员，你觉得呢？”

学生委员们明显有些迟疑，反对外来派提出的一切建议是他们一直以来唯一的行事方针，但在这个事情上，他们也觉得非要这么做不可了。

立场归立场，但总不能只要立场不要智商。尤其是在问题已经这么明显、这么严重的情况下。

“要挑刺总是会有办法的，但我们真的要这么做吗？”

学生派委员们最终并没有站出来反对万泽这一次提出的建议，但他们马上就聚在一起开了一个小会。

“你们真的相信他们是为了学校好吗？”施远反问道。

之前说话的那个人没有回答。

“万泽要干什么已经很明显了！”施远说道，“把我们的人分散到城北联盟周围，让我们的人跟他们学，现在连规则也要一步一步地跟着他们走，等到大家都接受了这个所谓的工分制，他肯定又会把城北联盟的其他规则拿过来用！到那个时候，谁还能阻止城北联盟吞并我们？”

没有人说话，在这里的都是学生派的骨干，也是最激进的那一批人，他们当然不会容许这样的事情发生。

“我们当然要防着他们这么干！但即便是对我们有用的东西也要反对吗？”之前那个人忍不住说道。

“你们有没有听说过一句话，一切坏主意在它变坏之前看起来都像是一个好主意！”施远说道，“他们现在所做的事情，就是这样的事！我相信他们会一直拿城北联盟的成功来说事，一直摆出一副我们都是为了学校好这样的态度来，你们想想，如果他们不这么做，又怎么能够蒙蔽这么多人，让这么多我们的人被他们欺骗？”

“但我们怎么阻止他们？再继续唱反调，我们就连现在这点支持者都没有了！”另外一个学生委员说道，“我们好不容易才恢复了这么点声望，难道为了揭露他们就砸进去？你们应该知道，大多数人都是盲目的，他们不像我们看得到这么远！他们只会觉得，我们就只会成天唱反调，只会成天捣乱，之前我们就是因为这个原因而失去了很多支持，不能再这样下去了！”

大家都苦苦思索起来。既要反对外来派，又不能失去支持者，这真是一个难题。

“杨勇，你有什么办法?”施远突然问道。

如果可能，施远半点也不想用这个人，但问题是，他的主意有时候的确有用，而且他也没有其他退路可走，只能跟着他们一条路走到黑了。

“想法是有一点，但不知道合不合适。”杨勇没想到施远会问自己，但他还是说道。

“没事，你说说看。”

“其实从之前建树屋的事情就能看出来，大家对于咱们学生自己的人还是很容易产生认同感的。”杨勇小心翼翼地说道，“你们只要有实绩，肯定会比万泽那些人更能够获得大家的支持。”

虽然这样的话有指责他们之前都没干什么正事的嫌疑，但施远真不知道要怎么回避这个问题。

他皱了皱眉头：“你继续说。”

“挑刺的事情我想不用咱们干，那些吃了亏的人就会跳出来。”于是杨勇继续说道，“我们关键要做的，是在他们跳出来挑刺的时候，拿出比万泽他们更好的办法来。”

这话当然一点儿也没错，但比万泽他们更好的办法，这话说起来简单，可哪有那么容易？要是那么容易就能拿出更好的办法，他们也就不用在这儿发愁了。

一伙人想了很久，甚至有人提议是不是干脆把这件事情的主动权抢过来，把功劳据为己有。

但施远马上就骂醒了他。

万泽他们现在要的不是功劳，恰恰就是让所有人习惯城北联盟的做法和规则，为城北联盟吞并地质学院做铺垫，他们还跳出来帮忙，那不成了这些人的走狗了吗?

“更好的办法……”施远喃喃自语着，但以他们的人生阅历，却不能找出这个问题的答案。

张晓舟对于学校进行的改革当然是乐见其成，事实上，他对万泽和邱岳这段时间的作为甚至很赞同，也一直在给予支持。

联盟的人口结构始终是个没有办法解决的大问题，新生代的人数太少，即使是通过人口贸易交易过来一些孩子，也不可能解决这个断层的问题。更何况，还有更深层次的伦理问题。

不把地质学院引入，始终解决不了根本问题。

但地质学院的风气也真的是让他感到头疼，如果他们一直保持现在的大爷作风，那把他们吸收进来就不是解决问题，而是制造矛盾和麻烦，带来更多的问题。

那些到盐矿去的志愿者还算勉勉强强，而且在人们的带动下也有了明显的改观。但这次地质学院的迁徙中这些学生所表现出来的状态，真的很让他担心。

现在这个时候万泽做出这样的改变，迫使这些学生开始正视现实，自食其力，他当然是高举双手赞成，一路大开绿灯，把联盟工分制的所有细节都告诉了他们。

然而，这其实也并非是联盟现行政策的全部内容，在联盟上班拿工分的是一部分人，大多数人其实并不拿工分，而是自己在替自己干活，真正刺激联盟成员，让他们愿意拼命干活的，其实还是对私有财产的认可、鼓励和保护。

这让他对地质学院即将进行的改革有些担心，因为从本质上说，万泽准备推行的规则和联盟并不完全一样，依然是在吃大锅饭，不过是吃相稍稍好了一些而已。

地质学院的营地里却是冰火两重天，人们聚在一起听着队长们传达学校管委会的最新决定，一些人欢呼起来，而另外一些人的脸色却彻底黑了。

他们当然不会觉得自己是那种不劳而获的人，但问题是，凭什么他们必须接受通过这种低级的体力劳动来获取所谓的工分？凭什么万泽那些人就能坐在办公室里对他们指手画脚？凭什么他们就可以不干活，却要逼着其他人干？

凭什么？

这里面明显有黑幕！

根本就不公平！

很快，很多传单就开始在“新地质”营地和地质学院的其他营地里出现，传单的内容里并没有对学校管委会的新决定提出质疑，但却质疑为什么现在几乎所有的管理岗位、所有轻松的岗位都是由外来派把持？为什么大多数学生都被安置在了体力劳动的岗位上？为什么以地质学院四千人的规模，高层和中层的人数却是城北联盟的好几倍？

真有这个必要？

难道其中没有猫腻？这些人是怎么上去的？难道这不是一种变相的特权？

文章的最后特别提出，既然外来派的这些人号称要给予大家真正的公平，那就先精简机构，把不必要的岗位都统统裁掉！然后把剩下的岗位都拿出来公平竞争！不要再继续黑箱操作，不要再任用私人！

因为只有这样做，才能够说得上是真正的公平！

“不是我干的。”学生委员们在施远的逼视下一个个地说道。

这些传单的出现完全出乎他们的意料，也大大地打乱了他们的节奏，平添了许多变数。

地质学院的管理层和城北联盟是不同的，虽然张晓舟等人也经常都在办公室里，但只要一有时间，他们就会到基层和一线去，根本就没有什么领导的架子。老常这样的老同志身体不好，一般不怎么动手，但张晓舟、钱伟、夏末禅、江晓华等几个年轻的领导经常会上去帮帮忙，体会一下具体工作的难度和辛苦。

有危险的工作大家当然不会让他们干，但一般性的劳动，在他们的坚持下大家也不会反对，久而久之，看到联盟主席在和一群工人一起一边扛木头一边聊家常，看到联盟的检察官在一边挖地一边询问大家对联盟各级办事人员的意见，就成了城北联盟的一种常态。

也正是因为如此，联盟很多小问题，只要有解决的条件，解决得都非常快。

张晓舟说联盟的申诉和举报途径保证畅通，这并不是一句口号。

高层中只有梁宇不经常到下面去，他的工作本身就不是那些，但他也是个没有什么架子的人，公事公办不讲情面这一点当然很让人讨厌，但既然他不是针对某个人而是针对所有人，那大家也就没什么意见了。

在张晓舟的带动下，执委们和各个部门的头头脑脑哪怕是不情愿，哪怕只是装装样子，也得经常和一线的联盟成员们一起干干活，久而久之，这也变成了一种习惯。

你不这样干不行啊，联盟就这么大点地方，就这么点人，作为执委和领导又有很多人认识，你稍稍和别人不同，马上就有人会拿着这个事情到处去说。

但大多数联盟成员却也因此而与联盟的高层们没有什么隔阂，也对他们的操守和人格没有什么怀疑。反正他们每天干什么吃什么，大家都看得到，也和自己没有什么区别。

当然还是有人信誓旦旦地说他们在食堂吃过了回去肯定还有小灶，背后都有额外的补贴，但这样的话大家听过以后也就是当成一个笑话笑笑。操那样的心，受那样的累，就算真有小灶和补贴，大家意见也不大。

而那些联盟下面的工作人员，在这样的氛围下几乎也没有偷懒的余地和空间，即便是张晓舟等人看不到，周围的联盟成员们也会帮他们监督。因为张晓舟一直都在告诉他们，这些工作人员都是靠他们上缴的税收养活的，理应要为他们服务，多做一些事情，请大家一起帮忙监督他们的工作。

张晓舟固执地认为大家拿工分就是要当公仆，就是应该比那些缴税的人多操心多干事，而且身体力行，如果不愿意接受这样的条件，那就辞职走人。

他们也就没办法了，遇上这样的领导，只能自认倒霉。

在联盟当公务员绝对不是个什么好差事，收入折合下来比种田砍树多，比种田砍树稳定，但绝对不轻松。

但在地质学院却并不一样。

虽然已经经历了好几次所谓的“革命”，但地质学院的领导层们却依然很少亲手干活，他们当然也经常会到一线去检查和指导工作，但通常都是在旁边一边看一边和干活的人唠嗑。

有时候，几个委员一起下去检查工作，加上部门本来的领导和陪同人员，便经常会有一群人围观几个人干活，还不时指出他们哪里没做对赶快改正的奇特景象出现。

以前他们也没有认为这样有什么不对，但随着他们与城北联盟的接触加深，这样的“正常”在他们看来就渐渐变得不正常了。

万泽和少数几个委员年纪大也就算了，其他人凭什么成天指手画脚不干活呢？

联盟人比他们多，也不过是七个执委加一个主席就搞定了，为什么他们非得要有那么多委员？

你说应该这么干，应该那么干，那你自己来试试啊！

“联盟那些人，作秀也作得太过分了！哪儿有好好的本职工作不干，天天去搞那些的？这像话吗？那还有必要搞社会分工吗？大家都去当工人当农民好了，都不用考虑管理，不用提升效率，不用考虑长远规划，不用搞科研搞技术储备了！还怎么发展？张晓舟那个人，根本就不懂这些！就只知道蛮干瞎干，一点儿管理常识和管理水平都没有！”

很多学校的委员和部门主任经常会私底下这样抱怨，他们彼此之间都有默契：决不能像城北联盟那边那么搞。

一天两天没问题，可天天那么搞，那么累，谁受得了？

“我就不信他们那些人能这么一直演下去！总有一天，他们自己就会受不了演不下去的！”

这是常理。

人拼命向上爬的最大动力就是为了脱离单调辛苦的体力劳动，从劳力者进化为劳心者，获得更好的待遇和更大的权利。

如果拼命往上爬搞得自己只不过是承担了更多的责任，除了劳心还要继续劳力，那是吃多了撑的有病吗？是心理变态自己找罪受吗？

很多学校的委员和干部其实就是因为这点，对于力泽暗自撮合双方联合的事情不赞同，暗地里支持李乡。

双方合并之后，到底采用哪边的做法？从现在的趋势看，肯定更多的是要采取城北联盟那边的做法，那他们这些人究竟还能不能继续当领导？毕竟按照联盟那边的做法，根本就不会需要这么多人做领导。更何况，按照他们那边的做法，当领导又有什么意思？

施远等人之前的做法，其实在某种意义上来说，无形中破坏了学校高层的这种默契，好在他们也做不到长期坚持，一段时间之后自己就慢慢停下了。

上面的人这样，下面的人当然也不可能当雷锋做奉献，当然是能偷闲就偷闲，某种意义上来说，学生们的那些脾气，其实也是从他们这里一层层学来的。

这样的情况其实大家都习以为常，但现在，这些传单就像是一把把刀子，狠狠地挥下去，把他们脸上的那层伪装一下子撕了下来！

事情变得很难看了。

“必须给他们点颜色看看了！”万泽愤怒地在外来派委员的内部会议上说道。

他的愤怒是完全有理由的。都已经到了什么时候了，施远那些人还来玩这一套？之前大家明明在二十五人委员会上已经说得清清楚楚明明白白，对学校，对所有人都有好处的事情，他们却还是要来背后搞这些？

这些传单一出来，一下子就激发了很多人的不满，而更加雪上加霜的是，很快又有人做了一个调查，发现除了施远等学生委员是自己动手，并且主动帮助了其他人之外，大多数委员的树屋也根本就不是自己搭建的，他们只是提了个要求，然后便安排其他人替他们建造。

他们的树屋当然都是第一批就建好的，又快，又大，又好，密密实实一点儿不透风，所有材料都经过精心的挑选和处理，而且地板上的木板都平平整整，一点毛刺都没有，也不会一动就发出让人提心吊胆的响声。

当然，那时候万泽颁布的那条每个人自己建自己的树屋的规定还没有出来，但这样的差别却让学生们，尤其是那些现在还居住在临时帐篷中的学生们，无视这样的现实而愤怒了起来。

即便是那些自己动手，已经住进了自己造的树屋的人们，也感到非常不满，看着自己摇摇欲坠、到处漏风、一不小心就会被毛刺扎伤的树屋，再看看他们的树屋，谁会真的一点儿想法都没有？

如果当初的规定不是这样，而是用更好的办法，更合理的分工，更合理的安排，那他们住的应该也是和这些委员一样的房子，而不是这种自己看了都感到伤心的破烂！

那些还住在帐篷里的人马上就放下彼此之间的分歧联合了起来，一起跑到人多的地方申诉起来。

凭什么？凭什么我们就得自己动手，而那些委员们就能坐享其成？

口口声声说除非是老人或者孩子，除非是身体有疾病或者是残疾没法干活的人，否则的话，即便是女生也必须自己动手，至少必须亲手完成其中的三分之一的工作，不能由他人代劳。

可事实上呢？最坐享其成的就是他们这些人！真是搞笑！他们竟然还有脸站出来说要给所有人真正的公平！这可能吗？无非又是那种，人人平等，但我们比你们更平等的玩意！

是可忍孰不可忍！

推翻他们！——这个曾经让所有委员们提心吊胆的口号又喊了出来。

虽然响应者并不多，事情还没有闹大，但很显然，只要在这个时候再有什么契机，再发生什么让学生们觉得不公平的事情，混乱就有可能再一次发生。

而这样的事情，委员会也没有把握护校队一定会站在他们这一边。

“早该找个机会把他们送去挖矿！”好几个委员也愤怒地说道，“早就说过，留着他们就是祸害！”

但现在显然不是一个好时机，现在如果动他们，那很有可能整个学校都要彻底乱了。

“我们必须尽快做出应对！”李乡说道。

道理人人都知道，但怎么应对？无视传单的内容？装作没看到那些东西？那会不会激怒这些学生，让施远那些人有机会鼓动他们再一次暴动起来？

可按照它上面所写的那些内容进行改革，那怎么可能？

别的不说，人人都知道委员会这个机构过于庞大了，如果没有城北联盟这个例子，还能用种种理由来解释和推托，但偏偏有这个例子，话要怎么说？

但如果真的承认这一点，谁愿意主动离开？让谁走？

如果是当初那个学生天天闹事，动不动就冲击委员会的时候，当然会有很多人乐得离开。

但问题是，现在已经不是那样了啊！

委员会已经掌握了地质学院的实际权力，谁还愿意在这种时候主动离开？万泽自己就第一个不愿走，而他也没有足够的威望去说服谁自愿做出让步。

而委员会不精简，他们又有什么理由去精简下面的机构？

更何况，下面那些机构当中又有多少人是通过他们的关系安插进去的？又有多少位置是他们为了拉拢人心而设置的？还有多少是他们用得上的人，骨干分子，把这些位置裁掉，拿出来公平竞争？那更是要奓毛了！他们自己的基本盘都要崩掉！

再说了，就算是真的搞公开竞聘公平竞争，那些人到时候如果竞争不上，难道不会继续闹，继续说有黑幕吗？

但维持现状却也不是一个可以考虑的选择，已经颁布出去的决定，就这样收回来，那无疑是坐实了那些传单上的指责。

怎么办？

“最好是和施远谈一下，私下谈谈。”一名委员低声地说道。

“你的意思是？”

“这样闹下去对他们究竟有什么好处？我们难受，可他们就舒服吗？这种两败俱伤的事情做下去，大家都难看，最终又能便宜谁？不管谁在台上都不会舒服！”

“你的意思是要和他们和解吗？”

这名委员摇了摇头：“不存在和解不和解的问题，施远他们那些人和我们闹，无非是想要话语权，难道还真心是为了学校好？无非就是他们的名声彻底烂了，想把我们也拉到同一个水平线上去。我们能打败他们的原因就是我们比他们能做事，这一点不能被他们给搅浑了。”

“我去找邱岳。”万泽马上说道，“我会让他在最新一期的《远山周刊》上想办法替我们说说话，把风向引一引。”

“那也是一条路。”之前那名委员说道，“但还是要和施远他们说清楚，让他们不要再这么搞下去！如果大家相信我，那这件事就交给我，让我来摸摸他们的底，看他们到底想要什么。”

万泽看了他一阵，又看了看其他人：“好，那就拜托你了。但有些原则性的东西，一定不能让步！”

“黄委员？”施远有些惊奇。

这个黄南以前是学校农业组的负责人，也是外来派的骨干之一。

在施远落难的时候，他们这一批原来默默无闻的人一下子跳出来，打了学生派一个措手不及，成功上位。也正是因为如此，学生委员们都把他们视为敌人。

但他竟然独自一个人找上门来了？

“聊聊？”黄南指着几十米外一个刚刚建好但还没有投入使用的哨塔问道。

施远稍稍迟疑了一下，随即点了点头。

两人在那个小小的树屋里坐定，黄南东拉西扯地聊了好多以前那个世界的事情，甚至成功地和施远家攀上了关系，然后才进入了正题。

“这件事是不是你们干的？”

施远早就想到应该是这个事情，他微微地冷笑了一下，没有回答。

“我不太明白，这样做对你们有什么好处？”黄南却误解了他的意思，于是说道。

施远要的就是这个效果：“你们自己没做好，让大家有意见，感到失望和不满，和我们有什么关系？”

“这对你们有什么好处？”黄南却再一次问道。

施远再一次冷笑了起来。

“现在不是比烂的时候了。”黄南接下来的话却出乎施远的预料，“如果是以前，大不了大家打一场口水仗，你们抓着这么点小事拼命抹黑我们，说我们有问题，我们再抓住你们以前干的那些蠢事说你们干得更差，大家相互攻击一番，把水彻底搅浑，看谁更能说服围观的群众，事情也就是这样了。可现在再干这个，只会让我们两败俱伤！”

施远没有回答。他已经明白黄南要说什么了，事实上，他也隐隐约约地想到了这一点，而这恰恰是他还没有同意其他人借这个机会加大火力攻击外来派的原因。

“以前所有人都被围在地质学院的围墙里，再怎么比烂，蛋糕也不过是我们和你们怎么分的问题。”黄南说道，“但现在，你们就不怕有人站出来说，既然都这么烂，不如并入城北联盟算了？”

“谁会这么说？”施远说道。

“有的是这样的人。”黄南说道，“自从那份《远山周刊》堂而皇之地出现在学校，这样的话题还少吗？前几天我到龙首那边去，甚至有人在说为什么我们不加入联盟，加入联盟就能有肉吃了。施远，你觉得有这样想法的人会不多吗？”

“鼠目寸光！”施远忍不住说道。

“的确是这样，但你没法否认，这就是现实。”

“如果不是你们这些人乱来，事情会变成现在这个样子吗？”施远气不打一处来地说道。不提《远山周刊》还好，提了这个东西，他就感到火气直冒。虽然理论上学校的宣传小组还是由他负责，但很显然，在《远山周刊》进入学校之后，虽然大家还都看他搞的那些宣传栏，但也有很多人都转去看那个东西了。

宣传栏还要出来才能看到，而那个东西随时随地都能看，而且恰恰是因为这点便利，在精神食粮极度匮乏的当下，这狗屁东西所造成的影响力甚至超过了他主办的校刊。

虽然他很快也意识到这一点，开始发行同样手抄本的校刊，但《远山周刊》的影响已经形成，大多数人都既看这东西又看校刊，甚至经常把两者放在一起对比，讨论其中的不同观点。

可以说，邱岳凭借着这个东西，硬生生地从他这里夺走了话语权。

如果可以，他真想去把邱岳的那个鬼报社给烧了，把邱岳那该死的家伙按在地上狠狠地暴打一顿！

“事情已经到了这一步，再去说是谁的责任已经没有任何意义了。”黄南说道，“如果我们还这么互相拆台下去，那事情只会更糟。”

“万泽让你来和我们谈条件吗？”施远冷笑着问道，“他想和我们讲和，还是想收编我们？”

“不是。”黄南却完全出乎他意料地说道，“现在变成这个样子，万泽难辞其咎。我今天来，并不是代表他，而是代表那些看清了他的嘴脸，真正为学校考虑的人。”

这样的话让施远一时不知道应该说什么，几秒钟之后，他才真正明白了黄南的意思。

“你的意思是？”

“我可以信任你吗？”黄南却意味深长地笑了起来。

“当然！”

“万泽明显是被城北联盟的那些人收买了。”黄南说道，“他已经忘了自己是地质学院的管委会主席，而不是城北联盟的人。其实很多有识之士都对他的做法感到痛心，也非常看不起他这种没有底线，几乎已经赤膊上阵替城北联盟做事的做法。”

施远的心脏突然怦怦地激烈跳动了起来。

“有哪些人？”他下意识地问道。

黄南看了他一眼，他这才意识到自己的失态，在这个时候，黄南怎么可能告诉他这些？

“那我们就有合作的基础了。”他努力让自己平静下来。

“对。”黄南说道，“因为我们都是真心为地质学院未来考虑的人。城北联盟现在看上去很好，但谁都看得出来它其实非常虚弱。十年以后，越来越多的老人就会成为沉重的负担，而他们现在这么拼命地想把我们拉进去，只是想要让学校的这些孩子替他们解决这个难题，想让他们背上这个负担。”

“这话我们已经说了很久，大多数人都知道，但有什么用？”施远说道，“万泽甚至不惜引狼入室，让那个邱岳来搅局，让他那些似是而非的言论来干扰人们的思想。”

“所以我们必须联合起来。”黄南说道，“什么外来派、学生派，我看现在都不是联盟派的对手。如果我们再继续窝里斗，那不管我们再说什么，再做什么，都只会渐渐地失去人心，让人们不知不觉地就陷入他们的圈套。”

“我们不能再相互拆台了。”他长长地叹了一口气后说道，“如果我们还一直说学校这样不好那样不好，那无疑是在摧毁人们对我们的信心，把人都往城北联盟那边推。真到了那个时候，不管外来派还是学生派，统统都是输家。”

“你说得对！”施远点了点头，“我们应该合作！应该精诚团结！从今以后，没有什么学生派、外来派了，只有地质派！”

合作当然不会那么简单，消除隔阂也不会那么简单，别的不说，在这个新的利益团伙里，权利和责任的划分就是一个大问题。蛋糕怎么分，谁吃大块谁吃小块？

但他们都很清楚，如果再这么内斗下去，那他们必然会输得干干净净，等到地质学院被城北联盟吞并，他们这些人又算什么？

“首先要把万泽整下去！”黄南说道，“在这之前，这件事情不能让他看出端倪！”

“我明白！”施远说道，“我完全明白！”

“那么，”黄南把手伸了出来，“合作愉快？”

“合作愉快！”

第5章 叛徒

“不是他们的人干的?”这样的答案让万泽有些意外。因为那些人反复用来攻击他们的言论中很重要的一点就是,施远他们几个学生派的委员都能给自己动手盖树屋,并且主动帮助其他人,为什么他们外来派的这些人不行?

“施远说他们还没有卑鄙到当面同意,立马背后捅刀子。”黄南说道,“但我觉得,他们正在犹豫,这件事即便不是他们干的,他们也很有可能马上开始推波助澜。如果要采取措施的话,一定要快!”

如果没有施远等学生委员在后面推波助澜,问题显然就简单得多,因为不管怎么说,学生委员代表的总是两千多学生的态度和意见,不可能完全无视。他们如果在背后煽动民意,事情就有可能向极度不利的方向发展,甚至让之前曾经在地质学院发生过很多次的暴动事件再次发生。

对于万泽来说,最大的担忧就是这一点。

如果他们真的没有在这个事情背后给这些人撑腰,那万泽这样的老狐狸当然会有很多种办法来对付少数几个跳出来闹事的人。

但他当然不会这么简单就相信黄南的话,只是在简单的调查之后,他很快就发现,施远等人的确没有和这几个挑头闹事的人接触过,他们当然希望学生委员们能够站出来支持他们,把事情继续闹大,但施远等人到现在都还没有表明态度。

万泽不知道这是为什么，这显然很反常，他绝不相信施远等人会因为不反对他的新举措，就放过这样扩大自己影响力、贬低外来派的机会；但黄南的话也有道理，如果不在他们最终表态前解决这几个刺儿头，等施远等人加入进去，事情也许就会无法收拾了。

“查查他们的劣迹。”万泽说道。

他们闹事的目的无非就是不想干活，想要轻松，这样的人什么地方都有，但往往也很好收买。但这样的先例一开，很有可能会让更多的人学着他们的样子起来闹事。即便是要给他们一点甜头让他们偃旗息鼓，也一定要先给他们一棒再说。

调查结果很快就出来了。

但作为学生，他们能够干出的事情即便是坏也坏得有限，无非就是混日子，偷奸耍滑，最严重的问题也就是现在所做的对于学校高层的诋毁，但这样的罪名根本就威胁不了他们，更不可能把他们送到盐矿去。

这让万泽很失望。坏都坏不到点子上，你们这些人还能干什么？

难道真的要白白地给他们点甜头让他们闭嘴？

万泽心想，这样也不是不行，反正再过几个月的时间，与联盟合并的事情应该也有眉目了，那个时候环境和规则都应该已经发生了改变，人们即使是想要有样学样，应该也没有机会了。

“施远他们好像和其中一个人接触了。”一直负责盯着施远那帮人的黄南在这时候传来了这样一个消息，这让万泽最终做出了决定。

“和他们谈谈。”他安排一名委员去办这个事情，但意外的是，那几个人给出的答复却是，不相信其他人，要和他当面谈，否则的话，他们就要继续闹下去。

“行，约他们今天晚上。”万泽说道。

这样的事情当然不可能让其他人知道，否则的话，收买就没有了任何意义。

“你们在这儿等我。”万泽对身边的人说道，然后向不远处的一间树屋走去，那里本来是用作“新地质”“据点”办公室用的，但现在却已经被这些闹事的人占据了。

他们早就对睡在又冷又硬又有灰的地上深恶痛疾，在知道委员们大多享受了别人的成果之后，他们便以此为理由，占领了这本来应该属于公共场所的树屋，并且把它作为了向人们宣告自己那套说辞的地方。

站在会议室外的那个平台上讲话，效果不是一般地好，人人都能看得见讲话的人，人人都能听见他的声音。

其实可以用非法占据公用资源的罪名逮捕他们？

万泽突然这样想，但这个罪名可轻可重，在这个时候，用这样的理由把他们抓起来，似乎有点说不过去。

因为天已经黑了，人们都已经散开，但白天这个地方可是群情激昂，吼声震天。他们的口号已经变得更加激进，大有管委会不理会我们，那我们就把他们全部打倒的架势。

事实上，如果不是专门把本该用于防范外围安全的护校队调了过来，他们说不定真的已经像以前那样冲击管委会的会议室了。

一群流氓！万泽这样想着，不由自主地皱起了眉头。

黑暗中，有个人影突然向他这边走了过来。

万泽警觉起来，谋杀这样的事情当然还没有发生过，但李竹当时是怎么死的，到现在大家都搞不清楚，谁知道他们那些人会不会做出同样的事情？

他的身体绷紧了，右手放在了身后的刀柄上，也做好了大声呼救的准备。自己人就在身后七八米远的地方，要往回走吗？

那个身影却在安全距离之外停住了。

“我是杨勇！”他小声而又急切地说道，“万主席，他们有阴谋，有录音笔！”

“什么？”万泽愣了一下，但杨勇已经再一次闪进了黑暗当中。

万泽迟疑了一下。

他当然认识杨勇，而且非常不待见这个人。

杨勇现在已经是丧家之犬，身为联盟的人却因为害了太多人没法回去，从何家营逃出来的时候放了一把火，可以说和何家营仇深似海，即便是地质学院也可以说是因为他的鼓动而吃了一个大亏。

施远那些人能忍他忍到现在，要么是因为实在太蠢，要么就是因为已经实在是没有什么人可用了。

但他刚才说的那些话？

万泽站在原地，看着杨勇消失的方向，又看了看那座闪动着微弱火光的树屋，眯起了眼睛。

“万主席你终于来了！”摇曳的火光中，一个看不清脸的年轻人戏谑地说道。

万泽没有开口，而是审慎地站在门口的平台上看着里面。

原本整齐的树屋已经变得一团乱，好几个人横七竖八地躺在地板上。几个背包胡乱地扔在屋角，屋子中央的地板上堆了一堆土隔热，上面铺了些石头，然后在上面放了一个火盆，一个水壶正放在上面烧水。

“这是公共场所，你们爱惜一点！”万泽不动声色地说道。

一个年轻人正有些不自然地把手伸进胸前的口袋里，是在弄杨勇说的录音笔吗？

他当然不可能因为杨勇没头没脑的一句话就相信他，但他也相信杨勇那样的人不可能无的放矢。杨勇能够在城北的混乱时期拉起不亚于张晓舟的人马去城南碰运气，又能成为何家兄弟信任的人，说明他还是有点本事的。

那他这突如其来的提醒，肯定不是空穴来风。

“这不要你管！”一开始开口说话的那个年轻人有些不高兴地说道，他回头看了看那个把手伸进口袋的年轻人，转头对万泽说道，“你到底要不要谈？”

万泽摇摇头：“唉……里面太闷了，你们这么搞不怕一氧化碳中毒吗？有什么话，我们站在这儿说就行了。”

这话让年轻人愣了一下，他身后的那个人下意识地站了起来，往这边走了两步。

这让万泽不得不相信了杨勇的话，如果是要参与谈话，那他应该走到旁边而不是站在后面，他的动作明显是因为距离太远，门外的风声又大，只能走近保证录音的效果。

“行！随便你！万主席，你就说吧，之前你派人来说可以给我们好处让我们闭嘴，到底是不是真的？”年轻人迫不及待地说道。

“我不明白你在说什么。”万泽说道，“我这个人向来堂堂正正，从来没有说过这样的话，也不会做这样的事情。”

“你……”年轻人一下子愣住了，“你什么意思？”

万泽正义凛然地说道：“有人说你们想要单独和我谈，为了学校的大局，我就来了，你们有什么要求，有什么想法，可以提，只要是合理的，我可以带回去在管委会上讨论，看能不能满足你们的要求。但私下给你们好处这种事，我是绝对不可能答应的！你们还年轻，有诉求，有想法，有不满，很正常，我完全可以理解，但我希望你们能够站在整个学校的立场上考虑问题，站在你们的老师和同学的立场上考虑问题。工分制改革也许还有不合理的地方，但比起我们现在的做法肯定要好得多，也公平得多。你们说的那些，有些问题的确存在，但大部分其实都不是事实，我希望你们能够放下成见，用自己的眼睛去看，自己去思考，而不是被别有用心的人利用和操纵，变成其他人的棋子！”

他已经完全想通了这件事情，施远等人所谓的没有表态其实只是一个陷阱，他们希望他来收买这些人，然后把对话录下来，在大庭广众之下放出来。这样暗箱操作很容易就能引导人们往更多的方向想，并且对他的个人道德进行攻击，进一步坐实他们之前的那些质疑。

在这个世界上，攻击一个人的品德，进而否定他所做的一切，这是一种很常见的手法。因为人们往往都有这样的一种偏见，道德不好的人不管做什么都是错的，肯定都是别有用心。

“学校现在是有不尽如人意的地方，但只要我们一起努力，一定能够让它变得更好！”他在心里冷笑着，但却情真意切地说道，“几位同学，不要再这样下去了。你们未来的路还很长，难道你们就准备一直这样下去？踏踏实实地学点东西，你们在这个世界才会走得更顺，走得更稳。”

“你……你胡说八道什么！”站在他面前的这个人显然完全蒙了，而他背后那个负责录音的人也明显不知所措。

“明明是你派人来找我们说可以给我们好处，让我们不要再闹了，你……你现在乱说什么？”他气急败坏地说道，“你别和我们说什么大道理！你就说吧，万主席，我们这些人，你准备安排到什么岗位去？只要能让我们满意，我们明天就可以不闹了。”

“抱歉，这种事情我不会做，也做不了，你们找错人了。”万泽说道。

他现在已经可以百分之百肯定杨勇说的是真的，那他继续待在这里也就没有什么意义了。多说多错，虽然现在这个情况下他们搞剪辑什么的可能性不太大，但谁知道呢？

“希望你们能好好想想，停手不是为了我，而是为了你们自己，为了你们所有这些年轻人的未来。”说完这句话，他便转身直接从楼梯上爬了下去。

“哎！”那个年轻人被他完全不按套路出牌的做法给搞蒙了，他下意识地向前一步，想拦住万泽，但万泽却早就已经想好了要怎么走，只是几秒钟就脱离了他的控制范围。

“他怎么……”跟在他后面那个人也惊奇地说道。

这完全出乎他们的预料，难道他不是来和他们谈收买的事情的？

那施远他们那边怎么交差？

万泽这时却已经到了地面上，快步地向自己的手下走去，杨勇应该没有说谎，那么，接下来他说的内容就很值得关注了。

以那种人的行事，他向自己示警绝不会是毫无代价的，万泽可以肯定，他一定就在附近，要么，就在他住的地方等着。

果然，没走出去多远，一个黑影就鬼鬼祟祟地从侧面小跑了过来。

“万主席？”他小声地叫道。

“让他过来。”万泽对自己身边的人说道。

“万主席，你没事就好。”杨勇一脸谦逊地说道，“我说得没错吧？”

万泽知道他肯定是来讨价还价的，这样的事情当然不可能在公开的地方干，于是他点点头：“你跟我来。”

“是。”杨勇连忙说道，小跑着跟了上去。

在开口之前，万泽让杨勇抬起双手，简单地搜了一下。

那样的事情既然有过一次，那肯定就要防着另外一次。

杨勇一点儿也不惊讶，安静地任由他在自己的各个包里搜了一下，反正因为太热，人们穿得都很少，能藏东西的地方并不多。

万泽检查完没有什么可疑的东西，就顺手把他腰上的刀子摘掉扔在一边，然后招呼他坐下。

房子里的铁皮炉子已经点燃了火，里面烧的不是木头而是炭，烟雾和气味都非常小，不像之前那个屋子那样可怕。他从旁边的一个小柜子里取出一点从联盟那边弄来的肉干，小心地撕了一块下来，放在锅里，加了点水和玉米碎，放在火上煮了起来。

“为什么?”当他做完这一切后,才终于开口问道。

“因为施远那些人从来也没有把我当成自己人看。”杨勇毫不犹豫地回答道,“而且他们那些人也成不了事。”

他并没有说谎,虽然从内心深处,他绝不愿意看到城北联盟的成功,如果让他选,他绝对会站出来努力阻止城北联盟强大起来。但形势比人强,在现在这个局面下,即便他突然取万泽而代之,也很难改变两者渐渐融合的趋势。

联盟的人看不上这些眼高手低的学生仔,而这些学生仔却觉得联盟的人以后都是负担,联盟的一些人甚至还记得当初学校把他们拒之门外的旧根。

但这些东西却都没有办法改变融合的趋势。除非地质学院现在就彻底断绝与城北联盟的任何接触,封锁两家之间的消息,否则所有的误解、怀疑和相互之间的不满都会在越来越多的接触下,慢慢化解,最终走向融合的结果。

这不是施远他们这些人能够阻止的。

当干旱迫使他们走出地质学院的围墙,逼迫他们在城北联盟的帮助下进入丛林开拓新的领土时,甚至在他们共同开发盐矿的时候,这个趋势就已经产生。

现实就是,这个世界太过于巨大,太过于荒凉,太过于原始,而他们手边有的东西却太少。他们想要过上更好的生活,就必须与更多的人团结起来。凭借地质学院不可能征服这个世界,甚至很难存活下去,一次大的如同这次旱灾一样的自然灾害就有可能摧毁他们。

城北联盟也没有这个能力,何家营则更加没有指望,只有把所有人的力量都集中起来,或许才有一点希望。

很多人也许没有这么清晰的认识,但心里朦朦胧胧都会有这样的想法。

毕竟“人多力量大”这句话,也许不是每个人都认同,但每个人一定都知道。

城北联盟十年后会成为负担,但如果没有他们,凭借地质学院自己能活到十年以后吗?很多学生在跟着说这句话的时候,未尝不会有这样的担忧。

也许现在只有少数人说出“为什么我们不加入联盟,加入联盟就能有肉吃了”这样的话,但杨勇可以肯定,心里这样想的人绝对不在少数。

学生只有两千多人,扣除这一部分人,真正不愿意和城北联盟合并的还有多少人呢?

“他们没有长远的计划，没有行动纲领，就连自己最近要做什么都不知道，思维一片混乱。”杨勇对万泽说道，“他们只是为了反对而反对，因为‘我们应该这么做’而去做事，只会空谈而没有办法。他们也许有能力制造很多麻烦，但他们却没有能力去获得成功，只会造成破坏。”

“你说得不错！”万泽点点头。他忽然觉得自己或许看错了杨勇这个人，也许之前对他的成见太深了？

炉子上的锅里开始散发出诱人的香气，加上了一点肉干之后，简单的玉米糊马上就变得不同了，对于杨勇这样从离开何家营之后就再也没有吃过一点肉的人来说，简直就是致命的诱惑。

但他却克制着自己的欲望，控制着自己的双眼不去看那口锅里的东西。

万泽却一心一意地用一把自己雕的木勺搅动着锅里的东西，许久之后才问道：“你想要什么？”

“我想要一个机会。”杨勇说道。

“这可难办了。”万泽笑着摇了摇头，“机会这种东西，可大可小。往大里说，坐到我这个位置需要的也只是一个合适的机会……”

“我没有那样的奢望。”杨勇马上说道，“我只想要一个跟在您身边，为您效劳的机会！”

“我可没本事用你这样的人才。”万泽再一次笑着摇了摇头。

“我已经没有任何退路了。”杨勇说道，“您应该看得很明白，何家营那边何家兄弟只想要让我死，城北联盟那边，张晓舟也不会给我什么机会，这次我弃暗投明之后，您这里就是我唯一的机会了。我想要的，也就只是这么个机会而已。”

万泽还是笑着摇头，什么都没有说。

“您觉得我真的喜欢背叛吗？”杨勇有些悲愤地说道，“联盟之前的事情就不说了，是有不少人跟着我到南边去出事死了，可这真的是我的责任吗？万主席，您想想看，那种时候，谁不是在拼在冒险？我做的事情其实和张晓舟做的并没有什么不同，唯一的差别在于，他运气好成功了，而我运气差失败了。

“在何家营的时候也是这样。现在说这种话有点不恰当，但我真的是全心全意地在帮何春华的忙，但结果是什么？干活的时候脏活累活苦活样样都是我来，有功劳的时候都是他们家的那些叔伯兄弟分！这也就算了，毕竟我的要求也不高，过得去就行了。说得不好听一点，我也算是对他们何家仁至义尽鞠躬尽瘁了！但结果呢？好处永远没有我的份，出了纰漏的时候他却只想拿我去顶缸！万主席，先贤有句话说得好，君之视臣如手足，则臣视君如腹心；君之视臣如犬马，则臣视君如国人；君之视臣如土芥，则臣视君如寇仇！您真觉得，我从何家营逃出来是一种背叛吗？”

这件事情在杨勇刚刚进入地质学院的时候就已经详细地说过一次，万泽非常清楚，他一边搅动着木勺，一边轻轻地点了点头。

“所以我说我只要一个机会！”杨勇说道，“我要的不是一步登天的机会，要的只是有人赏识我，放心让我做事的机会！只要对我别有成见，哪怕是从无名小卒做起我也甘之若饴！万主席，不是我吹牛，能力我从来都不缺，我只是缺一点运气，缺一个肯重用我、公平对待我的领导。在地质学院，我观察了很多人，有这种容人之量的，也就是您一个了！”

这样的话万泽当然不会往心里去，但杨勇说得这么情真意切，让他心里感觉还是很舒服的。

他回身从柜子里拿出一小碟盐，往锅里稍稍撒了一点儿，又取出两个碗，给杨勇盛了一碗，道：“先吃，吃完咱们再聊。”

两人各怀心思地吃完碗中那一点点肉干玉米糊，杨勇抢着要去洗碗，万泽却让他先放在一边。

他对杨勇倒是没什么成见了，毕竟就像他自己说的那样，这次跳出来当奸细之后，他已经得罪了远山仅有的三方势力，如果再背叛万泽，那他还有什么地方可去？

这可不是以前那个世界，大不了拍拍屁股换个城市重新开始，现在这个世界，如果他再把万泽也给得罪了，那他真的就上天无门了。

但这样的人要怎么用，这也是个大问题。

联盟与学校合并是大趋势，那就意味着，未来自己肯定和张晓舟等人要长期相处。搞这么个曾经和张晓舟等人有过不快的人跟在自己身边，这不是给所有人心里添堵吗？

更何况，施远那些人也不可能就这么偃旗息鼓了，自己如果收留杨勇，那无疑是和他们彻底撕破了脸皮。他当然不会怕这些家伙，但因为杨勇这么个人，惹得这么一群人天天来恶心你，那也不划算。

想来想去，杨勇这样的人还是尽量远远地扔到角落去为好。

人才难得，但谁不是人才？谁不是翘首盼望自己的赏识？

不缺他这么一个。

虽然他也算帮了自己一个小忙，但给他个不大不小的职位，也算是对得起他了。

"这样吧。"于是他说道，"商贸旅游系的那个营地正好缺一个副队长，那边相对来说比较独立，和施远这些人也碰不上面，等这个事情过去了，你就到那边去挑挑这个责任？"

杨勇却沉默了，如果他是什么功劳都没有过来投奔万泽，那万泽给他这个职位也算是对得起他了，但他带给万泽的消息可不简单，他所需要的也从来都不是这样的酬劳。如果万泽不站出来给他背书，不力挺他，这样的酬劳他根本就拿不住。

"万主席……"于是他说道，"我还是希望能跟在您身边打打下手……其实我今天来不仅仅是要提醒您之前那个事情，他们就算是录了音对您的名誉也不会有什么损害，真正有威胁的，其实是他们背后的人！"

"他们背后的人？"万泽看着他脸上的表情，稍微有些疑惑，难道不是施远那些人？

杨勇郑重地点点头，看到他的样子，万泽终于收起了心里的轻松。但城北即便是加上城北联盟也就这么点人，他基本上都认识，他实在想不出来，还会有什么人会站在那几个人身后？

危言耸听？

万泽微微地点了点头："如果真是这样，那就委屈你先在我身边做个助理？"

杨勇大喜道："多谢万主席栽培！"

其实他也看不起万泽这种瞻前顾后的个性，但现在他已经没有更多更好的选择余地，万泽和施远那些人相比，起码赢的概率更大一些。

对他来说，最好的结果当然是地质学院继续保持独立，与城北联盟和何家营对立，甚至取得最终的胜利。

但事情已经发展到了现在这个分儿上，这个结果成立的可能性几乎已经不存在了。

那他只能选择投身合并的事业，并且努力成为其中的功臣，努力在万泽还有价值的时候，成为万泽身边重要的人物，让万泽用自己的地位来替他背书，抹掉他曾经做过的那些事情。不然的话，他真怕自己最终连命都保不住。

对于地质学院的人，他从没说过真话，真正让他无法回到联盟的原因，并不是他以前曾经因为一次失败的任务害死了不少人，那样的事情在他们刚刚来到这个世界的那段时间再正常不过了，谁会因此而记恨他？真正让他不敢回去的原因，是他曾经在何春华手下做了不少在城北的人看来伤天害理的事情。

事实上，他现在一直都在小心翼翼地躲着那些从板桥来的劳工，生怕被他们发现。

当初他在何春华手下干的时候，那些人可没少被他收拾，更何况，虽然他已经把所有事情都推到了何春华头上，可何春华毕竟没有死，那些事情的真相会不会有一天最终被揭露出来？如果他们知道他们的亲属中，有不少是变相地死在了他的手上，他们会不会向联盟控告审判他，甚至是直接找个机会私下把他杀了？

何家营的那些人必须死，何春华也必须死！

而他则必须借用万泽的身份和地位，借万泽的手洗白自己，尽最大的努力去获得一个稳固的职位，获得一个足以保证他生命安全的职位！

这个职位张晓舟不会给他，施远给不了他，而唯一的希望，只有万泽了！

交易谈妥，万泽于是问道："这倒让我有点好奇了，到底是谁？"

"黄南。"杨勇压低了声音，小心翼翼地说道，"按照他的说法，应该还有其他人！"

万泽的笑容一下子僵在了脸上，任他怎么想，也不可能怀疑自己身边和自己一派的外来派委员啊！

"话可不能乱说！"他的脸色一下变得很难看。

"万主席，这种事情我怎么敢乱说！"杨勇急忙说道，"这是我亲耳听到的！"

从被迫加入施远等人的那个小集团，并且迅速看清他们毫无成功的希望之后，杨勇就一直在寻找可以跳槽的机会。但他深深知道，如果自己不能给万泽等人带去有价值的情报，那对方也根本就不会高看自己。

但可恨的是，施远等人烂得太过于彻底，根本就没有值得他出卖的东西。有时候他甚至有一种想法，要不要自己引导他们去搞点什么，然后再去出卖他们？

这样做也许是唯一的办法，但事后被揭露的可能性实在太大，他才不得不作罢。

也正是因为如此，当黄南单独来找施远面谈时，他看着黄南的表情，突然觉得，自己一直在苦苦等待的机会终于来了。

这两人跑到一个刚刚建好的哨塔去谈话让杨勇有点为难，但也正是因为如此，他们根本也没有想到会有人跑去偷听。那时候天色已经快黑了，杨勇假装回去休息，然后快速地绕了一个圈子，绕到了众人的背后，然后小心翼翼地沿着那棵大树背后爬了上去。

也多亏黄南之前兜了一个大圈子，否则的话，他或许也听不到他们全部重要的对话内容。

“录音笔的主意也是黄南出的，他们准备由施远等人先发难，集中火力攻击万主席您一个人，然后其他外来派委员站出来收拾残局，劝您假意辞职承担责任，以退为进。但事实上，却是要借这个机会将您从决策层彻底踢出去！”

万泽又惊又怒。

这样的手段当然说不上有多高明，但在现在这种情况下，却很有可能让他中计。让他以为其他人会站出来力挺他，辞职只是做个姿态，但事实上，只要他一提出来，原本占据了绝对优势的外来派中只要有两三个反水，加上学生派的那些人，天平马上就倾倒了！

小人！贱种！他在心里大骂道。

“还有谁？”

“那个卑鄙小人没说。”杨勇答道，“但我听他的意思，至少也有三四个委员和他站在一起了。”

三四个？不用说，一直强烈反对合并的李乡肯定是其中一个！

然后呢？万泽一一回想着和黄南、李乡关系密切的委员，突然发现，情况也许比自己想象的还要糟糕！

他的脸色一下子变得相当难看了。

黄南和施远合作的原因是要反对和防止城北联盟与地质学院合并，如果是这样，真正支持他的，或许就只有两三个委员了！

如果他们有这样多的人，那即使是躲过了这一次的暗算，他们完全也可以直接在委员会上对他进行弹劾，并且把他从主席的位置上赶下来！

他们所需要的仅仅是一个弹劾他的理由而已，但这不过是鸡蛋里面挑骨头，万泽明白自己并不是张晓舟那样无欲无求的圣人，真的要清算，他的屁股并不干净，这样的事情又会有多难呢？

再说了，欲加之罪何患无辞，只要他们拉拢了足够多的人，那么今天自己和杨勇密谈的这件事情也足以成为一个理由！

第6章 引狼入室

杨勇小心地观察着万泽脸上的表情，这个人现在已经是他最后的指望，他当然不能任由万泽就这么被打垮。

“万主席，其实情况还没有那么糟糕。”他连忙对万泽说道，“如果您一时不察中了那些小人的圈套，被他们掐头去尾拿来大肆宣扬，事情或许就被动了。可现在，万主席您声望并未受到影响，那些居心叵测的小人就算是想对您下手，也得慢慢去找您的错处，说句不该说的，就算您真的有什么把柄在他们手上，咱们也有足够的时间来应对。关键是，只要联盟张主席站在您这一边，站出来表态，他们那些人就算是想动您，也不是这么容易的！再说了，他们的屁股又有多干净？《远山周刊》的邱主编和您的关系这么好，只要我们提前做好准备，谁敢跳出来就把谁的劣迹抢先抖搂出来，到时候看谁死得更快！”

把水搅浑？如果换个地方，这或许是个好办法，但万泽却叹了一口气。

张晓舟这个人他算是了解得比较清楚了，如果他和张晓舟一样是一心扑在工作上，没有私心的那种人，那张晓舟肯定会不遗余力地来帮他。可如果到时候双方开始以那些狗屁倒灶的事情相互攻击，相互抹黑，那他在张晓舟心里的印象和地位必然会大大受到影响。

也许到时候张晓舟还是会出于城北的利益而出手帮他，但他那样的人，一旦对某个人的品格产生怀疑，甚至是出现成见，那就很难会改变了。到了那个时候，他还有机会进入新联盟的高层吗？

邱岳就是最好的例子，万泽可没有这样的自信能够在那些龌龊事被人全抖搂出来之后，张晓舟还能像现在这样视他为可以信赖的盟友。

再说了，他现在打的主意是利用自己现在还算是不错的声望去获取学校这些人的支持，然后在合并后的新联盟中获取一个不错的，甚至是仅次于张晓舟的地位，可如果事情沦落到大家都不顾脸皮相互抹黑的地步，什么老底都被揭穿，让人知道他和那些之前被推翻的人并没有本质上的不同，那他们还会支持他吗？

那样的话，他辛辛苦苦推动双方合并，不就成了替张晓舟做嫁衣？

最好的办法还是找那些人谈谈，人与人之间交往无非就是利益，那些人能够放下成见和施远那些人联合，没有理由不能消除误会和他联合。毕竟大家再怎么说也都是外来派的一员，在还没有撕破脸的情况下，利益交换怎么说也肯定会比他们和施远那些人来得更简单，更有信心。

他们无非是害怕现在手上的权力在合并之后没有保障，而自己现在最需要做的，就是做出更多的承诺，同时让他们看清楚，合并的大势已经无可阻遏。在这种时候内讧搞分裂，最终的结果只会是两败俱伤，让城北联盟白白捡了便宜。

只有大家继续精诚团结，并且继续把他树立成地质学院的代言人，才能够在合并后为大家争取最大的利益。

他相信自己在外来派当中还是有威望的，只要点明自己已经知道了这个事情，并且做出更多的妥协，他们应该就不会继续一意孤行，也许还能借这个机会，把施远他们那些学生派一脚彻底踩到泥里去！

但这样的话他却不可能对杨勇这样一个刚刚投诚过来的人说，于是他只是摇摇头，表示自己知道了。

“你的话说得不错！今天已经很晚了，我好好考虑一下，你先回去，明天我再找你。”

杨勇却不愿意放弃，如果就这么回去，那他这一番努力很有可能就白费了！

万泽这个样子，明显是想要找那些人谈判。如果事情最终这样解决，那他对于万泽来说，不过是给出了一个重要的消息而已，价值或许比之前那个大一些，但却不足以让万泽站出来替自己背书。那样的话,他就彻底失去了这个好不容易才得来的最后的机会。

"万主席,你真的觉得自己能够说服他们吗?"他咬着牙说道,甚至连敬语都忘了继续用,"现在的情况和趋势难道他们看不出来?难道他们不明白合并已经是大势所趋?我这样一个局外人都看得清楚,难道他们还不如我?你现在去找他们,无非就是给他们画一块更大的饼,承诺分给他们更多的好处。可你有没有想过,饼画得越大,他们就越发不可能相信?"

万泽抬起头看着他,眉头已经皱了起来。

如果不是看在杨勇给了他一个重要消息的分上,自己早就把他赶出去了。

"再说了,就算你在这边给出足够的好处把他们暂时安抚下来,可等到城北真的合并,你又怎么保证承诺的那些东西都能兑现?说句不该说的话,双方合并之后,张晓舟继续当一把手的可能性非常大,以他的个性和一直以来的做法,又怎么可能让你有操作的空间?怎么可能让你有机会去兑现承诺?"

万泽的面色已经非常不好,但杨勇却继续说道:"为什么这些人会在现在这个时候跳出来,宁愿和施远他们那些必输的人联合?恰恰就是因为,随着他们和城北联盟的接触越多,他们就越没有办法相信自己的特权会得到保留!万主席,我可以大胆地做一个预言,你画出的饼越大,承诺越多,他们反而越不可能相信。就算他们相信了,可等到你无法兑现承诺的时候,难道他们不会把事情闹大?到时候你准备怎么解决?"

他的话终于让万泽正视起来,而他也趁热打铁地继续说道:"要我说,这些事情越拖越糟糕,越拖越难办,越拖隐患越多。倒不如趁着这个机会,一次性地把他们解决掉!"

"这怎么可能!"万泽马上摇摇头说道。

"未必不可能!"杨勇却说道,"万主席,你在这个位置上或许不太清楚,但我这段时间一直都在下面,接触的都是最普通的学校成员。占据了学校将近一半人口的那些居民和底层的外来派成员根本就不抗拒和城北联盟合并,很多人本来都住在城北联盟控制的区域里,好多人其实都是邻居。之前是因为觉得学校的地理位置、资源和各方各面的东西更好,可这次迁徙到城外,大家都已经看得很清楚了,双方之间的情况根本就和之前他们想象的不一样。联盟那边是累一点，但累都是为自己累，开出来的田地都是自己的财产，不像学校这边全是公有财产。你应该知道这对他们有多大的诱惑！”

“再加上这次建房子的事情，很多人都对那些学生彻底没信心了，也发生了很多矛盾和冲突，我敢说，您只要提出合并的事情，他们这些人一定马上就会响应！”

万泽没有说话。

“剩下的学生呢？盐矿那边的那些就不用说了，我听说他们天天跟着联盟的人吃肉，天天一起干活，早就和他们不分彼此了。之前你们征集去学怎么伐木、怎么建树屋的那些志愿者，和联盟那边的人也接触了很长时间，我之前造房子的时候和他们接触过，这次的事情让他们这些人伤透了心，他们主动站出来学怎么干活，然后兴冲冲地回来想要教给其他人，可那些人却把这件事情看成是他们应该做的，都在磨洋工混日子，就等着他们把所有事情干好，自己坐享其成。我不止一次地听他们说，联盟那边根本就不会这样，如果是在联盟那边，早就怎么怎么样。这些人肯定也会支持合并。护校队的那些人经常和联盟的人一起训练，他们肯定也不会反对合并。这样一来，学生当中比较愿意学、肯干活、愿意吃苦的骨干分子都会站在您这一边。”

杨勇一边说一边观察着万泽的表情，万泽的表情已经开始变化，他知道自己已经说动万泽了。

“剩下的人里，我敢说大部分都是随大流，没什么主见和自我的人，其中还有相当多的一部分都觉得联盟能够经常吃肉，或者是觉得跟着联盟自己就不用担惊受怕了。只要之前那几部分人能鼓动起来，这些人也根本不会跳出来反对合并。”他越说越顺畅，声音也不知不觉大了起来，“这样算下来，真正会跳出来强烈反对合并的都是些什么人？无非就是现在闹事的这一批，施远他们那一批，还有那些和您不是一条心的委员和部门主管，他们加起来才有多少人？”

他这么一说，万泽也振奋了起来。

但顾虑还是存在，这些人虽然少，但能量却一点儿也不弱，尤其是在不知道有多少委员和黄南、李乡走到一堆以后，万泽不知道自己还能不能有能力策划和执行这么大的事情。

更何况，真把他们逼急了，他们照样有能力闹事，把桌子掀翻一拍两散。

他迟疑了一下，终于把自己的顾虑说了出来。

“知道这些事情，有这个能力的人不会很多吧？”杨勇压低了声音问道。万泽能把这种事情告诉他，说明万泽对于自己已经产生了一定的信任，这说明他已经无限接近成功了。

“不多，但都是委员一级的。”万泽说道。

“把他们都抓起来，让他们没有机会开口就行了。”杨勇狞笑了起来，“或者是把胆子最大，最有可能掀桌子的那几个抓起来，这样一来，其他人还敢跳出来闹事吗？”

他的话让万泽吓了一跳，果然是从何家营那个土匪窝里出来的人，这样的话他也敢说？！

抓起来？以什么理由？用什么人去抓他们？抓了又不等于可以弄死，这种做法无异于彻底撕破脸，等那些人回来，难道他们就不会闹了？

后患无穷！

“让我来做这个事情。”杨勇说道，“只要您授权给我，我去找护校队的人谈，说服他们动手。以扰乱秩序的名义把这些人先控制起来，让他们没有机会乱说话，没有机会出来捣乱。这些人难道都是圣母白莲花一点问题没有？等到您这边事情定了，我这边肯定也找到足够多的罪名可以让他们坐牢了。别人我不敢说，但施远那些人我现在就知道他们不少问题，保证以后很长一段时间里他们都不会有机会出来捣乱。合并不是一天两天的事情，只要您给我权限，我保证可以在合并正式完成之前把这个事情做得漂漂亮亮的，最起码也让他们老老实实在牢里待完您的任期，而且不敢翻案。万主席，我要求不高，您只要在联盟张晓舟他们那些人面前力保我，让我的功劳不要被埋没掉，这些事情都不算什么。当然，如果能让我到盐矿那边去负责，去管理这些犯人，那我就更有把握了，保证他们就算是出来以后都不敢对您有半点念头。”

他的话让万泽彻底惊呆了，他从来都没有想过要用这种办法解决问题。杨勇的意思很明显，他准备屈打成招，甚至是直接诬陷。这根本已经超出了正常的范畴，万泽对地质学院没有这个控制力，后果也绝不是他能够承受的！

这样的事情披露出来，后果比他之前做的那些事情严重一万倍。

杨勇却继续说道：“这件事他们只会恨我，不会恨你的。万主席，我保证帮您把一切顾虑清理得干干净净，绝对不会牵连到您身上。”

牵连不到，这怎么可能？！

如果事情像他说的那样发展下去，那他们俩就牢牢地绑在了一起，难道人们没有眼睛，看不到自己力挺杨勇，并且一手把他提拔起来吗？

但万泽却突然害怕起来，黑暗中，他看到杨勇的双眼在火光下炯炯发亮，就像是不知在什么时候变成了一头狼。

为什么要招惹这个人？他明显疯了！背叛施远等人之后，他已经没有退路了，这让他只能选择铤而走险。

但万泽却根本就没有到这一步，对他来说，事情根本就不必采用这样过激的手段。对于他这个年纪的人来说，谈判妥协永远才是第一选项。

万泽突然后悔起来，为什么要单独和他待在一起？为什么要给他机会对自己说出这些话？

此时此刻，他突然感到骑虎难下。

杨勇的态度让他有一种感觉，如果自己断然拒绝这个建议，极度失望之下的杨勇说不定会扑上来把自己活生生地掐死。

“万主席，”他的声音听上去就像是魔鬼的咆哮，“这件事情对您有百利而无一害，所有脏活我都包了，您还犹豫什么？事不宜迟，我们现在就去找护校队的人吧！”

“你说得不错，事不宜迟。”万泽稍稍迟疑了一下，随即站了起来，“我们现在就去护校队。”

他想往门外走，但杨勇却抢先一步挡住了他，并且把之前被他拿走的匕首也拿了回来。

他的表情一下子变得狰狞可怕，让万泽差一点就喊了出来。

杨勇的心里却也如坠冰窖。

万泽前前后后的表现证明了一点，他根本就没有真的听进他的话。如果他真的决定采用他的建议，那他绝对不会是现在这种表情，更不会是现在这种做法。

真可笑啊！

还以为抓住了最后一根稻草，结果，却是一个和施远差不多，不，比施远还要无能的人。

如果是何家兄弟，这样的建议他们肯定马上就采纳了。哪怕只是一个稍稍比万泽多一些野心，多一点冒险精神的人，也许都会考虑这个建议。

站在杨勇的角度，这已经是他能够想到的，既充分发挥了他的作用，又对万泽极为有利的做法了。

万泽失去了什么呢？

他不过是冒了一点点风险，不，其实他根本就什么风险都不用冒。一切脏活都是他自告奋勇来做，事情成功了，那万泽将把所有政敌都一扫而空，只要能够稳住剩下的人，整个学校就是他说了算，他必然可以在合并的过程中代表学校，其实是代表他自己索取最大的好处。而失败了，一切责难也可以推到他杨勇头上，只需要说这是他的擅自行动就行。

万泽大可以说只是把这件事情委托在了杨勇身上，没想到他会做出这种事情来。

控制住这些人的这段时间，万泽依然可以有充足的时间去做他该做的事情，控制住大局，可以说，他根本就没有任何风险！

联盟又没有死刑，只要万泽承诺尽快把他捞出去，难道他还敢把所有一切都推在万泽头上？

他明明在一开始就说了，他已经没有任何退路，不可能再背叛了啊！

但万泽却无能至此！

毫无疑问，万泽现在仅仅是在想办法稳住他，只要到了护校队，不，甚至是只要到了人多一点的地方，他必然会想办法大声呼救，从他的掌握中挣脱出来，随即把他抓起来。而到了那个时候，他还有什么退路可以走？他已经把所有人都得罪遍了，到了那个时候，他还有什么路可以走？！

真该死！

真该死！！

杨勇看着万泽，心里突然起了杀意。

只要杀了他，就没有人会知道他做了什么，那最起码，他还可以继续和施远那些人混在一起……

但这样的念头却马上就消散了，不是因为他下不了手，他在何家营的时候直接或者间接弄死了不少人，再弄死一个万泽对他来说根本就不算什么，让他没法下手的原因是，之前万泽的那些手下已经看到他跟着万泽进了屋子，如果他杀了万泽，一定会马上成为头号嫌疑人。

怎么办？怎么办？

他阴晴不定地看着万泽，脸上的表情让万泽出了一身冷汗。

最终，杨勇还是拔出了刀。

“你不要乱来！”万泽急忙说道。

树屋最不好的地方就是这一点，即便是他在这里大叫救命，等人们爬上来，他也早就没命了。

“什么乱来？”杨勇却狞笑了起来，“万主席，你不是要和我一起去护校队吗？那就走吧！”

“你把刀收起来……”万泽很想表现得威严一些，但杨勇的狞笑却让他不知不觉地露了怯。

“我要是收了刀，万主席你突然叫起来的时候我该怎么办？”杨勇说道，同时在万泽的房间里胡乱地翻找着，很快就找出一根结实的绳子，套在了万泽的脖子上。

“你没有必要这样……”万泽结结巴巴地说道，但杨勇却收紧了绳子。

“走。”他对万泽说道，“你先下，如果你敢跑，我就勒死你！”

“真的没有必要这样……”万泽继续说道，“你能逃到哪里去？这件事我可以当没有发生过……”

“你当我是傻瓜吗？”杨勇冷笑了起来，“已经到了现在这个样子，你会放过我？”

万泽还想说什么，杨勇却重重地扯了一下绳子，让他一下子喘不过气来。

“走！”杨勇低声说道，“万主席，别怪我没提醒过你，死在我手上的人没有一百也有九十了，多你一个不多，你最好是别刺激我。”

万泽被刀和绳子逼着，脑袋里已经是一片混乱，无数个念头转来转去，却没有一个能够把自己从现在的困境中解救出来。

他只能笨拙地在杨勇的控制下和他一起下了树，周围已经一个人都没有了。

“有什么事好商量。”他低声地对杨勇说道，“你是个聪明人，应该知道这样做是没有任何好处的。”

“走！”杨勇却把刀顶在他后腰上，同样低声对说道。

两人一起向营地外的黑暗中走去，万泽心里越发恐惧起来，黑暗中已经没有什么危险了,这么长时间以来从没有人被恐龙或者是别的什么东西袭击过,就连那些蚊虫也因为干旱而消失在了丛林里,但谁知道杨勇究竟要怎么对付他?

两人一前一后避开了少数还在活动的人,走进了丛林,万泽还想说什么,杨勇却用绳子把他死死地捆住,然后堵住了嘴,塞在了一团树丛里。

黑暗中什么都看不到,万泽生怕杨勇还在周围窥视,也不敢做什么过分的举动,不知道过了多久,当他确认杨勇已经离开时,他才试着挣扎起来。

但这样的事情对于他这个年纪的人来说却太困难了,杨勇捆得很紧,让他几乎没有什么活动的空间,更不要说是在地上找个什么尖锐的东西把绳子弄断。

他到底想干什么?

万泽越发绝望,同时为自己的大意和愚蠢感到后悔莫及。

许久之后,突然有脚步声传了过来,随即,有人粗暴地把他从树丛里拖了出来,用刀割断了捆住他双手的绳子。

他急忙挣扎开来,用手把堵住嘴的东西扯掉,但捆在脖颈上的绳子却马上被重重地扯了一下,杨勇的声音如魔鬼一样从身后传了过来:“别激动,万主席,我们有的是时间,慢慢来。”

万泽转过身,看到一个人影被放在地上,而杨勇则一手拉着绳子,另外一只手拿着一把砍刀。

“你到底想要怎么样?”万泽绝望地问道。

“万主席,这都是你逼我的。”杨勇却冷笑着说道。

“杨勇,你冷静一下。事情还没有到这一步,我们还有别的办法可以解决的。我可以写保证书给你,或者是想其他办法你明白吗?这样的后果不是你我可以承受的!”万泽口干舌燥,拼命地只想让对方冷静下来。

杨勇要做什么已经很清楚了,而这已经远远地超出了他的底线。

“不就是杀个人,有什么了不起的?”杨勇却狞笑着说道,“难道你来到这个世界还没有亲手杀过人?”他伸手把地上那个人拉起来,重重地推到万泽脚边,他才看清那是一个年轻的男孩,他的侧脸上一大块淤青,满脸是血,早已经吓得鼻涕眼泪流得稀里哗啦。

“那就难怪了。”杨勇说道,“万主席,我这是在帮你,帮你真正认识这个世界。你看看，现在真正有魄力有能力的领导，谁没有亲手杀过几个人？何家兄弟就不说了，张晓舟手上的人命也不少了。难怪你瞻前顾后一点险都不敢冒，原来就是差了这一步。”

他把匕首抽出来塞在万泽手里，退后一步，一手拿着砍刀，一手掏出一个东西，万泽万念俱灰地看着他，却看到他手中的那个东西突然亮了起来，竟然是一个手机！

不知道他是从什么地方弄到了这只还有电能用的手机，也许是那些学生捣鼓出来的手摇充电器，也有可能是趁发电机工作的时候充的，但万泽此时已经没有心思考虑这个问题，而是继续苦苦地劝说着杨勇。

“一定有其他办法的，你听我一句，我不会害你的。我刚才只是一时糊涂，现在我已经想通了……”

“他已经看到我的脸了。”杨勇却直接打断了他的话，“就算你不杀他，他也肯定要死。”

这个人听到这样的话，疯狂地在地上挣扎了起来。

“唯一的区别只在于，要么你杀了他，让我拍下来作为投名状，要么你们俩一起死！”

“很多人都看到你进我的屋子，你杀了我，马上就会被抓住！”万泽说道，“现在这个世界，你能逃到哪里去？醒醒吧，杨勇，你没有必要非这样干的！”

“这都是你逼我的！”杨勇愤怒地说道，“我已经设身处地地替你着想，帮你想了那么多办法，甚至主动请缨把脏活干了。结果你呢？反正我也没什么盼头了，拉你这个主席一起死，有什么不好？”

“你别冲动，听我说，我刚才已经想过你的计划了，真的，我刚才好好地想过了，前面的计划都不错！只是最后稍稍调整一下就行，完全没问题的！你放了我们俩，我们一起去护校队，我已经想好怎么说服他们了！真的！我很清楚那两个带队的军人的脾气！只要照我考虑的说，他们一定会同意的！”

“太晚了。”杨勇摇了摇头，“现在你只有两条路，要么杀了他，要么和他一起死！老实告诉你，我杀了你们之后，会扒光了你们的衣服放在一起，制造出你们在这里偷情然后被恐龙偷袭杀死的假象！别人信不信我不知道，但我起码有机会辩驳，有机会活下去，而你，永远都会带着这个故事活在人们的记忆当中！万主席，我只给你两分钟考虑!”

那个被他抓来的年轻人拼命地挣扎着,惊恐而又绝望地看着万泽,眼中满是祈求,但万泽看了看已经完全陷入癫狂的杨勇,又看看年轻人,脸上的表情终于也变得狰狞了起来。

他当然还有第三种选择,捡起匕首和杨勇拼了,但这样做活下去的可能性微乎其微,这里距离营地太远,也根本不会有人赶得过来。

真的错了。他在心里默默地对自己说道。

首先就不应该让杨勇这样的人有机会和自己单独在一起,要么刚才在营地走的时候就应该拼死大叫救命,那样的话,虽然有可能死,但却不会面临这样的绝境。

而现在……

他低头看着自己手里的匕首,整个身体都颤抖了起来。

“就是这样。”杨勇说道,同时打开了手机的摄像功能,先对准万泽的脸拍了一个清晰的特写,然后做了一个手势,让他快点动手。

地上那个人越发拼命地挣扎起来,他甚至成功地转了一个方向,面朝下,像一只虫子那样拼命地向前爬去,但杨勇马上就从侧面狠狠地在他脑袋上踢了一脚,让他昏死了过去。

他被杨勇重新用脚翻了过来,但因为已经昏迷不醒,万泽的心里稍稍好受了一些。

万泽浑身哆嗦着,慢慢地跪在了那个年轻人的身边,手中的匕首在他身上比来比去,却始终找不到下手的地方。

杨勇用灯光照亮了他的心口,万泽抬头看了看杨勇,杨勇明显已经非常不耐烦了,神情再一次焦躁了起来,于是他终于下了决心,把那支匕首压在了那个年轻人的心口,深深地吸了一口气,随即闭上眼睛,把全身的重量和力气一起压了上去。

匕首很尖锐,毫无阻隔地穿透了年轻人的衣服和身体,他猛地从昏迷中醒了过来,像一只虾那样剧烈地抽搐起来,万泽吓得丢掉了手中的匕首,连滚带爬地向后退去,几秒钟后,年轻人就没有动静了。

“这样不是很好吗?”杨勇小心翼翼地重放了一遍万泽亲手杀死这个年轻人的视频片段,在手机自带的手电筒光照下,无论是万泽还是这个年轻人的脸都非常清晰,而他自己却始终没有出现，甚至连声音都没有。

万泽浑身大汗，胸口像风箱一样起伏着，就像是刚刚跑完很远的距离，全身都瘫软无力。

他下意识地抬起手，手上却什么都没有。

匕首堵住了伤口，甚至连血都没怎么流出来。

“现在我们就是一条船上的人了。”杨勇说道，“万主席，你放心，只要你不害我，我绝对会对你忠心耿耿。你可以把我当作最好使唤的狗，你让我咬谁我就咬谁。但如果你想对付我，那我就是吃人的狼了！”

万泽下意识地点点头，其实他脑袋里空空的，什么都没有了。

“我们得赶快处理一下这里，把匕首、绳子和我们的脚印、留下的痕迹处理一下。”杨勇说道，“这是个没什么名气的小卒子，应该不会有多少人急着找他。几天以后，他的尸体应该就会被吃得差不多了。”

第7章 新联盟的诞生

把匕首拔出来之后，血马上就涌了出来，但因为那个年轻人已经死了，心脏停止了跳动，血流淌了一会儿之后就停住了。

万泽看着杨勇用匕首切出更多的伤口，让更多的血流出来，他这样做明显是为了制造更多的血腥味，吸引那些曾经无处不在的秀颌龙来分吃掉尸体。

“你那一刀刺得很好。”杨勇一边弄一边说道，“它们会把所有痕迹处理得干干净净，不会有人知道是你杀了他。”

万泽看着杨勇在那里忙碌，突然有一种强烈的想要杀死他的冲动，但他知道以自己的能力，不可能打得过杨勇这样孔武有力的男人。

“我是一个很有分寸的人。”杨勇继续说道，“万主席，你很快就会知道，我绝不会有胁迫你的念头，我这样做，仅仅只是为了自保而已。”

他飞快地把用来捆那个人和万泽的绳子收起来，把用来堵他们嘴的东西也放在一起，装在了一个袋子里，然后又从附近弄了一根带叶子的枝条，小心地扫去他们的脚印。

“现在的技术应该追查不出我们。”他对万泽说道，“我们走吧。”

万泽松了一口气，但他很快就发现，杨勇并非带他离开，而是和他一起向远山城的方向走去。

这个该死的！他还想把那个狗屎一样的计划推行下去！

但万泽却没有勇气反抗，他已经完全知道杨勇是个什么样的人，某种意义上来说，他比万泽之前认识的任何人都要危险，都要野心勃勃，也都更鲁莽。

也许正是这些特质让他最终变成了现在这个样子。

“我们必须做一些调整。”他不敢完全反抗杨勇，但他知道自己必须做点什么，否则的话，即使没有人知道他为了自保而杀了人，他也一定会失败。

“什么调整？”杨勇问道。

在他看来这是个好现象，这或许意味着，万泽开始真正认真地考虑和他合作，而不是敷衍他，甚至是想要出卖他。

谁知道这样的罪证在现在这个世界有没有用？人们会不会认为万泽在被胁迫时杀死另外一个完全无辜的人是无罪的？万泽如果精神崩溃选择自首，那他就完了。因为万泽最多不过失去现在拥有的身份和地位，而他则将锒铛入狱。

以他之前在何家营做的那些事情，再加上这一桩，他觉得人们很有可能会破例判处他死刑。

他必须稳住万泽，让万泽想着成功而不是失败，更不是事情败露。

“我们只需要把施远那些人暂时控制起来，”万泽深深地吸了一口气说道，“没有必要搞刑讯逼供，更没有必要搞栽赃陷害。”

杨勇摇了摇头：“那样做有什么意义？我之所以提议这么做，完全是为了万主席你考虑，这些脓包你不去挤掉他们，他们就会一直在那里发炎，甚至是引发更严重的病症！只要你把合并的事情推动起来，有谁会关心他们几个人的死活？”

“护校队的人不可能跟着你这么干，那些人的脾气我清楚，你不可能收买他们，让他们去干这种事情，也不可能让他们对你所做的事情睁一只眼闭一只眼。他们也许能够被说服把那些人暂时抓起来，但这肯定就是极限了。现在我们要做的只是把合并的事情挑明，鼓动人们支持这件事情，而不是引发动乱。至于委员，一个都不要抓，只要事情被推动起来，让这股合并的浪潮涌动起来，他们就没有再继续和我作对的理由。我了解他们，他们都是聪明人，不会破罐子破摔，做对大家都没有好处的事情，在不可逆转的大势之下，他们将不得不与我合作，谋取更大的利益。”

杨勇明显不以为然，但万泽还是坚持道：“等到那个时候，施远那些人也将彻底失去闹事的基础。没有必要因为他们而惹上不必要的麻烦。”

杨勇用手摸了一下鼻子，在他看来万泽还是太过于软弱，什么都只想交易妥协。那些人对于万泽本人当然不会是什么麻烦，但不给他们点颜色看看，他们不敢动万泽，难道还不敢来找他杨勇的麻烦吗？

毕竟只要他升迁或者是跟在万泽周围，他们就会完全明白发生了什么。

而人们都有一种奇怪的特性，比起敌人，往往对叛徒更加仇恨。到了那个时候，这群人死死地咬着他不放，对于他来说可不是什么好事。

但他并不想在这个时候和万泽争执，事情先推动起来，后面怎么发展，那就不是万泽能够说了算了。

反正现在万泽已经有把柄在他手上，他不怕万泽敢翻脸不认人了。

“好吧。”他于是点点头，“万主席，就按您说的办！”

夜还很长，足够他们做很多事情了。

张晓舟却是在第三天才意识到发生了什么事情，他这段时间一直都太忙，忙得精神都有点麻木了，忙得没有多余的精力去管更多的事情。

当那股不知道从什么地方吹起来的风潮已经席卷了地质学院的所有营地时，几乎让他们那边陷入瘫痪，陷入一种莫名其妙的狂热，并且波及城北联盟时，他才终于听说发生了什么。

没有人知道事情是怎么发生的，也许是被那些发传单闹事的学生们刺激，也许是厌倦了日复一日这样颓废而看不到前途的生活，一群学生同样写了不少标语，抬着它们在各个营地里大声疾呼。

“结束混乱！让学校加入联盟！”

“让我们都有肉吃！”

“人类联合，征服白垩纪！”

“让我们重归秩序！”

“让城北成为一体！”

他们在之前那些人旁边大声地讲述着自己的理念，甚至压倒了之前就已经占领了那个区域的那些闹事者的声势，双方很快就口角起来，不知道是怎么回事，事态很快就失去了控制，变成了大规模的群架。

护村队迅速赶来把双方的带头者都控制起来，顺便把仅仅是在旁边看热闹，甚至还曾经试图帮忙劝架控制局势的施远等人也一起抓了起来。

这样突如其来的变故让反对合并的力量被打了个措手不及，施远等人被控制则进一步分散了他们的力量，而万泽和杨勇却一刻不停地活动着，《远山周刊》也很快就出了一期特刊，但真正让人们激奋起来的，还是那些在各个营地演讲的人们，尤其是万泽做的那场演讲。

他似乎是被周围的人硬推了上去。

“万主席，给我们讲讲你的看法吧！”人群中有人这样说道。

万泽一脸苦笑，似乎完全被动，但其实他早已经准备好了讲稿，而且是好几个人通宵达旦努力的结果。

“那我就说两句，但不是代表学校管委会，只是代表我个人。”

看似毫无准备的临时发言，其实却经过了精心的推敲，既鼓动人们继续表达合并的愿望，又表达了自己愿意继续为所有学校成员争取权益的态度，更向其他委员会成员施压，甚至还表达了对未来新的联盟的一些期望。

可以说，这并非单纯地鼓动人们推动合并的进程，更是已经扎扎实实地为了更长远的将来而做准备了。

在他们的鼓动下，很快就有更多的人站出来支持学校加入城北联盟，并且制造出了更大的声势。

而另外一方面，打架双方都被一直扣留，不管施远等人怎么抗议，护校队都没有把他们放出去。

无形当中，反对派的力量受到了极大的遏制。

随着越来越多的人加入这场地质学院久违的混乱和狂欢当中，合并的呼声变得越来越高，最终迫使剩下的委员们不得不召开紧急会议，讨论应该怎么处理这件事情。

黄南心情复杂地看着万泽志得意满地走进会议室，就在这短短的几天里，地质学院突然发生这么大的变化，完全出乎他们这些决定倒戈者的意料。

这完全不像是万泽会做的事情，在这接近一年的相处当中，他觉得自己已经看透了万泽这个人，但无论他怎么看，万泽都不像是会搞这些事情的人。

这样的事情更像是施远那样的愣头青才会搞出来的，他们往往不会考虑太多的后果，而是凭着自己的某种想法就去推动某件事情的发生，也没有能力去控制事情之后的发展。

就像他曾经在那些年轻人当中听到过的说法，“遇事不决莽一波”。

一直以来，地质学院就是在这样的盲动当中消耗了几乎所有的潜力，也白白地浪费了所有的机会，这才让城北联盟有机会后来居上。

但对于万泽这样的人来说，遇到事情永远都只会权衡利弊，多谋而寡断。

这次的事情在黄南等人看来太过于诡异，就像是有人用刀逼着万泽迈出了这一步，否则的话，以他的为人，绝对不会做出这样的选择。

但这样的冒险无疑成功了。

最有可能跳出来挑动反对情绪的施远等人，竟然被用那样的理由合理合法地抓了起来，到现在也没有放出来，而他们这些人，在这样突如其来的变化面前没有及时做出应对，就在这时，局势已经发展到了无法挽回的地步。

万泽发表那番演讲的时候，黄南正好就在旁边，他绝不相信这样精彩、面面俱到而又鼓动人心的演讲是万泽能够临时做出来的，尤其是在那样的情形下。

这或许说明，他早已经做好了准备。

是联盟那边有人过来帮忙吗？

他们不得不这样想，但除了那个以中立派自居的邱岳，联盟一方并没有任何人投入到这个事情当中。

太诡异了！

“我想我们没有更多的选择了。”万泽看着所有在场的委员们说道，“事情已经超出了我们的控制，任何挡在这种浪潮面前的人都将被碾得粉碎。现在，我们唯一要做的，就是尽可能地考虑如何向城北联盟提出加入的要求，并且如何尽可能地保证更多人的权益。”

突如其来的成功让他忘却了那个恐怖而又刻骨铭心的夜晚，某种意义上来说，他也许也是强行让自己忘记那天晚上所发生的事情。杨勇兑现了他的承诺，像一条最忠实而又凶狠的猎犬那样替他奔走，而邱岳的加入则让这场被他们仓促间掀起的变乱勉强朝着他们所期望的方向运行。

邱岳对这件事情一定考虑了很久，就连那篇演讲稿也多半脱胎于他拿来的一份初稿，也许那是邱岳为他自己所写的也不一定。

但不管怎么说，万泽在这件事情里已经收获了很多，有了地质学院大多数成员的拥护，现在的他已经不太需要考虑这些委员们的个人利益和要求，他们所能给予他的东西也变得不再那么重要了。

这样的局面，比起他最初预想的那种通过大量许诺、画饼而获得的局面要好得多。

如果不是还有那个把柄被抓着，他甚至都有一点真心感谢杨勇的莽撞了。

“万主席，看你的样子，应该已经有腹稿了吧？”黄南忍不住用讥讽的口气说道。

“想法是有一点，不过看黄委员的样子，似乎不太赞同这种做法啊？”万泽微笑着说道，“你有什么想法，说出来大家参详参详？没关系，我们大家都听听嘛！”

“放我们出去！”一名学生委员拼命地敲着门，大声地对外面叫喊着，但外面就像是根本没有人在，一直都没有回应。

“该死的！他们竟然敢这样做！”施远气得浑身发抖。

已经三天了！整整三天时间，他们这些学生派委员竟然就因为这样一个完全站不住脚的理由被一直关在学校之前的一个仓库里，每天只有早晚两次有护校队的人送食物和水过来，除此之外，没有任何人来看他们，也没有任何人来告诉他们外面发生了什么，甚至没有任何人告诉他们将会面临什么样的处置！

这算是什么，迫害？绑架？

他们一次次地威胁，利诱，甚至是哀求那些来送饭的护校队成员，但他们却只是爱莫能助地摇摇头，告诉他们，安心在这里等着就行，不会关他们太久的。

他们甚至连放风的机会都没有！

再怎么说他们也是地质学院两千学生选举出来的代表，万泽他们那些卑鄙无耻的家伙，竟然敢这么对待他们！

然而最可气的是，他们在这里咒骂了三天时间，却一直都想不出自己能够用什么办法报复回去！

“把我们关在远离营地的地方，他们现在肯定是在鼓动合并的事情了！”一名学生委员说道。

这是肯定的！那些举着牌子来示威的人肯定是万泽安排好的，打架的事情也肯定是他们故意挑起的。

施远等人一直回忆不起来那场群架是怎么打起来的，但护校队那么快就能出现，而且那么快就准确无误地把他们几个全部抓起来，要说事先没有计划好，没有阴谋，就算是打死他们，他们也不会相信！

怎么办？

他们完全可以想象得出来，现在营地那边会是什么样子。

学生们本来就是最容易被鼓动的一个群体，没有他们这些人在里面让他们冷静，让他们看清楚其中的阴谋，一切很有可能已经发展到了无法挽回的地步。

这让施远越发愤怒而又绝望。

就在这时，仿佛是终于听到了他们的怒吼，外面终于有人过来打开门锁，这个时段，绝对不是送饭的人！

可以出去了吗？

只是三天时间，应该还来得及！

但出现在他们面前的人却完全出乎了他们的意料。

“杨勇？”人们愣了一下，随即马上就醒悟了过来，“你这个卑鄙无耻的混蛋！”

他们下意识地想要冲过去揍他，但却被他身边的几个陌生人用短棍给抽了回来。

“别乱来，别给自己找麻烦。”杨勇冷笑着说道，“我现在是护校队治安组的组长，你们要是再闹，别怪我不客气！”

“你这条养不熟的狗！”施远大声地骂道。

“没关系，你尽管骂，有你哭的时候！”杨勇冷笑着说道，“杜平，你出来！”

“你想干什么？”那个被他点名的学生委员有些不安地说道。

“没什么，就是有点陈年旧事要问问你。”杨勇狞笑着说道。

人们大骂起来，但杨勇和他身边的人却冲进来强行把那个名叫杜平的学生委员给拖了出去。

他带来的这些人明显不是护校队的人，看上去更像是之前因为住在学校旁边而被收拢进来的那些人，真不知道杨勇是从什么角落里把他们找了出来，又用什么办法把他们拉来做了打手。

施远等人完全不是他们的对手，在反抗和撕扯中，好几个人头上身上都被他们用短棍打了好几下，最终只能眼睁睁地看着杜平被他们拖了出去。

“这是阴谋迫害！这是白色恐怖！”施远愤怒地大声叫道，“等我们出去，一定要让大家知道他们在干什么！”

但他们还能出去吗？不知道为什么，人们突然有一种不妙的预感，并且很快就完全失去了再继续叫喊拍门的兴趣。

他们只是靠在门上，努力地倾听着外面的声音，想要知道被带走的同伴遭遇了什么样的命运，但外面却只有呼呼的风声。

将近两个小时之后，门再一次打开了，这次，杨勇他们又带走了另外一个人，而之前那个杜平却不知去向，他们拼命索问，杨勇等人也不回答。

人就这样一个个地被带走，剩下的人精神压力越来越大，而杨勇每一次来的时候脸上的表情也越来越得意，越来越狰狞。

“不要怕，他们不敢对我们怎么样的！必要的时候，可以和他们虚与委蛇，只要能出去，我们就一定能把今天我们所遭受的这一切揭露出来！”施远拼命地给剩下的人打着气，但随着身边的人一个个减少，他自己的心里也七上八下起来。

说到底，他们始终只是一群没有成年的学生，大多数人生经验都来自书本，来自身边的成年人和亲友，这样的景象很容易就让他们联想到了小时候曾经看过的那些革命先烈的故事。要是这些禽兽真的对他们动手，真的对他们屈打成招，他们能坚持住吗？

当最后一个同伴被带走时，施远终于陷入了歇斯底里和崩溃当中，他拼命地忍着眼泪，不停地告诉自己，他们不敢怎么样的！他们绝对不敢怎么样的！

但外面究竟发生了什么？为什么他们被抓进来这么久都没有被放出去？这些疑惑却不断地动摇着他的信心，让他越发变得恐惧起来。

门终于再一次打开，这时候天色已经完全黑了，那些人打着火把走进来拖他，他拼命地挣扎着，却被四个人强行抬了起来，直接拉了出去。

他们把他带到楼下的另外一个房间，把他放在一张椅子上，并且把他的手脚都绑在椅子上,然后退了出去,把他一个人留在黑暗里。

失去了所有光源之后,房间里陷入了黑暗,施远只能感觉到地上很湿,这种反常让他马上联想到了以前曾经看过的那些刑讯逼供的电影。

水刑?

他一下子惊恐起来,开始拼命地挣扎。但那些人把他绑得很牢,他根本就没有办法挣脱开,只是把自己的手和脚都弄得生疼。

浑浑噩噩地不知道过了多久,门终于再一次打开,而这次,杨勇走了进来。

“施委员,感觉如何啊?”他得意地笑道。

“你这……”施远本能地想要痛骂,但恐惧却让他把差一点就脱口而出的那些话硬生生地吞了下去,“你到底想怎么样? 我告诉你,这样的事情你是遮掩不住的!”

“我为什么要遮掩?”杨勇却笑了起来,“对犯罪嫌疑人进行审讯,这是我的权力,也是我的责任。”

“犯罪嫌疑人?”施远终于愤怒了起来,“是你们陷害我们的! 再说了,就算是我们真的参与了打架,有人受伤了吗? 有人死了吗? 犯罪嫌疑人? 你脑子进水了吗?”

杨勇微笑着等待他骂完,把一只手机用支架放好,调整好了镜头的角度,然后把手机上的手电筒打开,按下摄录键,然后才说道:“施远,你搞错了一点,我现在要问的不是你们之前参与打架斗殴破坏社会秩序的事情。我要问的,是你在十个月前策划和组织所谓的‘一次革命’和‘二次革命’,蓄意破坏地质学院正常秩序,并且谋杀前学生会主席、前学校管理委员会主席李竹的事情!”

这句话就像是一道闪电,狠狠地劈中了施远,让他一下子呆掉了,几秒钟之后,他才愤怒地大叫了起来:“你疯了吗? 什么谋杀? 你这是栽赃陷害!”

“是吗?”杨勇冷笑着说道,“我现在手里已经有不下十份证据,其中有六份来自你的亲密战友,他们都承认当初是你鼓动他们去游行示威,去围攻学校的办公机构,并且在李竹等人出来解释,出来平息大家愤怒的时候,从背后用木棍偷袭他,造成了他的死亡!”

“你放屁! 他们不可能这么说!”施远破口大骂起来,“根本就不是我!”

“那是谁呢?”杨勇马上追问道,“如果不是你,打死他的到底是谁?”

施远沉默了,很显然,杨勇这个叛徒是准备要把这件陈年旧案推在他身上,对他栽赃陷害了！

“当时的现场非常混乱，根本就没有人看到是什么人动的手。”他整理了一下思路，大声地对杨勇说道，“甚至根本就没有人注意到他被打倒了，直到几分钟之后，才有人发现他倒在人群里，还被踩踏了好几下！这件事后来一直在查！但一直都没有结果！你想要推在我头上？这种做法太卑劣，也太荒谬了！”

“让策划这件事情的人来查这个案子，当然永远也不可能找到答案。”杨勇却笑着摇了摇头，“也许不是你动的手，但暴动和游行是不是你策划的？围攻学校管委会和学生会的事情是不是你组织的？你敢说事情和你没有关系？是不是你悄悄安排了打手，并且替他吸引所有人的注意力，让他有机会对李竹下手？”

“你这是赤裸裸的诬陷！”施远大声地叫道，“这是栽赃陷害！”

“你现在不想说没关系。”杨勇回到支架后面把手机关了，然后又重新走了回来，“施委员，时间还多得很，我们俩有足够长的时间可以聊。”

万泽忙于与联盟合并的事情，无暇顾及施远这些人的事情。当然，他也不在乎施远这些人，只要学校与联盟合并，这些人就将成为明日黄花，再也翻不起浪花来。

但杨勇却没有办法无视施远等人的存在。

将心比心，如果施远等人最终被放出去，然后知道了他在合并过程中所起的作用，看到他成为万泽派系中的一分子，他们也许不敢再针对万泽做什么，但必定会处处针对他这个小卒子。

自古以来，人们对于叛徒都格外地残酷，而叛徒往往比任何人都对前自己人下手更狠，就是这个道理。

如果不趁这个合并前最后的机会让施远等人尝到他的厉害，知道他不是好惹的，那在加入新联盟之后，他就很有可能会成为这些人发泄不满的对象。他们未必有什么能力真正对他怎么样，但最起码也能一直挑他的刺，恶心他，让他过不了好日子。

手上握有万泽的把柄，杨勇当然不怕万泽在关键问题上不罩着自己，但很多时候，一些不大的事情反而很难上纲上线地通过高层的关系去处理。

这让他在从万泽那里获得了护校队治安组组长的临时职位后，很快就从之前一直被冷落、心怀不满的那些人当中挑选出了愿意为自己效劳的人，并且趁万泽忙于讨论合并的细节时，赶来处理施远他们这些人的问题。

护校队的人果然不愿意干这样的事情，他们甚至对杨勇这个外人，这个曾经给学校造成巨大危机的逃亡者怀有很深的怀疑和敌意，反对他们对这些学生派的委员们进行单独审问，认为这和他们之前说好的不一样，侵犯了委员这个职位的尊严和权利，甚至质疑他们是不是在搞什么阴谋。

“整个城北马上都要合并了，还搞什么阴谋迫害？有那个必要吗？”杨勇答道，“有人举报说他们当中有人在被何家营俘虏的时候出卖了地质学院的机密，万主席让我来例行调查一下。如果你们不信，可以去找他核实。”

对方用怀疑的眼光盯着他，万泽当然不可能在这个节骨眼上搞这些事情，但他也不相信对方真的会为了这个事情而专门去找万泽核实。

再怎么说他也是那天晚上陪着万泽来说服护校队支持合并的唯一人选，这样的经历很容易就能让对方相信他的确是受命而来。

“不能对他们有任何刑讯逼供！”对方说出了他们的底线。

“当然不会！”杨勇马上说道，“只是来核实一下。”

但他首先审问的却是那些之前跳出来闹事的人。

万泽之前已经安排人查过这些人的底细，初步调查的结果是他们最大的罪行也不过是小偷小摸，甚至还够不上送盐矿的标准。但杨勇相信他们这样的人不可能只有这么一点点问题，他从自己的新手下口中得知，这些人中有好几个都是历次闹事的主力，也正是因为如此，他们才会对散发传单、鼓动游行、演讲这些事情熟门熟路，才会习惯于闹事，习惯于动辄以夸大的事实去攻击别人，而抗拒辛苦的体力劳动。

这样的一群人，难道他们之前就没有过更严重的暴行？

杨勇没有经历过学校的那些事情，施远等人也很少会谈那些事情，但他来学校这么久，这些事情他多多少少听过一些。他相信任何事情只要一走到那样无秩序无规矩的地步，就一定会有人控制不住自己作恶的念头，事情也一定不会像现在表现出来的这么简单。

杨勇相信一定曾经发生过什么，而这些人作为历次闹事的主力，一定知道些什么。

果然，他只是小小地动用了一些手段，这些人就熬不住了，把自己做的、看到别人做的，还有听说的那些事情一一交代了出来。

曾经有人抢劫了那些被推翻的委员们贪污而得来的东西，偷偷地把它们据为己有；曾经有人残酷地对待那些被推翻的当权者和他们的家人，虐待他们；甚至有人曾经在混乱中被强奸，只是由于双方的身份和出于对自己名声的保护，受害者没有站出来控告他们。

“被强奸的那几个女孩本身就不是什么好东西。”他们这样辩解着，“她们和那些当权者走得很近，用身体换取轻松的工作，换取珍贵的物品，所以当那些人被打倒的时候，有些人觉得她们也有罪，而且也憋了很久……”

杨勇完全可以理解这种心理。强奸案的报案率向来很低，何况是这样一个闭塞的世界，这样的事情将成为一个女人一生的污点，又有多少人能够承受这样的压力而站出来？况且，施暴者本身就已经把这些女人划入了有罪的范畴，替自己的罪行寻找借口……说实话，如果真的没有这样的事情，他反倒要觉得奇怪了。

“都是哪些人？”杨勇一一把那些人的名字记录了下来。但让他失望的是，施远他们这些人的名字却不在里面。那些施暴者中，很多人曾经成为管委会的一员，但恰恰是因为他们的卑劣，他们很快就被推翻、被打倒，然后被新上台的人们发配去做最危险、最肮脏而又劳累的工作。

其中有好几个人甚至已经在之前伐木的过程中出了事故死掉，剩下的那些人现在也多半都是小人物，没有什么利用的价值。

那这些结果对于他来说就没有什么意义了，他并不是来当清官整理遗案替那些受害者伸张正义的，这些事情在何家营简直司空见惯，不值一提，根本也勾不起他的兴趣。

但他还是有些疑惑，施远这样的人真的会这么干净？施远从第一次所谓的“革命”开始就一直活跃在暴动和闹事的队伍里，别人都忍不住做了这些事情，难道施远会是一朵白莲花？

终于，在他加大了问话的力度之后，终于有人领悟了他的意思，把事情引到了施远等人的身上。

“我听说，当初李竹他们几个就是被施远他们弄死的！”当他提着水桶走向被放倒在地上的一个人，准备再一次往他鼻子里灌水时，他绝望地叫了出来。

“李竹？就是你们最开始的那个委员会主席？”杨勇马上放下手中的水桶，把他扶了起来，“说详细一点儿！”

杨勇对于事情的真相其实没什么兴趣，他感兴趣的只是，施远等人有没有在里面充当什么角色。当然，如果那些人死在他们手上，那就是最好的结果了。他完全可以把这件事情深挖下去，并且最终以此把他们钉死，彻底消除隐患。

但这些人却并非第一次闹事时的主力，他们也只是参与了那时候的游行，远远地知道发生了什么事，却并不清楚具体的经过。只是好像曾经听人吹过，当时有人是故意要弄死李竹。

“是施远吗？”杨勇问道。

这个人迟疑了一下，杨勇便把椅子一脚踢倒，重新提起水桶。

“是！应该就是他！”那个人急忙叫了起来。

但杨勇还是往他鼻子里灌了不少水，让他痛苦得拼命在地上扭来扭去，然后才重新把他立了起来。

“到底是谁干的？”

“我听说就是施远！”

“听谁说的？他在什么地方？”

“……这，那个人已经出事故死了！”看到杨勇又想去踢椅子，他急忙大叫了起来。

死无对证，很好。算你聪明。

“这可是你自己说的，别记错了，也别再忘了。”杨勇拍拍他的脸，狞笑着对他说道。

他随即解开绳子，给他一块毛巾让他擦干脸上和身上的水，然后打开手机，开始摄像。

“这些都是污蔑！”施远愤怒地说道。

杨勇真的很想让他也尝尝鼻子灌水的滋味，但施远的目标太大，弄他和弄那些没根没底的人所面临的风险完全不一样，那些家伙的话没什么分量，甚至也不会有什么人在意，但施远的话却一定会有很多人听得进去。

更何况，护校队的那些人肯定在关注他们这些所谓学生委员的安全。

“你当然会这么讲。”他悠悠地坐在施远对面，对他说道，“但不管怎么看，以当时的情形，李竹只要不出事，就很有可能把你们所谓的‘一次革命’平息下去，那样的话，你们这些人根本就不会有登上地质学院舞台的机会。哪怕仅仅是从谁获利这一点来看，你和你的同党也有很大的嫌疑！”

施远瞪着他不说话。

“更加可疑的是，和你一起发动所谓‘一次革命’的那些人，后来很快就被你和另外一批人发动‘二次革命’给推翻了，其中有几个人后来被安排去伐木，然后死于事故。不管怎么看，这都很像是在杀人灭口。”

“你放屁！”

“很奇怪啊，”杨勇笑着摇摇头说道，“一次一次的运动，很多人都倒下了，只有你，一次次地借着闹事把比你威望高、比你更有能力的人打倒在地，让他们去砍树，洗厕所，干苦力，你却每一次都能更上一步。这样的手段怎么会是你这样的人搞得出来的？要不是我和你相处过，我真想象不出来，你那张拼命吹起来的青蛙皮下面，其实只是个胆小无能的孬种。”

施远紧紧地咬着牙，打定主意一句话也不说。

“你不承认也没用。”杨勇说道，“当时的暴动是你参与组织策划的，事后你虽然没有能够马上成为委员之一，但也获取了不少好处。即便是你没有亲自动手，也肯定是这件事情的幕后主使之一。我刚才已经说了，你甚至还有杀人灭口的嫌疑。即便是没有这一条，你所推动和策划的这些暴动制造了多少冤案和丑恶？殴打、抢劫、虐待和强奸！你当然可以说这些事情都不是你干的，但你敢说这些事情和你煽动的那些事情没有直接关系？这些受害人可都还好好活着，你猜我如果去找他们，说服他们站出来说出真相，在地质学院即将不存在的这个时候，你猜有没有人愿意站出来揭露你的丑恶嘴脸？让大家都看看，你除了是一个胆小鬼之外，还曾经造了多少孽！”

施远的表情变得越发狰狞，如果他有这个能力，他一定已经把杨勇撕成碎片了。

“我只是不想去费那个神。”杨勇饶有兴味地说道，“不过我现在觉得，做这件事情应该也会很有意思，而且能给自己积德。那些人也许自己都没有意识到，曾经给他们带来那些痛苦的高高在上的施远施委员，其实现在已经是落水狗了。地质学院马上就要不存在了，难道还有人有能力继续去掩盖那些真相？我会一个一个地去找他们，勾起他们的仇恨,到时候我们再来看看,我们俩谁会更倒霉更难看。”

他哈哈笑了起来:“施委员,你别这么瞪着我,我真的感到很害怕,怕得要死了。”

“你到底想怎么样!”施远几乎是咆哮着问道。

“我一开始只是想给你找点麻烦,合理合法地让你离开公众的视线一段时间,别在这个关键时候给万主席和我捣乱。”杨勇毫不掩饰地说道,“但我现在突然觉得,你小子造的孽比我想象的多太多了,搞不好,可以让你这辈子都抬不起头来。”

“我会杀了你! 我一定会杀了你!”施远愤怒地咆哮了起来。

他的聪明才智,他所擅长的那些东西,只有在对同龄人,在对那些象牙塔中单纯而又热血的学生们有用,面对万泽,面对杨勇,甚至是面对何春华那样的暴力分子,那些曾经帮助他成为地质学院无冕之王的东西,却一点儿用场也派不上了。

他们不会听信他的谣言,不会被他鼓动,更不会被他欺骗和裹挟起来闹事。在这一刻,他绝望地发现,自己除了那些东西,竟然什么也不会,什么也做不到。他只会像一个高明的辩手那样,不断地找出别人的谬误,找出上位者们执政中的差错,不断地扩大化,一次次地进行攻击,然后借此获取声望,但真正让他带领人们去解决这些问题,克服这些困难,他却永远也没有办法做到。

在杨勇的大笑声中,他的叫嚷渐渐变得无力。

他突然有一种感觉,自己就像是又回到了被何春华俘虏,关在板桥,惊恐不安,孤立无援的那段日子。

他自己都记不清自己策动了多少次暴动,多少次游行,打倒了多少人。四次,还是五次? 如果他们真的全都被杨勇鼓动得站出来,那会有多少人? 他真的能够承受这些东西吗?

“你到底想怎么样?”他终于再一次问道,而这一次,他的态度已经完全软了下来。

第8章 分区管理

“我真讨厌他们这种做法！”钱伟对张晓舟说道，“之前合作的时候也是这样！为什么我们去找他们的时候他们就推三阻四的，他们来找我们的时候我们就必须接受？”

张晓舟没有说话，而老常则在旁边摇了摇头。

这话当然是没有错的，最开始的时候，地质学院那些人把他们挡在围墙外面，拒绝接受，让他们这些人自生自灭。后来联盟成立了，他们又去学校寻求合作，结果也是不欢而散。但等到地质学院意识到自己不行了，落后了，尤其是在万泽等人上台之后，他们马上就贴上来要和联盟合作，把自己的位置摆得很低，让张晓舟他们只能同意。

而现在，又是如此。

他们那些人甚至没有考虑过“城北联盟是不是愿意接纳我们”，或者是“我们要不要征询一下城北联盟的意见”，自己就已经搞得火热，更可气的是，邱岳的《远山周刊》也在大肆地宣扬这个事情，似乎城北联盟接受地质学院的加入已经是板上钉钉的事情了一样。

但城北联盟又的确没有拒绝他们加入的理由。

尤其是从远山所有幸存者们的根本利益出发，两家合并当然会带来很多问题和矛盾，但也必然带来不少好处。

从长远来看，现在合并，也是最合适的时候。

早了，双方之前的了解还不多，彼此之间都存在很多误解；晚了，双方又很可能已经形成了各自的规矩和文化，融合之后将会面临更多的问题和矛盾。

“算了，别跟他们计较这些了。”高辉对钱伟说道，“就当是遇上了一个亲戚家的熊孩子。”

这样不伦不类的比喻让大家都笑着摇了摇头，而这时，万泽等人也终于到了。

双方都是老熟人了，也不需要再浪费时间绕圈子，万泽首先表达了地质学院这个突如其来的变化对城北联盟所造成的一切影响的歉意，说明了学校管理委员会的某些为难之处，希望能够得到联盟一方领导们的谅解，然后便把他们经过两天时间讨论，最终再由他提出，但实际上却是由邱岳起草的那些想法拿了出来。

张晓舟很快就看出那是谁的手笔，这其实已经不是什么新东西了，邱岳这段时间以来，一直在他的《远山周刊》上鼓吹这些东西，当然，他做得比较隐蔽，也通过一些所谓的群众来稿之类的手段进行遮掩，但张晓舟其实是很清楚的，这让他下意识地抬起头来看了看万泽。

万泽干笑了一下，道：“很多委员都受到了《远山周刊》那些文章的影响，所以有些东西张主席你们应该早就听说过了。”

“让你们专程跑这一趟，真是不好意思。”张晓舟说道，“给我们点时间，让我们讨论一下，我会尽快和你们再联系。”

“这是应该的。”万泽点点头，“还是那句话，如果有什么需要解释和澄清的，通知我一声，我马上就过来。”

“谢谢。”张晓舟说道，并且把他们一直送到了联盟总部的门外。

等他回来的时候，老常等人已经把地质学院送来的东西看得差不了。

“邱岳到底想干什么？”老常说道。

他一直不赞同张晓舟放任邱岳去搞什么《远山周刊》，虽然邱岳推出的每一期刊物都必须首先通过审核之后才能分发出去，但他还是认为这过于放松了对邱岳这种人的控制。当然，他也明白，即便他们不这样做，邱岳也能曲线救国，跑到地质学院那边去发行刊物，那样做甚至还可以避开联盟这一道审查程序，所以他也没有太过于对这个事情耿耿于怀。

但现在，地质学院拿过来的东西明显就是在邱岳鼓吹的那一套上修修改改弄出来的，这就让他一下子又对这个事情上心了。

“他想干什么不重要，我们没有办法阻止他去干扰地质学院那些人的思想，现在重要的是，他们提出来的这些东西，我们可以接受哪些，不能接受哪些，坚决反对哪些。”

最重要的当然是后两者，尤其是最后一点，对于张晓舟来说，权力方面的东西都无所谓，但涉及底线的，他绝对不会让步。

这些东西很快就被挑了出来，并且列上了联盟自己的意见。

但更令人费心的却是第二点。反对，但也不是完全不能接受，只是程度高低，或者是具体做法上的差别，可以想象，未来双方正式开会沟通交流的时候，争议必然也主要发生在这些上。

因为有邱岳在其中参与，他们还必须考虑每一项政策背后是不是有什么不可告人的目的，是不是他们故意抛出来作为筹码，用来换取另外一些政策获得通过。

“要我说，根本就没有必要考虑那么多，先把他们一股脑地接收过来，只要保证还是我们说了算，这些东西可以慢慢地再来修正。”高辉很快就感到筋疲力竭，于是说道。

“朝令夕改可不是什么好事情。”特意被他们找来的吴建伟摇摇头说道，“双方合并之后肯定会面临很长时间的磨合期，有些情况现在没发现，等到半年一年之后再来改就晚了。我们这些人都不是专业人士，当然不可能面面俱到，但现在能够多看出一些问题，并且解决掉，那未来就会少操很多心。”

这话让张晓舟深以为然，他很快就把所有执委和平时联盟内部那些人生经历比较丰富、比较睿智的人都找来，一起探讨万泽等人送来的东西，列出联盟这边的想法。

某种意义上来说，现在他们所做的其实也是在完善和修正之前联盟草草成立时留下的尾巴，结合联盟成立这么长时间以来的经验和教训，真正把联盟的框架搭建起来。

地质学院提出的那些有一个中心思想，要求更多的自我管理权，这也是邱岳一直在鼓吹的东西——“让联盟名副其实”。

他甚至用了很多例子和事实来论证自己的观点。比如，政权构架要和生产力、科技水平相匹配,以他们现在的通信手段和交通能力,照搬过去的做法根本就不现实。

就像盐矿,那边如果发生了什么事情,即便是在现在沿途已经相对安全的情况下,也要花好几个小时才能汇报到联盟总部,等到联盟总部做出决定,黄花菜都凉了。不放手给盐矿自我管理权,在有突发事件出现的时候,他们就没有办法自救,很有可能会出现所有人都无法接受的恶果。

也正是因为如此,他一直在鼓吹分区管理。联盟应该更多着手于那些单个区域无法自己解决的问题,譬如教育、医疗、科学研究、工业生产、公共设施和基础建设等等,而其他东西,则应当放权给各区自行解决。

老常、梁宇、钱伟等人当然不愿接受这种说法,但在张晓舟心里,却觉得这并非全然没有道理,只是要制定更完善的管理制度。

邱岳和那几名隐晦表达了支持态度的执委或许存有私心,可是,在这个危机四伏的世界,最优先、最需要首先考虑的永远都是安全和效率。

“我认为可以进行讨论。”

“张晓舟!”钱伟急得忍不住直接叫了出来。

王牧林等人马上迫不及待地站出来,从各种角度分析,这样做其实是利大于弊的。

只要加强监督、检举,完善现有的规章制度,防止腐败和舞弊,这样做可以解决很多当前确实存在的问题。

“……面对重大问题和严重危机时,现在的规章制度当然也不错,但平时,分区管理更符合白垩纪的现实,也更有效率!”

“说来说去,你们无非就是觉得自己手上的权力太少,想要争取更多的权力!”钱伟终于忍不住说道。

好几个执委的脸色都变得有些不好看,有些事情,大家清楚就行了,都是成年人,有必要说得这么赤裸裸吗?

“那我是不是可以说,你反对这个,是因为不愿意放弃自己手中的权力呢?”王牧林却反问道。

钱伟的脸一下子就涨红了,而王牧林却在他想出反驳的话之前,转头对张晓舟等人说道:“从联盟的层面,要关注到每个点、每个区,要付出多少精力、多少人力? 真的能够达到我们想要的效果吗？现实是，整个联盟这么多人，要倾听和接受大家的意见，及时调整和改正，这几乎是不可能的事情。我们现在连生存问题都不敢说已经完全解决了，在这里扯什么权力问题？分区管理，让每个人都参与监督，参与献计献策，让大家有机会充分发挥自己的作用，任何问题都能在第一时间解决，这难道不比在联盟层面搞多少华而不实的部门、人员，走不必要的流程浪费时间好？”

“你说得倒是简单，有多少人真的有余力和能力去做你说的这些？”老常说道，“如果他们只关注短期利益，做出错误的决定……”

“所以联盟要发挥监督、引导，甚至是宣传教育的作用。”王牧林摇了摇头，邱岳和他聊过很多次，专门分析过张晓舟的思维模式，“短视是必然的，但有联盟这个大框架在，个别区域的短视不会造成严重的问题，反而可以成为试验田，一旦成功就能推广到整个联盟，同样，犯错和失败也能成为其他人的经验和教训。我觉得，这反而会比整个联盟都推行完全一样的规章制度好！我们要面对的事情是我们都从来没有经历过的，谁能保证不犯错？如果我们从联盟层面出现了严重的错误，带来的结果肯定比某个分区犯错要严重得多！哪怕只是从分散风险的角度，也应该选择分区管理！”

老常和钱伟仍在摇头，他们又连续提出了很多质疑，但却被王牧林一一驳倒。

关键其实在于，他们所担心的那些东西，理论上都能够在联盟的管理监督下消除，至少是控制在一个相对较小的范围内。

“联盟的长远利益呢？”钱伟继续说道，但他有一种感觉，王牧林等人完全不像是临时被拉来参与这个讨论，反倒像是早就已经有了准备，打好了腹稿，“分区管理，各个区域最终必然只会考虑自己区域内的利益，联盟的总体利益和长远利益怎么保障？难道每一次都去和各个区的委员们打嘴仗，每一次都要去和学校管理委员会争论？”

“这当然是很有可能发生的事情。”王牧林点点头，“而且是这个规则最大的问题。但我刚才就说过了，监督、引导和宣传教育还是联盟的责任。如果真的是有利于所有人的大事，难道我们不能提前解释清楚，让大家理解和支持这些事情？就比如，每个人都有上缴税赋和提供劳役的义务，只要联盟安排得当，做到相对公平，难道人们会抵制联盟所要推行的对大家都有益的事情，拒绝履行自己的义务？你未免也把所有人都想得太自私，太目光短浅了。”

“现在的联盟承担了太多的琐事，你们每天都把大量的时间花费在一些其实并不需要你们去做的小事上，反倒让你们无暇去考虑真正该你们考虑的事情。在合理的规章制度下分区管理，你们集中自己的精力来做更重要、更长远的事情，这样难道不好吗？”他再一次说道，“怎么保全我们手上现有的科学资料和档案，培育我们所需要的动物，培育更适合这个环境下生长的种子，研究气候，研究可供药用的植物，复制我们之前那个世界的技术并且进行工业化的生产，这些工作难道不重要？”

“我们都知道城南的问题越快解决越好，可现在你们的精力都在日常的琐事上，甚至连那边发生了什么、能不能利用，都没有时间和精力去思考，这样做对联盟就真的好吗？”

他最终说服了张晓舟。

“我认为这样做没问题，但地质学院那边会不会认同我们这些先决条件限制下的自治？”他看着王牧林说道。

“我想他们应该会接受。”王牧林沉着地说道，“如果他们连这样的条件都不愿意接受，那说明他们追求的东西和我们完全不同，那我们也就没有必要考虑所谓的合并了。”

“这和我们之前说的完全不一样！”同一个时刻，却有人在私下对不同的人说着相同的话，“这么多的限制还叫分区管理吗？”

“饭要一口一口吃，路也要一步一步走。”而他们所质疑的对象也说着相同的话语，“能够让他们做出这样的让步已经很不错了，总比他们把什么都牢牢攥在手心里强吧？难道你们还真以为自己有本事做土皇帝？再说了，在一两百人的小村子里当土皇帝，你们觉得很有意思吗？”

这样的话让质疑者们无法反驳。

“权力是要一步一步争取的，有了这一步，获得了最基本的权力，难道你们还怕没有第二步？”

虽然钱伟等人还是有想法，但张晓舟最终还是在私下里说服了他们，而这远远比万泽、邱岳和王牧林说服那些人要简单得多。

他们能够聚在一起成为一个团队，本身就有很多特质都是相同的，某种意义上来说，这也是一个自然筛选的过程。

不能接受张晓舟的这种理想主义，过分看重个人利益和个人荣辱，权力和物质欲望太重，吃不了苦不愿意付出的人，已经像刘玉成、李洪、李彦成、严烨、王牧林、邱岳他们那样，渐渐地，或者是因为某个事件而淡出了这个圈子。

剩下的这些人，虽然不能说都是完全和张晓舟一样的人，但最起码，也很贴近于他的想法，或者是习惯于他的这种理想主义的人了。

"我只担心他们的目的到底是什么。"老常叹息着说道，"你是真心实意地想要接纳他们，希望让事情都向好的方面发展，所有人都把力往一处使，但你真的相信那些人也是这样？"

"他们当然不会是这样，但不管他们要做什么，要过我们这一关，他们至少得要披上一层合理合法的外衣，而这就是最重要的东西。"张晓舟说道，"我不关心他们想怎么样，每个人都有每个人的想法，要一一去搞清楚他们在想什么完全不可能，要建立一个完美的，他们永远也钻不了空子的规则也完全不可能。即便是他们真的能够凭借我们没有看到的漏洞，抓住我们的疏忽一时占据了上风，只要大家还支持我们，还支持公平、正义，他们就不可能做出真正损害我们全体的事情。要相信我们自己，也要相信大家。"

这或许真的是一种可行的做法。毕竟人们不可能一直像现在这样被困在远山周围小小的这片区域内，未来如果他们发现煤矿、铁矿，或者是更加适宜人们生活和居住的环境，他们肯定会渐渐越走越远，彼此之间也会越分越开。

在那样的情况下，在当前的通信和交通手段之下，继续坚持什么事情无论大小都由联盟总部来决定，来组织实施，的确不现实。

所谓的人事和财务在他看来不是什么问题，既然要让他们自我管理，没有人事权和一定的财权反倒不合理。现在每个区的执委本来也是自己聘用手下的工作人员，生产队的队长也有权力任命下面的小队长，而联盟本来的规定就是超出每个人半亩之外的土地上产出的粮食在上缴百分之三十之后由生产队自行决定怎么分配。这两项要求无非就是把这一点明确了下来。

但联盟要有完善的层级管理制度，加强监督管理，这样各区委员们就不能够肆意地安插不合格的人，胡乱地使用物资甚至中饱私囊。即便是联盟没有察觉问题，他相信人们也不会容许这样的事情在他们眼皮子底下发生，因为那些都是他们财产的一部分，严重影响到他们的生活质量和水准。

联盟由他而始，他也希望能够带领人们在这个危机四伏的世界里，坚强地走下去。

联盟一方的意见很快就整理了出来，形成了文字稿。

随后，城北联盟和地质学院双方坐下来进行了关于双方合并的第一次正式会谈。

因为双方其实都已经明白对方想要什么，而且双方参与会谈的人员彼此之间都很熟悉，所以在快速地把那些双方都认可的东西一一确定，再把双方各自的底线明确之后，便开始了艰难的拉锯过程。

最大的分歧还是来自分区管理和联盟监督管辖的矛盾。

学校一方的委员们已经对于自己在联盟任职不抱什么希望，他们也不考虑在张晓舟那样的工作狂兼理想主义者手下干活，因此，他们竭力要求更多的管理权。而城北联盟的执委们其实也是相同的想法。

而张晓舟等人却死死咬着联盟的领导权、监督权不放，没有领导监督就意味着腐败堕落和肆意妄为，就意味着联盟的名存实亡，在这一点上，他一步也不后退。

张晓舟明确地告诉人们，在新的联盟构架下，他不会容忍任何人不受领导监督地工作，包括他自己在内，所有人都要接受民众的监督和舆论媒体的监督，接受来自规章制度内的监督和检察官的监督。包括他自己在内，任何人都不会有特权，他也不会容许任何人有滋生特权的机会。

参与会议的人们不满起来，这与他们想象中的结果差距太大，会议一度停摆，但张晓舟却让宣教部把自己提出的这些东西写在木板上张贴了出去，让民众参与到讨论当中，让他们来判断这些条款和原则是否有错。

人们毫无疑问地站在了他这一边，并且开始质疑反对者们的立场，学校的委员们和联盟的执委们在这样的呼声和压力下，不得不重新回到会议桌前，捏着鼻子重新开始了会谈。

毕竟，他们都还希望着能够在即将到来的推选中当选，如果因为过于坚持某些条件而被揭露出来，坏了名声，失去了当选的可能，那别说区域内的权力，就是在重重限制下的权力都不再有了。

人们对于新联盟组建会谈的热情却被张晓舟的这个做法彻底激发了，这件事情和每个人都密切相关，即便是最与世无争的人也希望能够在第一时间了解这事关他们自己，甚至事关他们子孙后代利益和幸福的事情的进展。

于是张晓舟让夏末禅的宣教部每天在会后加班，把已经确定的内容抄写在木板上公布出来，把那些处于争议当中的内容也公布出来让大家参与讨论。

会谈很快就在这样的氛围下脱离了那些人的控制，他们渴望关着门为自己争取更多利益的念头，在这样的做法下完全实现不了。虽然宣教部公布出来的讨论稿中不会提反对者的名字，但人们却会大声地咒骂其中明显是在谋私利的行为，让他们感到压力巨大。

有人对张晓舟这种煽动民意的行为表示了抗议，认为他这是在犯地质学院曾经犯过的错误，在搞民意绑架，但张晓舟却欢迎他们用同样的手段指出他所提的那些条款中的不足之处，欢迎他揭露其中暗藏的私心，以及未来可能存在的侵害大众利益的隐患，这让他们哑口无言。

一个恨不得主动用绳子把自己的双手绑起来的联盟主席，你怎么去挑他有私心的地方？至于存在谬误和未来有可能侵害大众利益的漏洞，即使发现了他们也不可能说出来。那已经是他们为数不多能够钻空子的地方了，再指出来岂不是帮了张晓舟的忙，堵住了自己的路吗？

张晓舟所提出的那些原则很快就得到了人们的拥护，最早被确立下来，而合并会谈也随着对方已经在会谈中无法争取到更多的利益之后，变得异常顺畅，很快就把剩下的内容确定了下来。

“真是小看他们了。”面对王牧林，邱岳笑着摇了摇头，把那份基本上已经确定的合并方案的手抄稿放在了桌上。

“我早说过他们不是傻瓜，不会放着这么明显的漏洞不去补上。”王牧林也摇了摇头。

在这件事情里，他算是亏大了，因为他是第一个站出来与张晓舟辩论的人，立场也比较鲜明，他们肯定已经猜到了他与邱岳之前有关联，正常来说，联盟丛林开发部主任的职务应该很快就会干不下去。

不过他站出来之前就已经想过这种可能性。他认定自己在张晓舟手下应该不会有多大的前途,倒不如重新回来参选区域委员,并且争取成为联盟人民委员会的常务委员,以求得更大的利益。

在这种考量下,首先站出来表明自己的态度和立场,获取这些潜在的委员的好感,对他来说价值远远大于那个劳碌奔波的丛林开发部主任的位置。

让他们俩摇头叹息的是,他们埋藏在众多提议中一起递交上去一些条款最终还是被张晓舟等人识破,并且专门拿出来进行了讨论和修改。

双方在这些问题上又争执了许久,王牧林等人引经据典,试图再一次用成本、效率、公平等理由说服张晓舟等人接受,但这些问题没有被发现当然没有问题,既然已经被发现,那就肯定是作为红线,决不妥协。

即便是抱有私心的人,其实也对联盟的未来抱着极大的期望。他们已经没有可能在自己的有生之年重新过上过去那个世界的幸福生活,那么,最起码,他们能够期望这个凝聚了所有人梦想和未来的联盟能够变得越来越好,他们的子孙后代能够生活在一个比现在好得多的世界。

所以,在那些私心之外,他们也以自己的专业和智慧提供了帮助。于是,联盟的构架和一些根本性的原则最终确定了下来。

每个联盟成员的权利、义务,人身、人格、财产等保障,乃至联盟未来一段时间内的运作方式,全都得到了确认。

在联盟第一次正式选举前,由张晓舟暂代联盟主席一职,由万泽暂代联盟人民委员会秘书长一职,原地质学院各选区代表委员由原地质学院管理委员会委员暂代,原城北联盟各选区代表委员由原城北联盟执行委员会执委暂代。

这也许不是完美无瑕的结果,但起码在目前这个世界能够得到绝大多数人认同和拥护,相信能够引导他们走向正确方向的结果。

第9章

逃亡者们

“总算是乱得差不多了。”

城东南区，一支五人小队正在行动，他们是联盟现有的两支冒险队中的一支，正在搜寻联盟所需物资设备清单上的东西，顺便看看有没有什么值得带回去的奢侈品。

理论上来说，这个区域已经在联盟上次的集体行动中被搜掠一空，但当时因为考虑到不打算过分刺激何家营，搜掠范围严格控制在了远离何家营的东南区，而现在，他们搜索的则是当时人们没有进入的边缘区域，希望能有一些值得这次外出冒险的收获。

他们当然并不缺钱，上次那些香烟产生的效益还足够他们生活一段时间，而且作为联盟的正式成员，他们也有自己的半亩地，但这些人已经习惯了这样的冒险生活，让他们留在城北种地，这简直就是要了他们的命，于是他们宁愿把地交给家人或者是以很低的代价租给其他人耕种，自己跑出来冒险。

开口的这个人说的是之前沸沸扬扬的城北两大势力合并的事情，作为城北联盟的一分子，他们当然也乐见其成，但之前身为新洲团队的一员而黯然离开的经历又让他们对张晓舟等人多多少少有些意见，可他们毕竟曾经是与张晓舟一起战斗、面对死亡的同伴，联盟的成立也有他们的一份功劳和努力，所以他们也不希望自己跟着张晓舟建立起来的联盟落入一群自私自利的家伙手中，这让他们在这件事情上的立场既微妙又尴尬。

好在最终的结果看起来还不算差，那些惹人讨厌的家伙没有捞到什么明显的好处，而张晓舟还是一如既往地不善待身边的人，确立下来的种种原则，对于他们这些已经淡出联盟中心的人还算是比较公允也比较有利，虽然不能说是非常满意，但能有这个结果，他们也觉得算是不错了。

尤其是张晓舟的做法，既让他们有一种站在屋檐下看别人淋雨的恶趣味，又有一种“他这家伙果然还是这个样子，并不是专门针对我们”的叹息。

钱伟之前拉上齐峰、王永军来找他们，希望他们能够同意在选举结果出来之后去担任某些外围营地的民兵队长。

这样的职务当然比在冒险队要安全得多，收入也稳定，而且拥有一定的政治地位和向上发展的机会，但一想到接受这个邀请就意味着要和兄弟们分开，到一个完全陌生的环境当中去，甚至还要面对一个居心叵测的所谓代表委员，他们就对此失去了兴趣，毫无例外地婉拒了这个邀请。

“如果没有意外的话，应该还是张晓舟当选吧？”另外一个人一边观察着周围的环境，一边说道。

“除了张傻子之外，还有什么人能让大家心服吗？”

“张傻子”这个说法让大家笑了起来，不过此时此刻，他们心里已经没有多少当初刚刚从新洲被挤出来时的怨恨了。如果张晓舟是专门针对他们这些人，诛杀功臣，那他们当然会一直愤怒和怀恨下去。但当他们站在旁观者的角度，发现张晓舟只是执拗地逼迫所有联盟体制内的人去接受他那一套道德标准，这样的愤怒和怨恨也就慢慢地消散了。

站在他们现在的位置，其实觉得这种做法还不错，至少对于他们这些体制外的人来说，绝对是一件好事。他们心里对于张晓舟的那些芥蒂其实早已经消失了，只是他们都还不愿意承认而已。

“不知道能不能招纳到一些新人？”另一个人说道。

他们其实也不愿意一直在东南区这个已经被搜掠过很多次的垃圾场一遍遍地翻找，但冒险队现有的人力实在是太少，在城里还能保证自己的安全，到丛林里去真就有点不够看了。而且他们这些人当时因为极度厌恶龙云鸿那个人，也没怎么跟他学勘测绘图的技能，现在到丛林里去，能做的事情真的不多。

“如果能够拉几个懂勘测，最好是懂找矿的人进来，那就好了！”另外一个人也说道。

联盟给出的政策是，如果冒险队能够独立找到联盟急需的矿藏，将给予他们二十年的分红权，也就是说，在联盟开发他们找到的矿藏后，二十年内，都将按照矿藏产量的大小给予他们一定比率的分红。那样的话，他们基本上就可以躺着吃了。

这样的事情在这片密林中当然很不容易，他们也找地质学院的老师打听过，这样的雨林环境下，矿藏都深埋在地下几十米甚至上百米以下，不靠钻机，仅仅是依靠他们这样的冒险队，找到矿藏的机会几乎是零。但那个老师同时告诉他们，在山区，尤其是在河谷地形，找到天然裸露矿藏的可能性还是存在的。

这让他们把自己的目光最终放在了远山北面的那片山脉，但之前龙云鸿判断那个地方距离他们至少在八十公里以上，这样远的距离对于现在的他们来说还完全不具备可行性。

“到时候看看能不能骗到几个热血沸腾的年轻人吧！”队长说道。

他们继续往前走，就在这时，却听到了杂乱的脚步声。

他们迅速变化阵形，靠着最近的墙壁形成了一个防御阵形，四名队员持矛在外，队长持弩在内，随时准备射击。

但进入他们眼帘的却是几个面黄肌瘦、衣衫褴褛的男女，他们一路跌跌撞撞向前盲目地逃窜着，而他们身后不远的地方，一群明显是何家营打手的人正快速地接近，看来很快就要追上他们了！

他们迟疑了一下，这样的情况从来没有遇到过，也从来没有过这方面的预案，联盟给他们的指导方针里也仅仅是提了这么一句：“禁止擅自对城南势力挑衅。”

但现在这样的情况，应该不算是挑衅吧？

“老霍？”人们不约而同地看向了队长。

“救命！救命！”就在老霍犹豫的时候，那几个匆忙逃亡的男女已经看到了他们，并且惊叫着向他们这个方向逃了过来。

“干了！”老霍终于狠狠地一跺脚说道。

五人马上向前迎了上去，这时候，后面追赶这几个人的打手也看到了他们，脚步马上就下意识地慢了下来。

那几个逃亡者早已经筋疲力尽，让他们拼命向前逃的那口气一旦松懈了下来，身体一下子就崩溃了，长期营养不良加上许久没有吃盐，马上让他们连站都站不住，有两个人的脚甚至马上就开始猛烈地抽筋，让他们疼得大汗淋漓。

但他们不敢叫出来，只能死死地咬着牙硬扛着。

那些追兵慢慢地围了上来，足有二十来个人，但面对冒险队的五个人，他们却明显信心不足。

一是双方的装备明显不是一个层级的，冒险队的五人个个都身穿经过改良的护甲，队长手中持弩，而队员们手中都是带血槽的制式长矛，腰后别着军刀；而何家营的打手们却只有一两个人披着看上去不伦不类的护甲，大多数人提着的都是砍刀，只有三四个人握着长矛，气喘吁吁地最后跑来。

而更重要的是，双方的精气神完全不在同一个层级上，冒险队的成员们从加入新洲团队以后就一直都保持着在这个世界来说算得上最充分的营养供应，并且一直坚持进行着枪术和格斗术的训练。而何家营的这些打手虽然比更加底层的那些人来说算是能吃饱，但绝对没有办法吃得好。别的不说，肉类、蛋白质的补充对于他们来说就一直都是一种奢望。在这种情况下，他们当然也不可能奢侈到天天进行高强度的训练，甚至于，就连最基本的体能训练都无法保证。这也是当初在地质学院被入侵时，联盟特战队能够一个照面就把何家营的队伍直接冲散的原因。

别看双方的人数对比这么悬殊，在这种冷兵器对决的情况下，装备、体力和训练的差异足以保证冒险队的五个人迅速击溃他们。

这样的认知显然是双方的共识，何家营一方人虽然多，但却明显把自己放在了防守的位置上，人们胆战心惊地看着冒险队阵形内的那把弩，生怕它突然向自己飞射过来。

“几位，我们在自己的地方追我们的人，应该不关你们的事吧？”几分钟后，何家营一方的带队者才终于跟了上来，他很快就搞清楚了状况，于是硬着头皮上来说道。

“没碰上也就算了，既然被我们碰上了，那就关我们的事了。”老霍硬邦邦地说道。

虽然已经不在特战队，但这点脾气他们还是有的，面对何家营的乌合之众，态度怎么都好不起来。

“你们这是什么意思?”对方问道。

“没什么意思。”老霍答道,“这几个人现在归我们管了！要么你们就当人跑了,没追到,转头回去;要么现在打一仗,哪边赢哪边说了算。二选一,随便你们。”

“我靠!”对方一下子怒了,怎么说他在何家营里也算是一直横着走的人物,而对面这几个人,他感觉自己一开始已经够给他们面子了,却被他们这么硬邦邦地顶回来,脸一下子就涨红了。

但他没有想到的是,随着他这一声骂,对面冒险队的五个队员却同时向前踏了一步,四支枪头向着他的位置立了起来,似乎随时都会向他捅过来。而那把弩则直接对准了他,似乎马上就会射出一支弩箭把他钉死!

他感觉自己就像是被一群狼给盯上了,一股凉意沿着尾椎骨直往上冒,身体无意识地打了个寒战。

“误会!”他马上就本能地叫了出来。只是几个最低级的劳工,人跑了他们回去顶多是被骂一顿,可在这儿打一仗,受伤或者是送命……要是死了也就算了,一了百了,可要是残了,那……

“误会误会!”这样的认识让他急忙向后退了几步,感觉自己已经到了安全的地方之后,才开口说道,“一场误会！在下牛大成,几位怎么称呼？咱们交个朋友?”

老霍鄙夷地看着他,根本就没有兴趣接他的话。

“哈哈!”他被顶得一肚子的火,但在这么近的地方被人用弩瞄着,让他有火也不敢发,“几位看来不怎么爱说话,那没事,哈哈,你看今天这事,真是有意思,有意思！都还愣着干什么,人都跑了,还在这儿待着干什么？走了！都走了!”

他往后退了几步,却看到周围的小弟们退得比他还快,这让他气不打一处来,狠狠地踢了离自己最近的那个小弟一脚。

“刚才跑那么慢！现在倒是有劲儿了？回去看你们怎么交差!”

“牛哥,不是,我刚才已经拼命追了啊!”

一巴掌又扇了过去。

“还顶嘴?!”

冒险队的几个人强忍着笑意,等到他们走远以后,才把长矛放了下来。

“你们……”老霍转身对那几个逃亡者说道。

逃亡者们惊喜、感激地站了起来，但其中一个人刚刚站直，却突然软倒在地。

“没什么大事，只是低血糖。”段宏对钱伟说道，“还有一点低钠血症的症状，但不严重，应该是长期营养不良又没有补充足够的盐分，再加上剧烈运动导致的昏厥，打两针就好了。只要稍稍补充点营养和盐分，很快就能好起来。”

钱伟点点头，旁边那几个逃亡者连声感谢，反倒让段宏有点受不了了。

“你们别这样。”他急忙说道，“我一会儿让人来给他输液。”随后匆匆忙忙地跑了。

人既然没事，那钱伟也不打算多待，而是准备去找张晓舟汇报这个事情。这算得上是联盟与何家营方面的第一次直接对抗，虽然按照冒险队那几个人的说法，那些追兵很有可能不了了之，但作为领导者，他们当然不可能把希望寄托在对方糊弄事情上。

新联盟成立之后，何家营更不在他的眼里，但现在这个混乱的关头，和何家营干起来肯定不是什么好事。

“你们就安心在这里休息，会有人来告诉你们注意事项。”他对这几个逃亡者说道，“别担心，既然过来了，那一切就都会好起来。”

“据实报告对他们没什么好处，但按照老霍他们的报告，对方当时有很多人，这么多人要保守秘密应该也不容易。”钱伟把从冒险队那里得到的消息简要地告诉张晓舟等人之后，做出了自己的判断。

“正常来说，他们应该会装作什么都没有发生过。”老常说道，“他们虽然应该还不知道我们双方即将合并的消息，但我们的力量对比一直在那里摆着，并没有什么改变。军工生产能力一直是我们强，虽然他们现在也开始装备长弓和部分木制弩，但杀伤力应该无法与我们的钢弩相比。护甲这一块他们也没有普及，至于单兵作战能力，他们更是不可能与我们相提并论。营养保证和训练量都完全不同，在现在这种冷兵器环境下，他们不动用几倍的人力不可能对我们有什么威胁。”

“更何况，现在整个远山的食盐来源都在我们手里，他们不太可能因为这么一件小事而和我们翻脸。”梁宇也这样判断道，“我估计他们顶天也就是派个人过来表达一下抗议，甚至连抗议都不会有，即便是知道也当不知道，这样大家面子上都好看。”

张晓舟点点头，但他还是嘱咐钱伟和护校队那边的人联系好，让他们做好应对准备，而联盟这一侧轮值训练的民兵也做好应对紧急情况的准备。

合理分析是一回事，但何春华已经做过一次完全不合情理的事情，要防着他们突然发疯。

“我们去看看那些人。”他对老常说道。

从食盐交易开始，联盟从瓦庄村方面已经获取了将近三百人，绝大多数都是五十岁以上的老人和十二岁以下的小孩，其中有将近一百人已经度过了隔离期，开始被安排到各个区，而小孩们则统一安排到了学校，交给了高辉。

这些人经历过何家营的那种生活之后，对于联盟可以说满怀感激之情。就连张晓舟曾经担忧的，那些孩子因为被迫与父母拆开而对联盟产生怨恨的情况也没有出现。能活到现在的孩子都已经在生活中学会了足够的认知，他们也许难免染上了撒谎、小偷小摸、拉帮结伙、习惯于暴力解决问题的坏毛病，但在对于联盟的观感上，他们倒是出奇的一致，充满了感激之情。

高辉派学生会的那些孩子去和他们交朋友，套他们的话，按照反馈回来的信息，这些孩子并不觉得自己和父母被这么拆开有什么不好，少了他们这些小累赘，父母也许还能活得更好更轻松一些。他们唯一的想法是，希望父母也能尽快被交易过来，或者是联盟赶快把何家营给吞并了。

“联盟这么强，为什么不过去把村子里那些坏蛋干掉呢？”这样的疑问也许是他们对于联盟最大的疑惑和不满，而这样的问题，高辉也不知道应该怎么回答。

听说来的人是联盟的两位最高领导，逃亡者们一下子激动得不知道应该说什么做什么，如果不是张晓舟拉着，有几个人说不定已经跪下了。

“我们不兴这个！”张晓舟连声对他们说道。

他们这时候已经洗了澡换了衣服，也剃了光头，他们的身体里也许还有寄生虫，但那要慢慢来，现在联盟并没有什么特别的办法来处理这种情况。

张晓舟细细地观察着他们，他们都在三四十岁之间，有两个女人，但长得都不好看。这也在情理之中，按照他们的了解，漂亮的女人在何家营是一种稀缺资源，不太可能有机会逃出来。

“你们休息得怎么样？”老常问道。

“好！好！休息得好！吃得也好！”被问到的人急忙答道，“谢谢！谢谢主席！谢谢秘书长!”那两个女人甚至哭了。

“别这么客气。”张晓舟和老常被他们搞得也不自在起来,但他们来的目的除了安抚他们,更重要的还是为了获取信息。

之前交易来的那些人,老的老,小的小,平时在何家营算是生活在最底层和最边缘的人物,他们所能带来的消息往往非常零散,很难拼凑出何家营现在的真实情况。

联盟现在对于何家营那边的了解,主要还是通过新洲酒店楼顶的观察哨,再加上之前从板桥劳工和叛逃的杨勇那里获取的信息综合起来分析。

但之前发生的一件事情却一直都得不到答案。

“那时候?”七名逃亡者中终于有一个像是知道这个事情,“我也是听说,不知道是不是真的。”

“没关系,你听说了什么就告诉我们什么。”老常说道。

旱灾对于地质学院的影响最大,对于城北联盟还算是勉强可以忍受,但对于何家营,只能说是带来了更多的痛苦和不便,却没有根本性的差别。

在意识到天不下雨之后,他们马上就开始动用人力挖井,挖水坑。这片区域的地下水本来就很丰富,没有花费多少时间,他们就找到了新的水源。

把水运到何家营当然是一件困难的事情,但他们这里悬崖本身就不算高,难度上就比地质学院和城北联盟低了许多。

他们同样采取了脚踏水车的办法取水,这样的设计之前他们在解决隧道里的积水问题时就用过,现在无非是加以改进,因为所要提水的高度不算多高,难度也不算多大。

加上他们并不需要考虑人们的心情,不需要考虑人们是不是愿意承受这样的工作,只需要用鞭子和砍刀就能解决对于城北两方来说最大的问题——动力不足和怨声载道。虽然每天都要投入四五百人在取水这件事情上,但对于人力资源并不匮乏的何家营来说,这样的问题并没有给他们造成什么实质性的危害。

他们甚至直接用从建筑物上取下来的那些PVC管搭接出了漫长的管路,用来灌溉位于何家营西侧的那些刚刚开垦出来的土地。

对于城北来说非常难以解决的问题,就这样被他们用并不算太大的代价就化解了，而全面开始了对丛林地的开发之后，一直以来困扰他们的粮食问题也得到了一定的缓解。

来自城北的经验让他们可以不必花费太多的人命和时间去重新试验哪些东西能吃，哪些东西不能吃，对于城南的这些人来说，唯一的问题仅仅是那些活动于周边丛林中的猎食者和层出不穷的事故。

几乎每天都有死亡者，何家营的护村队勉强能够凭借人数让那些猎食者不敢靠近，但却没有办法突破那随着开发面扩大而变得越来越大的防御网。

人们往往不得不一边伐木，一边提心吊胆地观察周边丛林中是不是有那些夺命的怪物，这让安全事故经常发生。

好在何家营有足够的人力可以轮换使用，脚受伤的人同样被安排去做剥树皮、分采树叶嫩枝和寻找树皮下的虫子的工作，至于那些重伤或者失去劳动能力的人，则和那些死去的人一起，被护村队带到板桥那边的悬崖，直接推下去，以此来吸引猎食者从开发区周围离开，获取一段时间的安全。

人们甚至产生了一种病态的心理，每当有人因为事故死去或者重伤时，他们总会有一种无法形容的轻松，因为他们都清楚，在这之后，将会迎来一段不知道能够支持多久的安全期，而在这段时间里，他们终于可以享受短暂的安心，不用随时恐惧着会被怪物杀死，拖进那无边无际的丛林里去。

真正的危机其实一直在何家营内部。

板桥的暴动，包括何春潮在内的许多年轻一代都被杀死，何春华也受了重伤，这让何家的实力遭受了重大的损失，许多村民因为家中的孩子被杀而与何家分道扬镳，转投其他大家族。

另一个大家族李家本来试图在这个时候压过何家，但却在毒杀暴龙的过程中遭遇了重大损失，不但损失了不少人手，嫡孙李坚也不明不白地死在板桥，曾经充当过村长的李九德因此而大受打击，身体也一天不如一天。

在这个时候，原本一直躲在背后的赵家和高家却站了出来，试图成为搅局者。

何春成不得不在这个时候选择退让，不但以瓦庄的存粮和与地质学院交换俘虏的粮食拉拢人心，甚至把本来由何家独占的从联盟一方得到的开发丛林的经验交了出来，把何家营以西那两块土地的开发权也拱手让出，以此来重新获取村民们的支持。

何春成再一次当选为村长，并且再一次拿出粮食，鼓励所有人联合起来走向丛林，解决危机，表面上何家营的上层架构再一次趋于稳定，在板桥暴动后获得了相当权力的村老会，舔舐伤口后重新变得强大起来的何家和依然试图挑战何家地位的赵家、高家、李家三方形成了相对的均势。

但事实上，很多事情一旦挑明，就很难再真正恢复到一团和气的状态，而何家的权威在遭到了一次挑战之后，也很难再恢复到之前那种一言九鼎的状态。

尤其是在开发丛林之后，粮食的获取虽然依然困难，但只要有人有工具，就能获得足够果腹的食物。在这种情况下，之前限制那些村民们，让他们没有办法拉起自己队伍的最大制约因素已经不复存在，这让几乎每一个人丁稍稍兴旺一些的家族都试图拉着自己的亲戚成为说得上话的一股势力，并且开始大肆扩张自己的力量。

何家营中仅存的青壮年很快就被瓜分一空，就连那些三四十岁但是看上去稍微有点体力的男人和女人都被拉走，成为了某个家族庇荫下的一员。

这些人当然不可能有机会进入核心，而是成为家族的外围成员。他们平时也要干活，但却比那些作为奴隶的弱者要好得多，而在自己所在的家族与其他家族发生冲突时，他们则被下发武器，作为炮灰拖上台面去站台，炫耀力量。

何家、赵家、李家和高家还算是能够保持表面上的克制，并且早已经把最多的资源瓜分一空，而那些刚刚拉起队伍的家族，却只能拼了命地去争夺剩下的那一点不多的利益。

何春成一开始的时候还想要阻止这种风潮，但在发现赵家、高家试图用这种办法挖他们何家的墙脚，鼓励与他们联合的家族自立时，他便也开始鼓励那些与赵家、高家合作的家族，帮助他们自立。

短短的时间内，何家营里一下子出现了二十几个自己挑头的家族，他们又各自依附在何家、赵家、高家这样的大家族下，并且时不时因为某种利益的分配不均而发生冲突，在几个大家族之间来回摇摆。

城北联盟在旱季刚刚开始没多久的时候看到的那次砍人事件，其实就是何家营内部第一次大规模的火并。两个试图掌控何家营粪便控制权的家族在谈判时起了口角，最终不欢而散。第二天，其中一家的家主就在带队到丛林去弄木头和食物的时候被人冲出来乱刀砍死，而他的家人随后便以交出自己控制的那些化粪池和公厕为代价，说动了赵家替他们站台，动用人手砍死了他们的对头。

这对于何家营来说是一件足以动摇根基的事情，在这之前，何春成一直在拼命维护何家营村民的地位，在任何情况下，任何后来逃难进来的难民都不能威胁他们的生命，否则就被当众处死以儆效尤。而在这件事情之后，这样的规则却遭到了彻底的破坏，一些作恶多端的村民很快就不明不白地死在了僻静的地方。一名女性村民失踪，几天后才在一个废弃的房间被发现，死前明显曾经遭受残忍的轮奸和虐待。

从此之后，任何村民都不再敢在没有人保护的时候单独进入难民们之间，他们甚至不敢单独到位于何家营中央的那些最黑暗的区域去。

何春成不得不站出来尝试着解决问题，试图重新在何家营建立起新的规则，最终，他们在谩骂、诅咒，甚至是拳头横飞的氛围中，建立起了一套类似电影中黑帮运作方式的丛林法则。

这样的结果当然无法让何春成满意，但何家营中有资格参与议事的人大多都没有什么文化，也没有什么见识，他们这个年龄的人成长于黑帮电影风行的年代，而他们在来到白垩纪这个世界之后，面对失去了法律和道德规则约束的生活环境，也开始有意无意地模仿自己认为最适合这种环境的做法。不知不觉间，这样一套经过电影艺术加工和扭曲的不伦不类的东西，却成了何家营这些人本能的选择。

家族规定了很多诸如不能同门相残，讲究长幼尊卑，祸不及家人妻儿之类的东西，很多规矩其实根本就不适用，但他们还是一股脑地弄了出来。

唯一的好处，大概是让那些加入这些家族的难民有了正式晋升的途径，让他们有机会成为何家营统治阶级的一员，从而让他们能够团结在这种怪胎一样的组织之下，无形中增强了何家营的力量。

否则的话，在村民不可侵犯的规矩被打破之后，仅仅是凭借原有的那些村民，根本就没有办法继续把这么多人继续控制在手里。

“我们都是给李家种田的。”一名逃亡者说道，“他们的家主李九德前天晚上病死了，他们家的几个叔伯兄弟忙着争权，内斗得不可开交，看我们的人少了。这样的机会不知道什么时候才会有，我们心一横就一起跑了。可我们平时基本上都是半饥半饱，又没有盐吃，跑不了多远就没力气了，要不是遇上你们的人……”他后怕地摇摇头。

“被他们抓住会怎么样？”

“最轻也是一顿打。”那个逃亡者说道，“之前有几个想从丛林里冒险逃到你们这边来的人，被抓住之后直接捆在野外，第二天就只剩下一堆骨头了。”

“再给我们说说那些家族的事情。”张晓舟说道。

在双方刚刚商定以人口交易食盐的时候，之前被送来的那些人就被何春成从何家营各处收集到了瓦庄，一方面让他们干点粗活，另一方面则慢慢地进行交易。

何春成当然想一次性把这些在他看来是累赘的老人和孩子都丢给城北，省得还要他花费粮食养活，但盐矿的产能却没有办法满足这样交易的要求。

这些人只知道何家营内有些变化，却不知道具体变成了什么样子。而城北联盟从位于新洲酒店楼顶的观察哨看过去，根本不可能看出这些东西。

“我知道的也不多。”那个逃亡者点点头答道。

何家营现在已经自立的家族有二十多个，把持了各种各样的资源，就像之前引起两家人火并的，就是整个何家营上万人产生的粪便。这些东西听上去恶心，但在现在这个时代，却是极好的肥料，即便是在古代，这种被称为夜香的生意也不是什么人都能做的。

更火的还有抽水的生意，被把持在了何家扶植起来的霍家手里，在丛林里干活的人当然不用花钱买水，但留在城里的人和何家营西侧那些田地却需要大量的水。他们不得不向霍家给出足够的好处，以此来换取用水的资格。

何家营西侧那两块土地被除了何家之外的几大家族瓜分，而新出现的家族则不得不把注意力投放到丛林里。已经有两个家族用木桩围起了一大块地，准备把那块地上的树桩挖掉，种上粮食。

这样的做法引发了其他家族的不满，在他们看来，那些土地都是大家一起砍伐出来的，他们有什么资格擅自霸占去那么大的一块？

双方拉了人手做出一副准备火并的样子，最后还是何春成出来牵头，把已经开辟出来的区域划分成一块一块的，分给现有的各个家族，并且把还没有砍伐出来的丛林也大致上划分了范围。

这种做法和张晓舟对各个生产队盲目开发丛林时的做法不谋而合，但不同的是，何家营那边虽然已经划定了范围，但各家之间还是一直磕磕碰碰，尤其是在不同范围内的植物不同的情况下，那些可以吃的植物少的家族，往往会认为自己吃了大亏，不时地侵占旁边那些家族的地盘。

正是因为他们的精力至少有一半放在相互提防相互算计上，才会造成没有足够多的力量去防备那些猛兽。

当然也有少数家族没有进入丛林，而是靠自己的本事吃饭，譬如在来到这个世界之前在何家营旁边开修车厂的修车刘家，开铁艺铺子的打铁邓家，在何家营里开黑诊所的医院李家，修车刘家和打铁邓家分揽了武器装备的活计，而医院李家则是人人都要客客气气求着的对象，他们不参与其他家族的事情，其他家族也很少会打搅他们。

但最黑的还是何家，当初他们主动放弃了一系列的利益，只是死死地守着瓦庄那块飞地，大家都觉得他们已经完蛋了，现在他们暂时还有那笔赎金可拿，但等到赎金全部收完，以瓦庄那点地盘，根本就不可能养活那么多人。

但人们却想不到，他们却又有了盐这个更加挣钱的独门生意，而且因为开发丛林的经验他们最多，他们在丛林里也占去了最大的份额。

“其他家族没对盐这个事情动脑筋?”钱伟有些不解地问道。

城北联盟当初与何家提出以人口交易食盐，当然也有以此来分化何家营内部的想法。在他们的预想当中，这样的生意必定会让何家大赚一笔，但也肯定会很快就让何家营的其他势力眼红心动。

以前他们必须通过瓦庄才能与城北联系，是因为外面游荡着很多恐龙，尤其是有那两条暴龙存在，让与城北通过高速公路的边缘接壤的瓦庄村具有独特的便利。但现在，暴龙已经被杀死，那些在城里活动的恐龙死的死，跑的跑，尤其是在何家营大力开发丛林之后，它们已经把猎场转移到了对它们来说更熟悉，也更让它们感到自如的丛林中。

在这样的情况下，那些与何家不对付的势力应该很容易就能派人跨过高速公路与城北联络，想方设法接上头，分润这笔生意。

而在那个时候，因为有更多的选择，联盟将可以用更好的条件获得人口，甚至有可能交易到青壮年和女性。

他们对地质学院的护校队和自己这边负责巡逻的民兵都早已经做过预案，如果碰到这样偷跑过来接头的人，就直接送到新洲酒店钱伟那里，由他来进行初步的接触。

但奇怪的是，食盐交易开始两个多月以来，这在他们看来必定会发生的事情却一直都没有发生。

“何家对这个事情管得很严，尤其是板桥北面那一块，白天都有人巡逻，还有暗哨。何家的几个首领都在各种各样的场合扬言，不管是谁，只要敢往北面跑，直接砍死或者是放箭射死。这话主要是说给我们这些人听的，但应该也有威胁其他家族的意思。要不然，我们也不会舍近求远往城东跑。穿越丛林的话，要绕一个大圈子，路程远，而且太危险了。”

张晓舟等人和他们又聊了很久，看到他们的精神有些不好，这才停下让他们休息，并且再一次表达了对他们的欢迎。

从隔离营出来，张晓舟的眉头一直皱着。

“我们早应该把何家营的问题先解决的……”钱伟忍不住叹了一口气说道。

他一直认为当初应该不管那些被俘虏的人质，直接在地质学院把何春华那些人消灭掉，然后顺势解决何家营的问题。

这样的想法当然有些把问题过于简单化的嫌疑，别的不说，如果他们当初无视那些被俘虏的学生的生命，那现在他们与地质学院就很有可能不是即将合并的关系，而是依然保持着对立和相互提防。毕竟联盟一方的人手太少，即便是能够把双方的有生力量都打垮，也不可能有力量去整合。

就像当初的康华医院，以安澜大厦一家的力量，即便是成功地杀死了赵康、康祖业和樊武，也不可能以小吞大，只有在联合了更多人组成联盟之后，才有能力把他们打散、分割，然后渐渐地同化合并掉。

以联盟当时四千多人的总量，满打满算不过一千五百个可以拿起武器战斗的人，要去吞并一万多人的何家营，姑且不考虑这样冒险的牺牲会有多大，姑且把人们都看作是没有自己想法的机器人，双方合并之后，要怎么处理原何家营的统治层，要怎么管理这么多人和这么大的地盘，这都是很严峻的问题。

毕竟他们不是去征服和奴役这些人，不可能用何家营现在所用的暴力、鞭笞和屠杀去解决问题。

在那个时候打下何家营，结果很有可能是城北联盟打败了何家营，但最终却被何家营同化，变成一个完全与现在不同的地方。

先以四千多人的体量吃下板桥的一千多人，以占据优势的人口去同化和影响他们，让他们接受城北联盟的规则，然后再以六千多人的体量去合并四千多人的学校，让他们接受城北联盟的规则，最后以一万人的体量去吞并一万多人的何家营，这是最稳妥，同时是对联盟成员的生活影响最小，最能获得他们支持的做法。

但他们却没有想到，何家营已建立起了这样一套规则。

所有的青壮年都被拉入了他们这套体系当中，成为统治层的一员，等到三个月后，新的城北联盟建立，磨合几个月后再来解决何家营的问题，那时候他们会不会已经成为何家营这个怪胎的一部分，再也没有办法区分开来？

第10章

新的战略

“其实我们根本就没有必要管城南那些人。”张晓舟专程找上门来，万泽还以为有什么严重的事情，听说是城南的事情，他松了一口气，又摇了摇头，“至少没有必要在现在这个节骨眼上节外生枝。”

他弄了点最一般的茶叶出来，泡了一壶，给张晓舟倒了一杯。

“别看城南人多，现在我们双方合并起来之后，各方面都已经稳稳地压他们一头。只要我们不过分逼迫他们，他们绝不敢对我们动什么歪脑筋。”

这种茶叶是城北联盟张晓舟身边这些人来的时候专门用的，虽然都是些边角料，炒制的工艺也不佳，但对于现在这个世界来说也已经是绝版的奢侈品了。不过他自己平时喝的绝不是这种劣茶，只是因为张晓舟他们这些人就喜欢在这些小事情上斤斤计较，他当然也只能尽力配合一下。

张晓舟微微有些不快，万泽这种想法显然是地质学院标准的思维方式：我们这些人好就行了，没有必要去管其他人的死活。当初他们封锁学校把城北的人挡在外面的时候就是这么做的，他没有想到，他们现在还会这么想。

万泽很快就察觉到了这一点，他微微地摇了摇头：“我知道你的想法，但你有没有想过，这样做，结果很有可能只会让所有人都陷入困局？何家营的情况听起来糟糕，其实你冷静下来想想，这种局面其实比以前已经好很多，事情反而没有以前那么紧迫了。”

张晓舟并不同意他的这种说法，但他却继续说道：“这几个逃亡者带来的信息起码说明了几点，第一，他们现在已经没有粮食问题了。通过开发丛林，他们已经基本上解决了吃饭的问题，并且开始通过种植农作物获取更加稳定的食物来源，至少在一段时间内，应该都不会再出现以前那种饿死人的情况了，对吧？

“第二，他们现在分出了更多的派系，本来就没有我们强大的总体实力应该是再一次下降了。在他们现在这种格局下，即便不能说是一盘散沙，其实应该也差不多。每个所谓的家族肯定都会首先追求自家的最大利益，在这种前提下，要让他们联合起来对我们发动偷袭或者是进攻，基本上已经不可能了。而且，如果让他们再这样发展下去，各个家族之间的矛盾和对立肯定会变得更加严重。别的不说，其他家族眼睁睁地看着何家把持最重要的食盐交易，难道不会滋生嫉妒和愤恨？这样发展下去，也许几个月后我们对瓦庄发动进攻也不会有人站出来帮助何家。甚至于，很有可能有人希望我们能够消灭何家，从而获得与我们交易的机会。

“第三，他们现在对于人口的重视程度应该会比以前更高，毕竟在他们那种环境下，人就代表了实力。对于他们来说，即便是没有被吸收进家族的人也是宝贵的劳动力，应该不会像以前那样丝毫没有保障。他们内部的斗争当然很有可能会变得更加激烈，但我认为这样的内斗不太可能波及下层，应该只会涉及何家营的村民和被他们吸收的那些骨干，而这些人的损失，对于我们来说反而是一件好事。未来如果我们真的要吞并何家营，这些人也是要被我们挑出来处理的对象，在这个时候让他们自己解决掉一部分，将来我们不是更省力了吗？”

张晓舟摇了摇头：“但在这个过程中，会有很多本来还在坚守自己底线的人，因为看不到任何希望而放弃自己的坚持，被迫去做违背他们良知和原则的事情！”

“你的意思是说，他们会变成坏人，和何家营的人变成一丘之貉是吗？”万泽问道。

张晓舟点了点头。

“现在考虑这个问题会不会已经有点晚了？经过那么长的时间，会转变的人早就已经变了。”万泽说道，“即使是我们现在就动员一切力量去吞并何家营，他们也已经进入了那个系统，开始按照他们那个世界的法则思考和解决问题。你把他们一股脑地吸收进来，除了把联盟现在看起来还不错的局面破坏之外，根本起不到什么作用。一杯清水里滴一两滴污水，勉强可以接受，但你现在要往这杯清水里倒进等量甚至更多的污水，除了把这杯清水也弄浑，不会有别的结果。

"其实你之前的构想才是最好的解决方案，联盟和学校双方合并之后，我们慢慢地通过食盐贸易持续地获得人口，哪怕是他们眼中的垃圾人口也好。垃圾人口总有交易完的那一天，在那之后，他们就不得不把青壮年和女人送到我们这边。他们不可能不吃盐，只要我们自己内部不出问题，我们双方的力量对比不要突然发生逆转，他们就没有别的选择，只能咬牙继续这个交易。而这些人，我们可以一批批地通过隔离营扭转他们在何家营那边的不良习惯，把联盟的规矩和习惯灌输给他们，然后把他们打散分配到各个区域，让他们逐渐地接受新的生活方式，让他们逐渐地被我们同化。"

和张晓舟这样的人说话累就累在这一点，你无法用简单的利益去收买和说服他，必须从更多人的福祉出发，站在一心为公的立场上才能说服他。

"这样的方式，绝对比一次把他们全都吸收过来要好得多！不论是对我们双方还是对这些人本身都是如此！"

但让他没有想到的是，张晓舟却摇了摇头："你说得没错，我之前也是这么想的，但昨天晚上我想了整整一个晚上，突然发现，这其实是一个误区！"

万泽疑惑地看着他。

"我们并没有必要把何家营的人全都硬性接收过来！"张晓舟对万泽说道，"强行把一杯污水和一杯清水混合在一起，当然会让两杯水都变色，但我们没有必要把两杯水混合在一起，只需要往污水杯里投入活性炭和沙粒，滤去杂质，吸附掉那些污物。我们可以这样一次次地处理那杯污水，等到它变得澄清之后，再把它和之前的那杯清水混合！"

万泽愣了一下，他没有想到张晓舟会提出这样一个解决办法。

"但我们没有这么多人手……"

"如果解决了何家营的问题，我们现在用于防范他们的那些人就可以全部投入到这项工作当中去！护校队加上我们日常训练和警备的力量，足有八百人！足够用来维持秩序！我们也只需要维持秩序就可以了！"张晓舟说道，"我们没有必要强行安插多少人去硬性地扭转他们，没有必要派驻人员去带领和指导他们，我们只需要引导他们按照联盟的规则自己管理自己就行，而这恰恰是我们即将在联盟推行的规章。万主席，你难道还没有发现，新联盟的规章制度本身就已经解决了这个问题？”

张晓舟渐渐变得兴奋了起来：“我们只需要在一开始的时候投入一些人手去帮助他们，建立分区，让他们自己推选负责人，然后就可以按照新联盟的规章制度让他们进行管理，甚至自己组建民兵队伍保护自己。现在解决何家营的问题最大的便利之处，就在于他们现在已经学会了如何从原野当中获取食物。就像之前从板桥逃过来的那些劳工一样，我们并不需要用城北的资源去养活他们，他们自己就可以养活自己。我们所要做的，只是帮助他们把那些压在他们头上，试图奴役他们，把他们变成恶棍的人消灭掉，给予他们一个相对公平的环境。”

“但是……”万泽觉得自己的脑袋突然有些混乱，新联盟的规章制度变成了解决何家营问题的良方？这是怎么回事？

“最坏的结果也不会比现在更坏，我们并不是去征服他们，更不是去指手画脚告诉他们该怎么做，让他们必须接受我们的领导。我们甚至可以不向他们征税，也不要求他们必须加入联盟。如果他们觉得联盟告诉他们的办法不对，他们也可以采取任何他们觉得正确的方法。唯一的底线，就是不能再出现何家营那样一些人压迫另外一些人的现象，不能出现一些人通过暴力手段抢夺另外一些人而获利的生存方式。”

“那这样做对我们有什么好处？”万泽忍不住问道。

“短期利益，是可以永久消除当前最大的隐患，让我们可以投入更多的精力去生产，去建设。”张晓舟答道，“长远来看，我们解放他们，引导他们按照联盟的模式去生活，他们不可能成为我们的敌人。在未来，他们必定会成为联盟的一员。”

“我们必须这样做。再晚，等到更多的人成为何家营那个体系的一员，成为他们那个扭曲的利益链条的一部分，也许就真的来不及了。”他对万泽说道，“现在正是最好的时机，也是最后的时机。”

“但你要如何攻破何家营的外墙？”万泽问道，“我们都知道，他们经过这么长的时间，已经把它变成了一个坚不可摧的堡垒。”

“我们没有必要去攻击何家营。”张晓舟说道，“我已经有了全套方案。而现在，我需要你帮助我说服地质学院的人们。”

万泽在听了张晓舟的计划之后，同意帮他去说服地质学院的委员们，但结果却与张晓舟想象的大相径庭。

刚刚被释放出来没几天、心里满怀怨恨的学生委员们，对在他们看来试图剥夺他们权利的万泽和张晓舟恨之入骨，根本就不可能支持他们。

过去这些学生委员是叱咤校园的风云人物，而在新联盟成立后，他们充其量就只能在一两个营地说了算，在所谓的联盟人民委员会当中也不会占据太多的席位，可以预料，未来他们将彻底成为边缘群体，彻底丧失以前的那种号召力和影响力，这样的落差让他们完全没有办法接受。

其实这样的结果比他们现在这种完全边缘化的状况已经好了很多，如果他们愿意静下心来带领自己那个区的人们好好发展，他们的年龄就是最大的优势。但他们当中的绝大多数人却并没有这样的想法，一直在因为自己被万泽阴谋算计，在最关键的时候离开了这个舞台而感到愤恨。

但即便是这样，张晓舟还是抱着试一试的态度去找了他们，结果当然是碰了一鼻子的灰。

即便是张晓舟的方案具备相当的可行性，所需要投入的人力物力和潜在的危险性也不大，但他们还是坚决地表示了反对。

让张晓舟和万泽没有想到的是，那些外来派委员也是如此。

地质学院整体加入城北联盟的事情在他们看来，本来就是万泽因为自己的私心而私自推动的，某种意义上来说，他的这种行为是对于他们这个群体的背叛。就连原本支持双方合并的那几个委员，也认为万泽这样做吃相太难看，而张晓舟提出的联盟人民委员会秘书长任命的那条规则，在他们看来明显是对于万泽的回报，是因为万泽担心自己得罪了太多的委员，难以在委员会上当选而特别提出的要求。

他用这种强行把所有人绑上车的做法，获得了联盟一人之下万人之上的位置，而其他人却不得不放弃很多本来他们应该能够获取的权力，这让他们在表面上虽然不得不继续保持与万泽的关系，背后却非常不高兴。

在这种时候，万泽又跳出来替张晓舟做说客，他们怎么可能支持？

“我们当然相信联盟特战队的战斗力，但城南的那些人终归不可能不做任何抵抗向我们投降。只要开打，双方就肯定会有死伤。我们的目的是拯救城南的那些人，是把所有人的力量联合起来，最终却造成他们的死伤，制造更多的流血牺牲和仇恨，这不是南辕北辙了吗？张主席，明明有更稳妥、不用流血的办法可以用，为什么非要动刀动枪的？”

“如果他们找到了盐的来源，不再需要从我们这里用人口换盐了呢？”张晓舟问道，“如果何家营那边又发生什么大的变化，导致局势动荡变化呢？我们明明有机会，有能力，而且不需要太大的代价就能解决问题，为什么非要拖下去？”

“我们看不出为什么问题非要在现在这个时候解决。”黄南说道，“张主席，我们花费了那么长的时间，投入了那么多人力和资源，还是在极其偶然的情况下才找到了盐矿，我不认为以他们的能力可以这么容易解决这个问题。你已经等待了这么长的时间，难道就不能再等几个月？就不能等到我们自己的问题处理妥当了，再去考虑外面的人？说句不该说的，他们真正面临饿死、病死的危险时，你并没有非要去拯救他们；在他们已经解决了吃饭问题，个人安全也开始有了一些保障之后，你突然觉得不去拯救他们不行了？”

他笑了笑，没有再继续说下去。

这样的指责让张晓舟沉默了一下，这件事一直是他心里的一根刺，某种意义上来说，他的确认为自己之前的做法是不道德的，尤其是一次次地从不同人的口中知道何家营正在发生什么，知道每一天都有人在受苦，在死去，自己却因为能力的弱小和所肩负的责任而没有办法去帮助那些人，甚至是明明有能力解决他们的问题，却因为害怕让联盟因此陷入困顿而继续让他们过着那样的日子。

他认为自己有责任去帮助那些人，但他同样认为自己作为联盟的负责人必须站在联盟成员的立场上去考虑问题，这样的想法一直让他处于矛盾和自责当中。

即便是在刚刚从这几个逃亡者口中得知何家营的最新情况时，他也依然担心着何家营的那些人过来之后，会让他好不容易才和大家一起努力建设成现在这个样子的联盟被侵蚀、被腐化，他担心这样的做法会不会让联盟的成员们不得不承担额外的付出和牺牲，让他们再一次为了自己的理想而不得不付出额外的代价。

正是这样的煎熬让他整个晚上辗转反侧，一直在寻找解决问题的答案，也正是因为这样的煎熬，让他在偶然意识到联盟的新政策可以解决城南的问题后，便马上投入了所有的精力去反复推敲和完善这个想法，然后就再也没有办法控制自己，急不可耐地想要去做这件事情。

“我承认自己之前的做法是错的，”在沉默了片刻之后，他这样说道，“因为我认为我们那个时候没有能力，也没有办法去帮助他们。但现在情况已经不同，我相信我们已经找到了解决问题的办法，那我们还有什么理由让错误延续下去？我们还有什么理由不去纠正我们的做法？正是因为我们之前的漠视对他们造成了伤害，我们现在才更应该挺身而出去帮助他们。"

黄南等人愣住了，他们没有想到张晓舟会这样应对他们的责难，但即便是这样，张晓舟的话却依然没有办法说服他们，他们依然用维稳、避免流血牺牲等理由，拒绝了张晓舟的提案。

"抱歉。"万泽对张晓舟说道。

这句话他是真心诚意的，虽然他没有办法做到像张晓舟一样，但这不代表他会因此而敌视这样一个异类。事实上，与张晓舟接触得越多，他就越佩服这个人。

这个世界肯定需要这样的人，尤其是在开拓局面的时候。没有这样的人站出来带领人们去奉献和牺牲，人人都依照自私的本性去行事，那他们这些人也许就要走更多的弯路，付出更大的代价，才能获得现在这样的生活，在这个过程中死去的人也肯定会更多。

当然，这并不代表他就支持这个人的理想，但在某些并不涉及自己根本利益的情况下，他愿意站出来帮助这个人。

"我会私下再去找他们谈话，希望能够改变他们的想法。"

让张晓舟感到失望的是，联盟一方的执委们同样并不赞同他的方案，而他们反对的理由和地质学院的那些委员几乎完全一致。

"踢开他们，把这个提案拿出来公开投票！"高辉这样说道。之前在新联盟各项规章制度的探讨过程中，这样的做法给那些委员和执委造成了很大的压力，迫使他们做出了很多让步，于是在他看来，这就是针对这些人最好用，也最有效的办法。

"不行！"钱伟却表示反对，"那岂不是意味着把一切都暴露了出来？如果有人把这个消息告诉城南，那偷袭就变成了强攻，甚至有可能被打埋伏，这个计划岂不是变成笑话了！"

"有什么人会把这种事情告诉何家营那些人？"高辉有些不以为然。

"别忘了之前地质学院的事情。"钱伟说道，"就算那只是何春华他们故意散布的假消息，你怎么知道后来交易过来的这些人里，没有人是家人被控制后派过来打探情报的？他们只要找机会往那边扔一块包着纸条的石头就能让我们的计划破产。如果反对我们的那些人里，有人不希望看到我们成功，做出这种没有底线的事情呢？”

“这……这不太可能吧？”高辉愣了一下，这个可能性很小，但不能说没有，“那你说怎么办？”

“要我说，我们没有必要征得那些人的同意。”钱伟说道，“我去找护校队的队长和副队长，他们都是退伍军人，比较纯粹，没有那些人的弯弯绕绕，而且有一腔热血。我敢保证他们一定会同意这个行动。我再把特战队和民兵里面的精锐抽调过来，然后我们就直接动手，不用去管那些人唧唧歪歪什么。”

“好主意！”高辉说道。

“这不行。”让他们没有想到的是，张晓舟却马上表示了反对，“对外作战，这可以说是联盟最重要的事情之一。如果这样的事情我们几个人私下就决定了，然后不管别人的反对强行推动，那联盟变成了什么？我们几个又变成了什么？”

钱伟愣了一下：“特殊情况特殊处理，下不为例不行吗？”

“我们可以下不为例，别人难道就不行？我们认为这是特殊情况，那别人一定能找到更多的理由，证明他们的理由更加特殊，更加紧迫，更加充分。这样下去，你们觉得联盟会变成什么样子？这个头不能开，绝对不能开！”

张晓舟的话让钱伟深深地吸了一口气。

他一直觉得自己的想法和张晓舟是最合拍的，从安澜大厦开始，他就无条件地支持张晓舟的任何决定，但在现在这个时候，他感到自己也无法忍受了。

“你究竟要迂腐到什么时候？”他强行压制着自己的不满，对张晓舟说道，“为什么你就不懂得变通一下呢？为什么你非要把自己所有的路都堵死？你总是担心这个担心那个，但如果我们的理想能够实现，除了我们这一批人外，有谁会有能力来做这样的事情？如果我们的理想失败，那你死死地守着这些规则又有什么意义？为什么就不能破例一下？你明白吗？这样苛求自己对于达成我们的目的并没有任何帮助。如果我们不能获得最终的胜利，你即使是做出再好的榜样，你也没有办法让后来者按照你的规定来。只有胜利者，而且是最终的胜利者才有资格树立标准，让所有人都按照这个标准来。你在我们距离胜利还这么远的时候就这么爱惜羽毛，这么在意这些东西，根本就没有意义！”

“我不是爱惜羽毛。”张晓舟摇了摇头，但他没有马上反驳，而是给钱伟倒了一杯水，等他的情绪稍稍平复下来，然后才又开始说话。

“我当然知道事情怎么做最顺手，最快。”他对钱伟和其他人说道，“难道我会不知道把那些反对的声音全部压制下去，让他们没有机会开口，就不会有这些麻烦？难道我会不知道把邱岳扔到盐矿或者是更远更偏僻的地方去，他就什么花样都玩不出来？那些律师算什么？如果我想，难道不能先把他们抓起来再慢慢地寻找理由？”

他摇了摇头：“但我们能这样干吗？如果我们先把所有反对者都干掉，让任何人都不敢说出自己的想法，然后再来问大家有没有意见，那问这个还有什么意义？我们当然可以粗暴地解决掉邱岳，解决掉那几个律师，甚至解决掉地质学院的那些委员，凭我们现在的力量，这一点儿也不困难。但我们能保证这些人被我们消灭掉以后，人们就会和我们想的一样了？人不是机器，你没有办法控制他们的思维，如果把这些人消灭掉，人们又有了不同的想法，那时候怎么办？再把意见不同的人继续消灭掉？让人们再也不敢表达出自己真正的想法？

“你说只有最终的胜利者才能有资格树立标准，这一点我不反对，但什么时候算是最终的胜利？什么时候才算是可以树立标准的时候？我们现在已经建立起了联盟，并且成为领头者，现在算不算？如果现在不算，那什么时候算？和学校合并之后？何家营的问题解决之后？如果到了那个时候，远山的人们表面上联合起来了，但实际上却依然在争夺权力，甚至比分裂前更严重，那怎么办？如果那时候和我们想法不同的人更多，怎么办？再把他们都解决掉？

“如果胜利的标准是没有任何人反对我们，那我相信，这一天永远都不会到来。如果我们一直都因为这些情况的存在而认为应该暂缓，认为可以有特例，认为可以特事特办下不为例，那我相信，特殊情况将永远存在，我们将与自己的理想越走越远，甚至背道而驰。”

“我们不可能找到你说的那个点，钱伟。”他看着钱伟的眼睛说道，“问题永远都会存在，不可能有一劳永逸的时候。没有了邱岳，还会有张岳李岳，解决了地质学院的问题，还会有何家营的问题，解决掉何家营的问题，一定又会有新的问题出现。你所希望的那个什么干扰都没有，可以顺顺当当推行我们理想的节点永远都不会存在。那我们怎么办？难道我们就不做了？我不这样认为。我认为每一分钟都是合适的节点，现在就是那个合适的节点！我们最好的办法，就是一边做，一边从反对者那里看到自己的不足和错误，一边完善和改正自己，让越来越多的人接受我们的理想，和我们站在一起，让这个团体越来越大，要不然，我们就永远也没有成功的可能。”

钱伟摇了摇头，张晓舟说的当然没有错，但明明有更快捷的办法不用，非要坚持这些原则，真的很难。他突然感到一阵无力，他曾经觉得只要解决了何家营的那些奴隶主们，一切就可以告一段落，可以不用再考虑那些头疼的问题，只要把远山所有的幸存者联合起来，一切就解决了。但张晓舟却残酷地向他揭露了未来更有可能的样子，他们也许可以消灭何家营的奴隶主阶层，但这却并不意味着问题就解决了，反而有可能是更多问题的开端。

“我们一直在告诉大家，联盟的权力属于所有人，但这么大的事情却由我们几个自己就决定，根本就不考虑他们的想法，那我们还有什么信誉可言？还有谁会相信我们所说的话是真的？还有谁会相信我们所描述和努力的美好未来是真实的？如果我们这时候为了一时之快而选择了这样做，那我们辛辛苦苦订立的所有原则就成了空话、笑话，我们好不容易才从那些人手中争取的东西，就被我们自己给推翻和打破了。我知道这很难，有时候我也会觉得自己是不是有病，要这样为难自己，为难你们。但既然我们已经选择了要走这条路，那它必定就是艰难的，就必须时时刻刻对抗这些东西，对抗我们自己。有时候，看上去最便捷的道路不一定就是最好的，一步踏出去，也有可能是悬崖和深渊。”

高辉也叹了一口气，他可以理解张晓舟的想法，但他真的永远不可能像张晓舟那样去考虑问题。

“那我们现在怎么办？已经很明显了，经过之前合并方案的讨论，无论是地质学院的委员们还是联盟的执委们都已经被我们得罪光了。但现在这个时候，他们只要还在这个位置上，就肯定还会继续为难你，想方设法地否定你的提案。难道何家营的事情我们就不管了？”

“当然不行。”张晓舟摇了摇头，“但没关系，比这更难的事情我们都解决了，绝不会被他们就这样难住。相信我，我们一定会找出办法来的。”

第11章 一触即发

何家营下层的一个房间里，一群人正在低声地说着什么。

“你那时候真的看清楚了？”

“看得一清二楚！城北的人虽然少，可往那儿一站，李家的那些人根本就不敢动他们，说了几句话就回来了。老张他们几个后来就跟着城北的那些人走了。”

“你不是说老张他们里面有人倒了吗？是不是李家的人动手了？”

“这我没看清，但就算是死了一个，起码有六个人逃过去了啊。”

“我向李家的那些人打听过，说是没追上让他们跑了。”另外一个一脸苦相的男子说道，“他们没敢说实话。”

“这种事情你也敢去打听？”人们惊讶地问道。

“那个人以前和我住同一间房子，之前他三天没找到活干，我还给他吃过一块饼子。而且李家的人现在都忙着争权，哪有精力来管这个事情。”

“怎么办？”人们都看着坐在正中的一个男人。

“城北的那些人不会经常到东面去，那段路太远了，如果碰不到他们，那就是一条死路。”他低声地说道，“走北面的话，何家的人又巡查得很严，以我们现在的体力，根本就冲不过去。何况还有女人，更跑不快。”

“那怎么办？”

那个男人考虑了一会儿，突然抬起头对其中一个人说道："明天你们那队要去板桥捡东西？那你去看看能不能看到高速公路下面的那一段，看现在还有没有积水。"

"队长，你看！"一名队员惊叫了起来。

这是高速公路西段，靠近板桥村的位置，属于地质学院护校队负责巡逻的区域，因为一直以来都相安无事，而且城南如果有什么行动，从新洲酒店楼顶也能看得见，白天时的巡逻人数反而比夜晚要少得多。

此时此刻，仅有一支不到三十人的队伍在例行巡逻，而其他人要么是昨天晚上刚刚值过勤正在休息，要么就是在新洲酒店那边和城北联盟的人一起接受训练。

他能看到城南的情况也纯属意外，高速公路两侧的灌木和行道树在这几个月来疯长得不像话，有些几乎已经要把之前装设的隔离网推倒，只有在少数几个点上，因为是石砾或者是混凝土之类的东西而完全长不出植物。这几个点也是他们巡逻重点关注的地方。

他们刚刚走过一个这样的点，透过那一米多宽的空当，他看到有一群大概二十几个人正疯狂地从板桥北面的一幢房子里跑出来，向着他们这边狂奔过来。

逃亡者？队员们马上就这样想道。

他们当然知道联盟的一支冒险队在城东南区以五个人的力量吓跑了何家营二十几个追兵救下七名逃亡者的事情，这样威风而又充满正义感的事情，当然在护校队内部引发了不小的议论。

人们都在叹息着，为什么明明这边逃过来更近、更方便，他们却要舍近求远往那个方向逃？如果不是那样的话，把那些人救下来的英雄就是他们了。但他们没有想到，机会竟然这么快就到他们面前了。

"队长！"人们看着那些人，他们当中有男有女，一些人跑得很快，几秒钟就穿过了中间的那条街，跑到了高速公路南侧的那些房子中间，看不到了身影，但也有一些人明显是体力不足，行动不快。

"他们是往桥洞那边去的！"队长很快就做出了判断。

那里本来是附近的一个最低点，周围所有的雨水都自然地往那个方向累积，在没有排水抽水设施的情况下，很快就把那个地方全部淹没，变成了一片面积不小的水域。但在三个月的干旱期内，那里的水一方面是被烈日蒸发，另一方面却是被地质学院就近运到学校里去灌溉农作物，已经彻底干涸了。

新洲酒店附近的那个高速公路下的隧道同样如此，为了防止被对方利用，城南和城北双方都很有默契地用一些建筑垃圾或者是木头之类的杂物把自己那一侧的口堵了起来。

很显然，这些人想要从那里逃过来。

“我们过去！”队长马上说道。

就在他们匆匆赶往那个地方的时候，那些人也被何家安排在这里的巡逻人员看到了。

“有人想跑到城北去！”他们大声地叫了起来。

“快！”二三十个人马上骑上了自行车，带着武器向那边冲去。

何春成给他们的“悬赏”很高，抓住一个人，就意味着自己和家人可以过上一段时间的好日子，但这样的事情几乎没怎么出现过，好不容易有那么多明显是软柿子的目标出现，一下子就让他们兴奋了。

那都是粮食和盐啊！

双方几乎是同时到了隧道前面，护校队距离近，但是跑过去的，速度慢，而且消耗了不少体力，队形也跑得散乱。而何家的巡逻队虽然距离远，却是骑车，速度快，而且没有消耗多少力气。

双方都愣了一下，但很快，巡逻队的人就冲向那些人，粗暴地把他们抓住，然后扑向了正在疯狂破坏挡住隧道口的那些东西的几个男人。

“住手！”护校队的人们愤怒地叫道。

“这是我们内部的事情！你们没有理由插手！”巡逻队的人大声地回应道，同时手中的铁棍已经狠狠地向那几个逃亡者砸去。

“救命！救命！”他们一边绝望地向旁边逃去，一边拼命地叫着。

城北来的人显然是想帮他们，这是他们唯一的希望了。

那些已经被抓住的人也大声地叫了起来。

“我叫你们住手！”护校队的小队长用全身力气叫道。他们不知道之前发生的那件事情的细节，只知道联盟那边冒险队的五个人赶走了何家营的二十几个人，为什么到了他们这里,他们三十个人对方却像是没有看到一样。

该死！队员们忍不住把手中的弩举了起来。

这样的动作吓住了巡逻队的人,但之前李家有人逃跑的事情他们并不清楚,只知道李家那些人太无能没有追到逃跑者,不知道其中真正发生了什么。

于是他们也把手中的弓和少数仿制的弩举了起来,对准了高速公路上的那些学生。

他们对于城北联盟的人或许会有心理压力,但对于差一点被他们灭掉的地质学院,他们丝毫也不放在心上。

“这是我们城南的事情,你们想干什么?!”巡逻队的队长大声地叫道,同时指挥部下继续抓人。

他们的行为让护校队的学生们彻底愤怒了,这是赤裸裸地无视他们的存在!

“住手！不然我们要放箭了!”他们再一次叫道。如果有路,他们现在一定已经冲到那些人面前去把他们狠狠地揍一顿,但这里离下面偏偏有四米高,他们总不可能直接跳下去吧。

“不要多管闲事!”巡逻队的人们也大声地叫着,增援的队伍正在赶过来,而板桥那边赵家、高家的人也终于发现有人逃了,正在拿着武器往这边赶,这让他们越来越有底气。

“是不是觉得我们粮食不够了,又想送点俘虏过来？就你们这点人,没什么意思啊!”一名跟了何家很长时间的巡逻队队员大声地说道,随即所有人都笑了起来,心中的恐惧也消失了一大半。

“队长?!”护校队的队员们感觉自己脸上就像是被那些人狠狠地抽了一巴掌,火辣辣地疼。有几个曾经作为俘虏被关在瓦庄的队员想起了在那场失败的偷袭中死伤或残疾的同伴,眼睛都红了。

“队长！跟他们拼了!”他们咬牙叫道。

他们在被放回来之后又报名加入了护校队,苦苦地接受了那么长时间的训练,不就是为了报仇,为了洗刷自己身上的污点吗?

“救命！救命啊!”一个女人被两个巡逻队的人抓着头发,往南边拖了过去,另外一个男人试图挣扎却被铁棍从背后狠狠地打了一下,直接就躺在地上不动了。

一名队员再也无法忍受这样的场景，没等队长下令，他便直接扣动了扳机。

一名施暴者正在哈哈大笑，弩箭直接穿透了他的胸口，他的笑容一下子僵在了脸上，随即吐出一口血，重重地摔了下去。

“他们疯了吗？放箭！放箭！”巡逻队的人一下子慌了，开始胡乱地向高速公路上射箭，并且四处寻找躲避的地方。

一些人干脆把那些被抓住的逃亡者拉过来挡在自己面前，拼命地向高速公路上回击了起来。

“射死他们！”

双方都大声地狂吼了起来。

张晓舟闻讯赶去现场的时候，这场毫无预兆的冲突已经结束。

地上还有血迹，靠近高速公路的路边还有几具插满了箭的尸体，但何家营一方的人已经全部撤走了。

有人在板桥的楼房里通过窗户观察着他们的行动，但暂时应该没有再一次爆发冲突甚至是战斗的可能性。

战斗的结果当然是一边倒。地质学院的护校队因为占据了高度优势，装备又比何家营一方好得多，而且最近一段时间以来一直都在和联盟特战队一起训练，在这场冲突中占了绝对上风，只有三个人受了轻伤。

而何家营则有至少四人当场死亡，十几个人受伤。

只是引发这次冲突的那些逃亡者却一个都没有逃出来，当何家营一方的人发现自己在这场对战中处于极度不利的局面时，他们很快就把目标对准了那几个已经逃出他们控制范围的逃亡者，乱箭把他们射死，并且把其他逃亡者都带走了。

“瓦庄那边有人过来吗？”张晓舟在听钱伟说完事情的来龙去脉之后问道。

“还没有。”钱伟的脸色相当不好看，在这个节骨眼上出这样的事情，完全打乱了他们之前的计划，“他们大概也在考虑要怎么处理这个事情。”

两人正说话间，万泽和地质学院的几个委员也匆匆赶到了。

护校队的队长再一次向他们讲述了事情的经过，听说自己一方没有吃什么实质性的亏，万泽等人稍稍松了一口气。

“张主席?”万泽向张晓舟走来。

这场冲突虽然发生在地质学院和何家营之间,但在现在这个时候,城北联盟显然也不可能置身事外。

“你怎么想?”张晓舟却先问道。

“何家营那边应该不知道我们双方即将合并的事情,我觉得他们应该不会贸然向我们发动攻击。”万泽说道,“他们最大的可能性是派人去找你们,要求你们从中协调,以他们手上现在还一直扣留着的那些人为人质,让我们给他们一个说法,给出一些补偿之类的。”

张晓舟点点头,这也是他的判断。

何家营那边虽然没有办法像联盟一样通过新洲酒店的观察哨随时观察他们那边的情况,但观察炊烟之类的工作他们应该会做。只要稍稍有一点这方面的意识,就能猜到整个城北现在几乎已经搬空了。这时候对城北发动进攻,既不能取得实质性的战果,又没有办法获取多少物资。就算占领整个远山,对于联盟和学校来说都不会伤筋动骨,他们反而会失去食盐的唯一来源。

何家营那边不太可能发这样的疯,而他们现在黑帮一样的现状应该也没有能力发动一场针对城北的全面战争。

张晓舟判断,在这场冲突中死亡和受伤的应该是属于何家的私兵,对于何家营的其他家族来说,这样的事情也许是他们乐于看到的结果。

“那你觉得我们应该怎么做?”于是他问道。

“这取决于你的想法。”万泽说道,“如果你希望保持现状,那我们三方派人坐下来扯几天皮,然后学校给他们一些象征性的赔偿,让他们面子上过得去,那也就行了。其实如果不是他们手上还有最后一批人质,我们连这点赔偿都可以不给他们。”

张晓舟没有评价这个建议。

“或者是,我们可以借这个机会告诉他们城北即将成为一体,给予他们一定的压力,与他们就双边关系和未来的交易等等进行一些新的交涉,要求他们把一直扣押着的那些人质释放回来。”

其实万泽个人比较倾向于这个方案,这样做相当于向何家营表明了强硬的态度,同时为新联盟争取了更多的利益,还彻底解决了人质问题。可以想象,这将为他和张晓舟捞取不少的声望，对于他们俩在三个月后的选举非常有利。

他其实一直不太希望真的像张晓舟计划的那样以武力解决何家营的问题，至少在现在这个时候不要。地质学院和联盟合并面临着一系列的问题，有太多的工作要做，这种时候增加何家营的问题，简直就是在主动寻找压垮骆驼的最后一根稻草。更何况，何家营的问题绝不可能是稻草，反而很有可能是一座足以压垮他们的山峰。

虽然张晓舟一心认定，通过让何家营自治的办法可以解决其中的大部分问题，但万泽却不这么看。在他看来，何家营在他们来到这个世界的一年时间里，已经形成了他们那个环境下独有的一套思维逻辑和解决问题的模式。虽然这些三三两两从何家营逃过来的人并没有显现出太明显的问题，但只要认真回想一下，在联盟引发了一次次事端的，基本上都是从何家营过来的人。

联盟的第一起杀人案是从何家营逃过来的严烨干的，此后他还干了一系列的事情，让张晓舟等人一直都很头疼。联盟的第二起杀人案同样是从何家营回来的人干的，更不要说，还有那个杨勇……一想到这个人，他的头就又一次疼了起来。

从何家营过来的人当然表现出比城北联盟或者是地质学院的人更加感恩和珍惜现状，更加愿意去努力，更加愿意付出和承受一些不公平的共性，但他们同时也有着更加喜欢抱团，更加不容易信任别人，也更加喜欢用暴力解决问题的特性。当他们作为少数派和外来者的时候，或许会更多地表现出好的那个方面，以此来争取融入这个集体。但如果他们继续留在原来的地方，继续留在那个环境当中，就有可能更多地表现出恶的那个方面。

问题绝不会像张晓舟想的这么简单。

但万泽并不准备在这个事情上和张晓舟继续顶下去，他已经在学校和联盟合并的事情上得罪了绝大多数委员，又被杨勇挟持着留下了一个严重的污点，如果再与张晓舟因为分歧影响到双方的关系，那他就太失败了。

“当然，这也可以成为一个契机。”万泽说道，“如果加上适当的引导，这个事情也许可以激发起城北大众对于何家营的不满，让他们主动提出解决何家营的问题。在这种情况下，联盟执委会和学校管委会的那些委员应该都不会再反对你之前的提案。但问题是，因为这场冲突，何家营也许会有所警觉，你们之前计划的那个行动方案大概是执行不下去了。”

张晓舟点了点头，这正是他的想法。

这件事情是一个新的变数，它的出现也许将导致城北合并工作严重滞后，但综合起来考虑，如果有机会提前解决何家营的问题，对于整个远山来说应该都是一件好事。

不过，他并不想在这种重大的决策上过早表态，起码要先听一听老常、梁宇他们几个的想法。

“只要方针定下来，办法总会有的。”他对万泽说道，“老常他们几个应该马上就会赶过来，我们现在马上到新洲酒店那边去开个会，商量一下怎么处理这个事情，要是你方便的话，可以列席会议并且表达你的看法。”

“我一个人？”万泽看了看站在不远处正在黑着脸讨论这件事情的几个委员，“好吧，我让他们先留在这里帮助护校队做一些应急的准备，稍晚一点我再召集委员们开会，确定地质学院在这个事情上的立场。”

万泽在联盟高层的内部会议上却没有表态，只是在张晓舟的催促下，他才把之前对张晓舟说过的话重新说了一遍。

以张晓舟的威望，未来担任新联盟首任主席的可能性很大，即便是地质学院的人也肯定会有不少人支持他，如果是这种结果，那眼前的这些人就有可能成为新联盟的高层，他自然不想让他们觉得自己太过于强势。

“那还用说吗？肯定是选第三条路！”钱伟说道。

虽然被张晓舟泼过一次冷水，知道就算解决了何家营的那些高层，把人们解放出来之后，迎来的也很有可能是另外一种形式的问题，但不管怎么说，在他看来那起码要比现在这种敌对关系要好。按照张晓舟的计划，把何家营划分成一个个的小区让他们自我管理，即便是他们中出现了桀骜不驯之徒，能够动用的力量也会非常有限，可以说，对于城北的威胁将无限降低。大不了到时候依然禁止城南城北的往来，当作何家营还没收回来，等到他们自己慢慢地把规矩建立起来，再真正地把他们纳入到联盟的体系当中。

梁宇却依然表示反对。老常的精力有限，新联盟组建的事情多半其实都是他在操心，在因为盐矿、干旱等事情连续奋战了将近五个月之后，他已经瘦了一大圈，眼睛都鼓出来了。和万泽养尊处优白白胖胖的样子相比，真是让人有点于心不忍。

“我们现在实在是没有精力再去揽那么大一摊子事情了。”梁宇对张晓舟等人说道，“何家营的问题真的那么容易解决吗？张晓舟，你的想法当然有成功的可能性，但你想过没有，单单是那些村民该如何处理就是一个大问题。我们不可能把他们都杀掉，或者是都关起来。他们有将近两千人，再加上这段时间跟着他们作恶的那些人，不管他们是出于本性还是被逼无奈，他们肯定也不能从轻发落，那我们要处理多少人？我就算三千人吧，那要多少人去盯着他们才能保证他们不出事？按照你的计划，联盟只需要帮助城南建立起一个个的小区，让他们自我管理就可以，但他们当中肯定有很多人在这段时间里发生过矛盾和冲突，你完全不去管他们，其中肯定也会有野心勃勃的人站出来。为了防止这种情况发生，又要多少人去盯着他们？至少在一支像样的民兵队伍建立起来之前，那边的一万多人，最少也要派四五百人去盯着吧？

“这样算算，我们要投入多少人？其中又要有多少骨干才能保证城南能够走向良性发展？他们的后勤保障怎么处理？这边本来应该由他们负责的建设又怎么办？这些人离开城北到城南去以后，新联盟成立的事情又怎么办？”

“但如果不趁着这次的机会解决何家营的问题，下一次又要等到什么？”钱伟也知道这些难处，但他还是说道，“就像张晓舟说的，新联盟成立以后肯定也会有各种各样的问题，我们也许永远都闲不下来，永远也等不到万事俱备的那个时候，那何家营的问题就这么一直摆着？就像你说的，现在我们过去，也许要面对三千个有恶行需要处理的人，但如果我们再放一放，结果更多人为了生存不得不跟着他们作恶，把这个数字变成四千，甚至是五千，那怎么办？到了那个时候，问题岂不是更加严重，更加没有办法解决？如果何家营里的恶人变成绝大部分，那我们还能解决那个地方的问题吗？”

吴建伟在旁边也点了点头，还长长地叹了一口气，而高辉则为难地看看这个，又看看那个。

钱伟的话很有道理，但梁宇说的困难也是实际存在的，看着他一天天瘦下去，真让人担心有一天他会扛不住突然倒下去。

这也是他们现在最大的无奈，联盟这边不论，邱岳能不帮倒忙不暗地里捣乱就已经不错了，王牧林这次赤膊上阵表明了立场，可丛林开发的事情还得继续让他帮忙做，那些执委们也还在继续让他们按照惯性做事。

学校那边真正有能力的人其实基本上都在外来派当中，而且很多人都是委员，如果他们能够参与当前的这些事情，就会极大地减轻梁宇等人身上的担子。但因为之前在合并的事情上发生的争议，双方基本上已经撕破了脸，他们也许就在等着看张晓舟几个人能够把事情做到哪一步，甚至很有可能就在等着张晓舟去求他们帮忙。

“如果真的要解决何家营的问题，有几个人还是能用一下的。”万泽沉吟了一下说道。张晓舟始终皱着眉头，苦苦地思考着，这让万泽明白张晓舟其实还是想走第三条路，于是他再一次站了出来。

张晓舟摇了摇头，让他去求那些委员，向他们低头，他绝不愿意。

“不是那些人，是当初和李竹一起的那批人。”万泽说道，“他们中当然有几个劣迹斑斑，但在事情刚刚发生不久就看清了形势，并且和李竹一起建立了地质学院的格局，一直沿用到现在，他们的能力应该是没什么问题的。他们身上出过那样的事情，也吃了很长时间的苦，应该不会还有作威作福、贪污腐败的念头和胆量。以前学校是因为有这段历史而没人愿意用他们，但如果是用在何家营那边，并且加强监督，我觉得没问题。”

他的话让张晓舟的目光一下子亮了起来。

“还有那个从何家营逃过来的杨勇，”万泽犹豫了一下之后说道，“他和何家有死仇，在那边名声也不好，但他的能力还是不错的。这样的人放在城北就是个祸害，但如果放回何家营那边，让他去管管那些犯人之类的，效果也许反而会更好。”

“你说的那些人现在在什么地方?”张晓舟问道。

“当时和李竹一起死掉的有一个，后来伐木组出事故又死了两个，剩下的几个之前都在肥料组挑粪，不过现在去了什么地方我不太清楚，要查一查。”

让他们没有想到的是，就在他们犹豫不定的时候，施远等人却抢先把这个消息在地质学院的各个营地里宣扬了起来，非但如此，他还散布了不少何家营那边人们的惨状，又把之前地质学院差点被何家营武力吞并的事情拿了出来，成功地激起了人们的愤怒。当然，他们也成功地刷了一把声望和支持度。

万泽等人还没有开会，这边已经有不少人聚集了起来，跑到地质学院管委会在丛林中的那个临时办公点，大声地要求给何家营一点颜色看看。

三人轻伤换对面四人死亡、十几个人受伤的战果让人们兴奋了起来，许多年轻人在里面叫着，要求学校一洗前耻，把现在还沦陷在敌手中的同伴救出来，把何家营那个邪恶残酷的奴隶窝彻底铲平，把那些还在受苦的人全都解救出来。

这样的呼声很快就蔓延到了联盟这边，很多从板桥来的人也被他们勾起了旧恨，一些人还有亲朋故旧留在那边，生死不知，借着这个机会，这些人便也放下了手中的工作，跟着那些到联盟总部请愿的学生跑了过来。

张晓舟等人其实不在那边，但新洲酒店到联盟总部已经架了一条电话线，消息很快就传了过来。

“看来我们没有其他选择了。”张晓舟苦笑着对梁宇说道。

梁宇长长地叹了一口气：“这种情况也不是什么好事，如果以后一有什么情况就有人上街鼓动，那联盟会变成什么样子？别忘了之前地质学院的教训！”

“你说得对！”张晓舟的表情凝重了起来，重重地点了点头。

他很快就赶到了联盟总部，和那些赶来请愿的人面对面地谈了话。

对于他们的想法，他给予了充分的肯定，但他同时告诉他们，这样的事情不能因为他们这些人的要求就仓促决定，必须按照之前商定的规则，召开大会进行讨论。他们可以作为请愿人在会议上阐述自己的理由和要求，但不能有过激行为，更不能逼迫任何人接受自己的意见。

他们有公开表达自己意愿的权利，但同时其他人同样有公开表达自己的意愿，甚至是表示反对的权利。

这样的说法在这种情况下当然不会有人听得进去，也许只有在未来某个时候，某些人因为过分的行为被捕之后，人们才会有这样的意识。

但在张晓舟接受了他们的请愿书，并且承诺马上召开会议对于他们的请愿进行表决后，大多数人就已经满足了。一些人想起自己还有活计没有干完，匆匆赶了回去，但也有不少人心情依旧澎湃不已，干脆移师到了北木城大门外的那条主干道路边，开始在那里声讨何家营的种种恶行。

张晓舟怕有人乘机搞出什么事情来，专门派了一队轮值的民兵过去维持秩序，同时悄悄地监视他们，而他则派人去召集所有联盟的执委和学校的委员们，准备开会。

施远等人来得很快，显然是早已经做好了准备，而联盟一方的执委们则用了将近一个小时才陆陆续续地到齐。

张晓舟看了看施远他们，再一次凭借这样的方式获取了人们的支持，出了一次风头，他们显然很兴奋。

表决的结果毫无悬念，这件事张晓舟之前就拿出来讨论过，遭到了否决，但现在的情况和之前完全不同，施远等一大批学校方面的委员倒戈站在了提议发动战争的一方，便再也没有人在这种时候站出来做无谓的挣扎了。

"既然这样，那我们现在就准备正式与何家营开战了！"张晓舟以联盟临时主席的身份说道，"在此期间，希望各部门、各位委员与武装部全力配合，我们会根据新的情况对之前的方案进行调整和修改，力争以最小的代价获取最终的胜利。"

武装部马上行动了起来，在这样的情况下，联盟马上准备进行一级动员，并且暂停一切有可能存在危险的外出作业，除去盐矿的人员无法撤回外，将所有野外人员收缩到安全地区。按照之前武装部的训练，所有民兵将在二十四小时之内完成聚集，扣除盐矿的人员之后，预计将达到一千一百六十人。

地质学院也同时开始进行动员，但他们的动员体系却没有联盟这么明确，除去护校队的四百一十五人外，万泽估计他们在不影响各营地安全的前提下应该还可以动员将近一千人到一千二百人，也许还能更多。这就是学校的人力资源优势，但其中大部分人并没有接受过什么军事训练，只能用来执行相对安全和不需要正面作战的辅助性任务，唯一能够保证战斗力的也只有护校队的这四百多人。

"这样的人数已经足够了。"张晓舟点点头说道，"老常、老万，你们组织人手考虑一下怎么应对何家营那边的人，原则是不能让他们知道我们双方合并的事情，更不要让他们知道我们接下去的行动，尽最大的努力打消他们的戒备。"

"那你们动员的动作就要小一点，不要让他们察觉。"万泽说道，"不过适当的动作也是应该的，如果我们一点儿反应都没有，那反而太反常了。"

"就是你这个思路！"张晓舟点点头，"交给你们了，要怎么配合，你们只管说。"

"这个阶段偷袭瓦庄已经不太可能了。"高辉说道。

学校那边也进入了紧急状况，因为大多数社团的导师都有任务，学生们都被集中起来搞室内活动或者是自习，由李思南等人负责看着。

张晓舟点点头。

何家在这个事情上应该算是吃了一个大亏，于情于理，即便是封锁住了所有消息，让他们觉得联盟正在努力从中斡旋解决问题，他们也肯定会防备地质学院那边突然信心膨胀打过来报仇。在这种情况下，瓦庄村的警备情况肯定会在一段时间内保持在一个比较高的水平，何家甚至有可能把自己的一部分力量从丛林那边抽调过来加强防卫。

在这种情况下，原来他们制定的那个偷袭瓦庄的方案就行不通了。

“但之前那个计划的其他部分应该还可以继续执行。”龙云鸿说道，他的伤差不多好了，但张晓舟还是不太放心让他参与作战，只是让他作为武装部的一分子参与到计划的制订当中，“如果按照之前那几个逃亡者的说法，何家与何家营其他家族的关系非常紧张，他们应该会抱着看热闹看笑话的态度来面对这件事情，不会因此而有什么戒备。”

“我同意小龙的说法。”武文达点点头，他的伤还没有全好，不过已经可以拄着拐杖走路了，出了这样的事情，他当然不可能还在医院里躺着。

“那我们要调整的就是针对瓦庄的这个部分？”齐峰看了看其他人，“但何家的战斗力在整个何家营来说都是数一数二的，如果不能迅速解决他们，情况就有可能向不利的方向发展。尤其是地质学院的那十几个学生，他们一直以种种理由扣着这些人不放，显然是早就准备好了要用这些人做人质。如果我们不能迅速解决掉瓦庄，他们把这些人推出来威胁我们，到时候怎么办？”

钱伟的眉头皱了起来，如果地质学院不合并进来，完全可以无视这个问题，打仗不可能不死人，尽力解救，解救不了也没有办法。但三个月后大家就是一家人了，眼睁睁看着他们被杀掉，这对新联盟来说绝对不是什么好事情。

以何家那些人的作风，这样的事情他们绝对做得出来，也绝对下得了手。

“暂时不要考虑这些人质的问题。”张晓舟却在这时说道。

这让在场的所有人都大吃一惊，如果是另外一个人这么说，他们绝不会感到吃惊，但是张晓舟这么说？

“如果考虑他们，那这场仗根本就不用打了。”张晓舟说道。

他的心情也不好受，就像是又回到了食品批发市场下面的那条下水道里，站在出口外面等待那几个混混爬出来的时候。每一条生命对于他来说都很重要，但有时候，这个世界并没有给他更多的选择。

问题一下子就简单了。

人们的思维一下子活跃了起来，很快，新的方案就做了出来。

毕竟他们之前就已经做过一套完整的行动计划，在不用考虑被拘押在瓦庄的那些人质的情况下，很多东西都可以直接拿过来用，只需要稍稍修改其中的一些细节就行了。

"就这样做吧！"张晓舟最后拍了板，"你们马上把任务分解出来，做好调配，下发给每个队伍。"

"向他们施压？"万泽感到有些吃惊。

"不错！"张晓舟点了点头，"可以告诉他们地质学院和城北联盟已经联合了，向他们提出严苛的要求。我们会安排学校的队伍在高速公路上做出准备攻击的架势，迫使他们紧张起来。最好的结果，是让他们把何家大部分力量都调动到瓦庄来。人越多越好！"

万泽想起了张晓舟之前曾经给他看过的那个计划，终于意识到他们想做什么。

但那些被扣押的人质……他微微地沉吟了一下。这件事情披露出来损害的也是张晓舟这个决策者的声望和名誉，对自己来说反而有益无害，于是他装作没有想到这个问题，点点头行动了起来。

何春林正好在这时候带着一小队人走向了双方交界的地方，却被早就等在那里的卫兵给挡住了。

对于这次的冲突，何家内部也经过了一番激烈的争论，按照何春华的想法，对于地质学院那些手下败将，完全不用给他们什么好脸色，只要能想办法暂时稳住城北联盟，就能像上次一样发动突然袭击，狠狠地给他们点颜色看看。虽然城北联盟肯定又会赶来摘桃子，但他们起码也能再抓到一些俘虏。

但何春成却不这么想，虽然没法知道城北的情况，但他却不认为地质学院在他们手上吃了一个大亏之后，还会停滞不前。他们在瓦庄这边最高的一幢建筑物上也设有观察哨，专门用来对城北的情况进行侦察，地质学院的人在新洲酒店门口的广场上和城北联盟的人一起训练这件事情他们早就已经搞清楚了。他还仔细地询问了那些在这次冲突中受伤逃回来的巡逻队成员，按照他们的描述，地质学院现在的战斗力和以前已经绝对不一样了。

更何况，从每天晚上的炊烟来观察，城北很多区域都已经空了，尤其是地质学院那一侧，只有很少的几个地方还有炊烟。考虑到他们那边的地形，何春成判断他们应该是因为越来越严重的干旱而已经撤出了那个地方，搬到了更容易取水的地方生活。这样一来，即便是向地质学院发动一场突然袭击，能够取得的成果也肯定寥寥无几。

但这样做肯定会与城北联盟交恶，说不定会使他们暂停食盐交易，这对于何家，甚至对于整个何家营来说都是死穴，无法可解。

他们当然也曾经想过去寻找盐矿。

何春成派霍斯等人去监视产盐的过程，一方面是害怕城北在里面动手脚，另外一方面也是希望能够看看有没有什么可乘之机，或者是能不能从里面学到什么。但城北的人防范得很严，不管霍斯他们怎么旁敲侧击，怎么打听，都没能搞清楚他们当初是怎么找到这个盐矿的。

占据盐矿更加不可能。因为每次去都被蒙着眼睛走很久，霍斯他们只能判断盐矿的位置应该是在城东出去十来公里的地方，但因为中间上山下山要转好几个圈子，他们也搞不清楚具体的位置是在什么地方。

按照何家营现在的状况，要想动员其他家族把自己的精锐力量拿出来，组建一支队伍到茫茫林海中去冒险寻找盐矿，几乎是不可能的事情。

饮鸩止渴——这是何春成现在的唯一感受。但他却对此毫无办法，因为这不是凭借力量或者是阴谋诡计可以解决的问题。

“早晚是死，不如趁着现在我们还有能力的时候，和他们拼了！”何春华一次次地对自己的哥哥说道。

他的伤一直不好，以现在何家营的医疗手段，他能够活下来已是奇迹，但要恢复到以前那种状态，完全不可能。说得直白一点，他现在就是一个废人，手不能抬肩不能扛，更不要说像以前那样拿刀砍人。在现在这个世界，他已经成了一个累赘。这让他如何能不恨城北联盟？

但他内心深处更多的却是恐惧。何家营在一天天地虚弱下去，不错，虽然暂时解决了粮食的问题，也许不久以后，他们就能开辟出大量的田地，种下种子，但他却比其他人更清楚，他们现在所做的，不过是城北很久以前就已经开始做的事情。

经过了这么长的时间，谁知道城北已经发展成了什么样子？

城北把食盐当成一道绞索，慢慢地套在他们的脖子上，慢慢地收紧，心思何其歹毒！正是因为他们开了这个口子，让何家营的人有了一线希望，他们才没有勇气和决心去和城北拼命。

每个星期拿十几个人去换盐，看上去不多，但几个月下来，何春成之前收拢过来的那些老弱已经交换得差不多了。可以想象，不久之后，他们就不得不用女人或者是青壮年去继续交换食盐。何家营虽然人多，但这样的交换他们又能承受多久？更何况，难道城北就会一直这样老老实实地交换下去？何春华有一种感觉，他们不过是在给何家营续命，让他们能够勉强坚持下去。也许不久之后，当城北做好准备时，何家营面对的就将是雷霆一击！而那个时候，他们这些曾经高高在上的人，又有几个能活得下来？

“他们要求我们道歉，并且把所有扣押的人质释放?!”何春成对于这个结果完全没有预料到，在他看来，这件事情再怎么说也是地质学院的人先动手，他们这一方死伤那么多人，怎么都占了理。

“城北联盟的人怎么说？是谁接待你的?”他突然有一种不好的预感，脸色也阴沉了下来。

“接待我的是常磊和万泽。”何春林的脸色也非常难看，“他们告诉我，现在地质学院已经加入了城北联盟!”

“什么!”何春成的脸色越发难看了。

“他们这是什么意思?”何春成有些无法接受这样的事实。

城北联盟一直以来都表现得非常友善，某种意义上来说，甚至给人一种怕事的感觉，那样的力量如果是掌握在何春成手里，他绝对不可能这样收敛不惹事。

这样的事情经历多了，他们对于城北联盟的这种态度已经习以为常，何春林带来的这个消息令他们空前震撼。

“他们要对我们动手了!”何春华马上判断道。

他曾经和张晓舟有过几次接触，从杨勇、施远和其他来自城北的人那里也多多少少得到过一些与他有关的信息。这个人给他的感觉就是那种平时看上去人畜无害，咬一口却能马上置人于死地的毒蛇。他受伤后闲来无事曾经研究过张晓舟的发迹史，发现这个人骨子里面其实有很强的赌博精神。康华医院的人被他看上去无害的表象所迷惑，结果他放火制造混乱并且趁乱杀死了两个领头人，最终导致了康华医院彻底的失败。而他好多次面对恐龙的时候，也是毫不犹豫地就去搏命了。这样的人比那些成天把威胁挂在嘴边的人危险得多，因为那些人心里未必真的想把你怎么样，而张晓舟这样的人，等到他开始威胁你的时候，他多半已经做好了真正要干掉你的准备。

"我们应该放弃板桥撤回何家营去！"何春华马上对自己的哥哥说道。

如果是在和平状态下，瓦庄还算是一个不错的领地，有一定的面积可以用来种植少量的蔬菜和粮食，有足够的房间来安置他们的手下，甚至可以做到每家一个房间。当然，占据这里的最大好处还是可以与城北保持接触，进行食盐和其他物资的贸易。

但如果双方开战，那瓦庄就是最糟糕的地方。瓦庄村整体近似于一个长方形，偏偏长的那一条边几乎是紧挨着高速公路，有将近四百米长。只要城北的人想，他们可以同时从多个地方对瓦庄发动进攻，瞬间就投入大量的兵力。更糟糕的是，因为距离新洲酒店太近，他们的一举一动几乎都在新洲酒店的观察下，毫无秘密可言。

在何家占据瓦庄村的这段日子里，他们也一直在有意识地加强对城北方面的防守，甚至废弃了不少距离高速公路太近的房子，把它们拆掉形成空地，但在没有机械的情况下，这样的工作只能断断续续，进度非常不理想。

如果城北向他们开战，以瓦庄这样的地形实在是难以防守，最好的选择就是撤到如同堡垒一样的何家营本部，然后凭借人质和坚固的防御与他们拖时间，甚至是凭借何家营复杂的地形和他们打巷战。

以现在的生产方式，城北再强，它也不可能维持多少常备兵。

何家营的士兵如果拉开阵势和他们打，那绝对赢不了，但如果是在何家营那样复杂的地形下，只要能向他们人员集中的地方投中一个燃烧瓶，也许就能取得整个战争的胜利。

"放弃瓦庄？"何春成却有些犹豫。

这个地方何家已经投入了太多的精力去建设和维持，更加重要的是，他实在是没有和城北彻底翻脸的底气。别的不说，只要两三个月没有盐，不用城北过来打，他们自己就垮了。

与城北的关系必须继续保持，但地质学院加入城北联盟的消息却让他一时没有办法做出正确的决断。之前的那次冲突仅仅是一场突发事件，还是城北联盟刻意制造的事端？如果是前者，那双方就还有和平的可能，而如果是后者，他们的目的又是什么？

“如果他们要对我们动手，没有必要搞出这么个事情来。”他最终做出了这样的判断，“如果他们真的想对我们动手，应该是直接在晚上趁我们很多人看不见的时候摸过来把那些俘虏救走，甚至是突袭我们几个人住的地方，没有必要做出这样的举动来惊动我们。”

他的判断不能说错，事实上，这正是张晓舟和钱伟等人之前做出的那个行动计划的一部分。而支持这个计划的最重要的原因就是，他们从那些新交换到联盟来的人身上发现，他们当中很多人都有严重的夜盲症，一到晚上就几乎看不清任何东西。

联盟这边的成员还偶尔能够吃到一些肉类和恐龙的内脏，以此来补充维生素A，而地质学院则主要是通过大棚里种植的富含胡萝卜素的蔬菜来补充营养，但这些东西对于何家营来说却几乎没怎么见到过。他们当然也种植了一些诸如胡萝卜、菠菜、荠菜之类富含胡萝卜素的蔬菜，但这些蔬菜一方面是数量稀少，仅仅是少数上层和核心队员有机会吃，另外一方面，人体对维生素A和胡萝卜素的吸收利用率比较差，必须通过吃一些脂肪类的食物来促进吸收，而脂肪同样是何家营很少能够见到的东西。

实际上，何家营的人们能够胡乱填饱肚子都算是不错了，还怎么可能去考虑营养均衡的问题？

即便是在何家的队伍当中，也有相当一部分人因为长期缺乏维生素A的摄入而存在不同程度的夜盲症，而这些处于何家营社会底层的人就更不用说了。

以城北联盟特战队的精锐程度，以少数人趁夜摸进瓦庄解救人质，同时把何家的几个主要负责人抓住甚至是杀掉，瓦庄村将很快就陷入彻底的混乱，并且很快就被他们控制住。

“他们应该只是想借此机会对我们进行讹诈。”何春成按照逻辑进行了判断，“他们最终的目的应该是提价，或者是捞取更多的好处。”

于是他否定了何春华的提议，而是决定抽调更多的人手过来，做出决不退让的姿态，同时让何春林做好再一次过去谈判的准备。

只是出于以防万一的考虑，他还是把何春华送到了何家营那边去。

“别担心，他们从我这里占不到什么便宜的！”他对何春华这样说道，“你帮我盯着村子里这些人，别让他们趁这个机会搞出什么事情来。”

第12章
雷霆一击

何家有不少人力留在何家营，这是为了便于每天从更近的地方到丛林里去伐木获取食物，何春成也在计划着尽快把几大家族分赃之后划给何家的那块地用篱笆围起来，种上粮食。人质已经陆陆续续交换得差不多了，剩下的那些何春成其实并不准备这么快就放回去，而是准备作为保险留在瓦庄。

现在他们从城北获取粮食多半要靠五金机电市场里的那些电动工具和各种各样的材料来交换，何春成本想也用这些东西交换食盐，但城北联盟却死死地咬着食盐必须用来交换人口这一点不放。

这样的生意还能做一段时间，但这些东西始终有限，作为何家的家主，何春成必须考虑更长远的问题。

与城北联盟发生冲突之后，面对他们咄咄逼人的势头，何春成做出的决断与弟弟何春华截然相反，因为手上还有一些存粮可用，他决定暂停丛林那边的事情，把属于何家的劳工和私兵调了六百多人过来壮声势。这样一来，加上瓦庄村本来就有的人员，何家就有了将近一千人的队伍。

这些人中有将近一半是没有什么战斗力的劳工，只能拿着棍棒做个样子，而剩下的一半则是跟随了何家很长时间的私兵，其中有些人甚至从一开始就跟着何春华从何家营出来开拓，经历了何家几乎所有的大事，深受信任。

这样的人力调动肯定瞒不过新洲酒店那边那些成天盯着他们看的哨兵，但何春成本身的目的也是如此，他就是要摆出这样的姿态来告诉城北那些人，他也不是好欺负的。不然的话，在接下来的谈判中，他们就一点儿主动权都没有了。

但让他没有想到的是，城北做出的应对却是马上调动了更多的人手，安置在与瓦庄相邻的高速公路上，甚至做出了准备随时发动攻击的姿态。而他再一次派何春林去城北试图谈判，对方的态度却比上一次更加蛮横：要么放人道歉，要么开打。

难道是我判断错了？何春成疑惑起来，他悄悄地跑到距离高速公路最近的一幢房子，近距离地观察那些在高速公路上做准备的人。城北在这个地方动用了大概八百人，其中大多数是青壮年，但只有少部分人披甲，其中甚至有将近一半人连武器都没有，只是在不断地修建用来防范弓箭的工事，把它们布满整个瓦庄村的北侧的高速公路。

看上去不像是要进攻，反倒像是要防守。

这终于让何春成放了心。他的判断应该没有错！如果城北真的想对他们动手，那他们动用的就不应该是这些人，也不应该是在弄这些东西。这样的东西显然是为未来双方的长期对峙做准备，防止瓦庄方面向那边发起攻击。

何春成认为自己已经看透了城北那些人的居心，这让他轻松了下来，决定拿出更加强硬的态度来给城北那些人更大的压力，迫使他们放低姿态走回谈判桌前。他当然不奢望能够获得更好的条件，但最起码，要保证现有的条件没有变化。

当然，如果能够迫使城北那些人道歉，无论是口头道歉还是实际好处，对于何家在何家营的声望来说都会有帮助。不过他对于这一点没有太高的奢望，也不准备把它列入自己的底线。

“他们又调了大概二百人过来。”钱伟对张晓舟说道。

“这样一来，算上家属，瓦庄就有将近一千五百人了？”张晓舟点点头，“这应该已经是他们何家的极限了。那么，开始行动吧！”

“好！”钱伟兴奋地点了点头。

正午时分，正是一天中最热的时候，也是在丛林中劳作的人们一天中难得可以休息的时候。

这并不是因为那些监工有善心，而是他们自己也没有办法忍受这样的温度。在丛林里还算好，至少上面有高大的树木和枝叶能够挡住直射的阳光，但在被他们砍伐一空的那些土地上，温度高得吓人。

已经有不少人因为在这样的烈日下干活而中暑，甚至是死去，他们这些劳工平时很少有机会吃盐，在这样的烈日下干活，大量出汗而又没有办法及时补充盐分，很容易就会出现低钠血症的症状，这完全就是一种谋杀。

现在大多数人都已经被划分到各个家族，成为他们的私产，这让那些高高在上的村民们对于这些劳工的生存起码多了一些关注。毕竟之前死了就死了，跟他们没什么关系，而现在，死掉一个劳工就意味着替他们干活的人又少了一个，损失的是他们的财产。

一些稍稍有点良心的家族，甚至懂得用粮食去何家那里多换一点食盐，泡成淡盐水来给这些出汗多的劳工们一人喝一点。

大多数人都躲在用木头胡乱搭成的棚子里休息，也有一些胆大的人跑到了丛林里，爬到树上去休息。

那些各个家族的私兵聚在一起，一边盯着这些人，提防他们跑掉，一边喝着水，打着扑克或者是干脆昏昏欲睡。

这样的温度下，即使是那些恐龙也很少会出来行动，算得上是整个白天最没有危险，也最休闲的时光。

在靠近悬崖边的丛林里休息的一群劳工却突然骚动了一下，管理他们的那几个打手扬起头看了看他们那边，却看到他们重新安静了下来，似乎什么事情都没有发生，于是便把自己的注意力重新放在了牌桌上。

“王炸！”其中一个人兴奋地叫道。

几分钟后，他们突然感到有一个硬邦邦的东西顶在了自己的腰上。

“不想死的话就闭好嘴！”有人低声地说道。

他们这时候才惊愕地看到一些人身上披着空地上常见的干枯的蕨类和从城市里入侵到这块空地的那些草类植物，不知道什么时候已经包围了他们这个小小的棚子。

有人下意识地想要张口，他身后的人却马上狠狠地给了他一棍，把他打得摔在了地上。

这些人很快就掏出绳子把他们全都捆了起来，并且用布团把他们的嘴牢牢堵住。

然后，这些人便继续弓着腰，小心翼翼地向着其他家族私兵聚集的地方摸去。

很多劳工其实都看到了他们，尤其是那些在树上休息的人，但他们却都怀着万分激动的心情，尽力压制着自己的冲动，努力做出一副什么都没有看见的样子。有些人甚至悄悄地行动了起来，以自己的身躯掩护他们，帮助他们快速地靠近那些打手们待的地方。

何家营这时候开发的林区已经非常大，有将近五百亩，每天都有四千多人在这块土地上努力地砍伐树木，分割、剥皮，把可以吃的部分切下来，磨成粉带回去。

各个家族派来盯着他们的打手，少数地位比较低而不得不出来作为监工的村民，加起来也有七八百人，以特战队的力量，要把这么多人全部悄无声息地控制起来其实是一件很难的事情。

在钱伟等人的计划当中，能够趁着中午人们精神困乏的时候抓住其中的一半就已经很不错了，但他们却没有把这些劳工的因素考虑在里面。

“你们总算是来救我们了！”不少人激动地低声说道。

何家营当然不可能宣传城北的好，但以他们的控制力，完全封闭消息也是不可能的，尤其是板桥村发生劳工暴动整体逃到城北去的事情，根本就不可能瞒得住。很多下层的打手和跑腿的人在成为这个阶层之前，和这些最底层的劳工都是一样的人，甚至有着共同逃难的经历，他们偶然听那些村民或者是比他们地位更高的打手们闲聊，然后添油加醋加上自己的判断和想象又讲给比自己地位低的人听，消息就这样一点点地流传了出来，在人们对于美好生活的期盼和憧憬下，甚至变得有些过于夸大，简直就是天堂了。

这让劳工们在面对明显是城北来的偷袭者们时，非但没有钱伟等人曾经担心过的不利局面，反倒自发地用一切办法来帮助他们。很多人即使是不敢真正动手帮忙，但也在尽力地帮助他们遮掩行动所产生的声音和他们的身影，并且告诉他们那些私兵打手的位置。一些胆大的甚至跟在他们身后，在他们控制了局势之后帮他们把这些人全部牢牢地捆了起来，不但省了他们自己动手的力气，还大大地节约了时间。

在这些人自发的帮助下，他们以比预计更少的时间就把丛林外围的打手们一扫而空，足足抓了五百多人，却几乎没有多少人受伤，只是有好几个没有搞清楚情况的倒霉蛋从背后被打倒，大概会有点脑震荡之类的问题。

而那些守卫着通往何家营的那座斜坡的打手，虽然身居将近五米高的位置上，却根本就没有意识到，在那些劳工走来走去的时候，下面各个家族的私兵打手们几乎都被一锅端了。

“情况比想象中好多了！”齐峰有些激动地对钱伟说道。取得这样的战果却完全没有伤亡，这简直是他们之前不可能也不敢去设想的结果。

“冷静！”钱伟却摇了摇头，“事情还没结束！”

按照之前从各种途径获取的消息，整个何家营现在所有二十几个家族的打手加起来，已经有将近三千五百人，其中何、赵、高、李四个最大的家族加起来就有两千多手下，再加上原先的两千多村民，他们要对付的是超过五千五百人的敌对力量，现在不过是解决了其中的十分之一，这当然是个很不错的战果，但距离最终胜利还很远。

空地中央还有不到二百名打手和一千多劳工，他们的任务是开垦土地并且用木桩把不同家族的土地隔开，解决他们必须穿过偌大的空地，暴露的可能性太大，钱伟准备放在后面处理。只要能控制住那条通往何家营的道路，他们还继续坚持反抗的可能性几乎不存在。

“你们有办法混到上面去吗？”他把几名行动最积极的劳工找来，指着那个坡问他们。

守在坡顶那道大门的打手有二十几个，大部分都装备简易的护甲，手中拿着砍刀和长矛，有四五个人手里拿着弓和弩。这样的装备与联盟和学校相比太过于粗陋，但在这种情况下，它们依然有着不小的威胁。

斜坡大概有五米高，将近四十米长，他们当时这样做肯定是为了让斜坡尽量缓一点，方便人们运送物资，但现在却成了联盟特战队拿下这个地方最大的障碍。

“可以是可以，但如果没有那些人带，要混上去有点困难。”一名三十多岁的男子答道。

“你们知道有哪几个打手是那种胆小怕事容易被胁迫的吗？”钱伟问道。

好几个人马上都点起了头：“这样的人多得是！”

钱伟他们马上就找到了合适的人选，但这样做却存在一个问题，这些打手们相互之间都很熟悉，他们必须脱掉身上的护具，放弃用惯了的武器，化装成何家营的劳工才能靠近那个地方，但这样做的话，参与行动的人将面临极大的危险。

“你不能去！”齐峰马上对钱伟说道，“要是你出事，谁来指挥行动？让我带人去。”

钱伟迟疑了一下，最终点了点头。

为了最大程度保证人们的安全，他们决定假装运送柴火的人员，推着两辆载满柴火的车子上去，这样的车子一般都需要二十来个人又拖又推才能弄到上面去，特战队的成员可以最大限度地藏在人群当中，甚至可以在经过那些守卫的时候再突然暴起发难。

“一定要小心！”钱伟反复地嘱咐着齐峰，“关键时候一定不要手软！该杀就杀！一定不要手软！”

“我知道！”齐峰点了点头。

认真说起来，联盟特战队对于恐龙的战斗力很强，而且有了非常多的战绩，但对于人类的战绩却几乎为零。他们正面打垮何家营的那些打手绝对没有什么问题，但真的要动手杀人，钱伟却有些担心。

当初他们在地质学院一举冲垮何家营的队伍，事实上却没有杀死任何人，认真算下来，整个城北联盟的队伍，真正动手杀过人的，也只有张晓舟、严烨等寥寥数人。板桥暴动的时候死了不少人，但那种环境和氛围下，人们的怒火和杀意本身就已经被完全激发了出来，和现在这种情况截然不同。

他们当然不是那种没见过血的弱鸡，但杀恐龙和杀人是两种完全不同的情形，如果他们已经经历了一场恶战而愤怒起来，见了血，那当然不存在任何问题。但正是因为之前的行动都太过于顺利，根本就没有痛下杀手的机会，钱伟反而真的有些担心他们会因为联盟重视人们生命的思维惯性，在出手的那一刻突然迟疑，反被那些不敢杀恐龙却对同类可以毫不犹豫的打手先动了手。

“一定不要手软！这种时候，只能让他们死！”他对参与行动的队员们说道。

守卫们都聚在大门后的棚子里，温度实在是太高，这让他们根本就没有心思做任何事情，甚至连打牌都没有心思。

这个时段是一天之中最平静，但也最难熬的时段，队长们早已经回去休息，有些和队长们关系好的人也已经偷偷地跑回村子里去休息，留在这里的，都是人缘不好没本事抱上粗腿的倒霉蛋。就连抽水的人也躲到了旁边的棚子里休息，但即便是如此，也热得不像话。

“要是能有瓶冰汽水……”一名哨兵忍不住说道。

“哎……你想什么呢！”

“去死吧，搞得我也想喝了！”

人们纷纷地笑骂了起来。

他们这一代人的悲哀也许就在于此，他们曾经历过的那些生活让他们总是时时刻刻都会感到不幸，没有电，没有自来水，食物不足，没有肉吃，除了打牌下棋之外几乎没有任何放松和娱乐，更不要说身份地位的巨大变化。

现在高高在上的这些村民曾经是他们这些人看不起的角色，但现在，村民却掌握了生杀大权，谁还敢不把村民当回事？

也许他们的下一代会对这样的世界适应得多，因为他们从未见过那些东西，从未有过那样的生活，也就不可能理解那些意味着什么。但话又说回来，绝大多数人都已经对传宗接代这个事情不抱什么希望了。甚至有人觉得，他们这些人死掉之后，也许远山的人类就毁灭了。

“不然的话，为什么我们这些人根本就没有在历史上留下任何痕迹？”

如果是张晓舟这样稍稍多一些常识的人就会告诉他，时间将会磨灭掉大多数他们所留下的印记。事实上，化石的形成本身都是极为罕见的事情。更何况，经过六千多万年的变迁后，他们现在所处的环境很可能会因为地壳运动深埋入地底，又或者沉入深海。

很多曾经遍布全球的恐龙也不过留下了少量骨头的碎片，甚至没有办法拼凑出一套完整的骨架。除非他们能够成为这个世界上占据绝对优势的生物，足迹遍及全球，否则的话，这个世界要是留下了他们这些人曾经生存过的痕迹，反而是一件很奇怪的事情。

当然，如果是高辉那样的网络小说爱好者，肯定还会告诉他们一套平行宇宙的理论，但对于这些人来说，他们的普遍共识就是，他们这些人最后肯定都死光了，这让他们普遍对于未来抱着相当悲观的态度。

过一天算一天吧。大多数人都是这样想，也是这样做的。

因此何家营的工作效率普遍不高，尤其是在勉强能够填饱肚子的情况下，人们的工作意愿往往要看监工们当天的心情和下手的狠辣程度，这就让大热天推着两车柴火爬坡的那队人显得有些奇怪了。

“这是哪家的？吃错药了？”一名哨兵忍不住说道。

“谁知道呢。”其他人纷纷说道，并且从棚子里站起来，想要看清楚带队的人的样子。

“左家的人……”一名哨兵说道，“奇怪了，这小子平时懒得不像样子，今天倒勤快起来了？”

他抬头用手挡着眼睛看了看天上的烈日，摇着头：“这些家伙疯了吧？”

但即便是感觉有些奇怪，还是没有人怀疑，也没有人愿意从棚子里走出去看看到底是什么情况。谁也没想到，城北的人会在这种时候对他们发起突袭。

齐峰站在一个被他们挑选出来的打手的身边，一边用着力，一边盯着身边的这些人和大门后棚子里的那些人。

车上的东西其实并没有看上去那么多，中间都是空的，藏着他们的盔甲和武器，而他的长矛和军刀也藏在了手边的木柴中，如果有什么异动，随时都能抽出来。

“表情自然一点！”他压低了声音对身边的那个打手说道。

“哎！”那个人苦着脸答应了一声，但却不知道自己应该要摆个什么表情才算自然。

好在车子慢慢靠近大门，那些守卫一直盯着他们却没有靠近的意思。只是有人大声地问道：“你们干啥呢？这种时候还干活，不要命了？”

“谁知道上面的人发什么疯！”齐峰旁边的那个打手按照之前的安排答道，“命不好呗！”

守卫们笑了起来。

“兄弟，喝水吗？”有人同情地问道。

这个打手愣了一下，下意识地看了看齐峰：“好，好啊！”

说话的那个人回身到棚子里的大水桶里打了一碗水，等着他过来，但齐峰怎么可能让他离开？他只能跟着车队慢慢地继续往前走。

“这小子……”那个人端着碗感到有些尴尬，就在这时，他却看到了另外一个打手的样子，“不对啊？那不是周家的人吗？他们怎么混到一块儿去了？”

“怎么了？”旁边的人问道。

“一个是左家的，一个是周家的，怎么一起干活了？”那个人端着碗低声地对他们说道。

这时候才有人发现了车子的问题，虽然走的速度和平时差不多，但那些推车的人却明显没有平时那么费力，而且，这些推车的劳工也太年轻，太壮实了……

“不对！”终于有人叫了起来，虽然还没有想明白是怎么回事，但这肯定有问题。

“动手！”齐峰眼见再也装不下去，马上大声地叫道。

人们大吼一声推着车子向前猛冲，那些守卫们虽然已经意识到不对劲，但却来不及做出任何应对，眼睁睁地看着他们把第一辆车子推上来，顶住了门洞。

车子后面的特战队员们一把拉开作为掩饰的柴火，把弩箭取了出来，而齐峰等人则纷纷从柴堆里把武器取了出来，向着他们猛扑了过去。

双方的距离不过十几米远，大部分守卫甚至没有想到要回棚子里去拿武器，一些人下意识地转身就往何家营跑，而另外一些人虽然想到自己应该做点什么，但等他们反应过来的时候，齐峰等人已经冲到了面前。

“投降！我们投降了！”马上有人跪了下去。

虽然不知道是怎么回事，但他们这些人本来就是最底层的打手，来干这个也只是为了混口饭吃，完全没有拼死抵抗的意志，甚至就连基本的抵抗的意思都没有。

“哎……”齐峰叹了一口气，情况比想象中好得多，但持弩的那些队员在最后的关头却依然没有能够狠下心放箭，让四五个守卫逃进了何家营，想要继续偷袭显然已经不可能，接下来就要进入攻坚的阶段了。

“发信号！”他对后面的队员们说道，同时让人们从柴堆里把绳子拿出来，把棚子里这些放弃抵抗的守卫们全部绑了起来。

“来了！来了！”早已经等得不耐烦的高辉终于看到了远处的那两股烟柱，大声地叫了起来。

“开始行动！”张晓舟说道。

早已经做好了一切准备的人们马上奔向隧道尽头，何家营方面垒起来的那些杂物里，靠内层的那些早就已经被他们搬空，只剩下薄薄的一层，在他们的推动下，那些东西马上就倒了下去。

大量的民兵拥出隧道，一些人直接向预定的方向跑去，而剩下的人则开始动手搬开这些东西，清理出一条可以让人们推着车子通过的道路来。

板桥的少数守卫看到这样的景象，完全被吓住了，但联盟的这些人却完全没有攻击他们的意思，而是直接向着东面的何家营而去。

“大哥！你看那边！”瓦庄一直有人专门盯着城北的动静，这么大的队伍他们不可能看不到，他们马上就匆忙向村里的高层汇报。

但何春成却没有说话，而是死死地盯着背后的何家营。

两条浓浓的烟柱直上天空，看位置应该不是在村里，而是在村外的丛林里。

发生什么了？

“把在外面的人都召回来！快！”几秒钟之后，何春成才猛醒了过来，大声地叫道。

但在何家营和板桥之间的农田里干活的那些人却没有这么幸运，在他们意识到发生了什么事之前，来自城北的队伍已经把他们逃回何家营的路给堵死了。当然，如果非要跑的话，也不是没有机会，但看着那些人手中的弓弩，没有人选择自寻死路。

劳工们欣喜地欢呼起来，而那些打手则在短暂的迟疑之后，全部选择了投降。

“我们解救了大概一千人，抓住了将近二百名打手！”高辉兴奋地汇报道。

“让他们留在原地，给他们吃点东西，补充盐分，等到他们平静下来，征集志愿者来帮我们的忙。”张晓舟说道。

在他不远的地方，何家营已经乱成了一锅粥，许多人拿着弓箭、燃烧瓶等武器匆忙地在楼房间跑来跑去，一些人正在拼命地用各种杂物把何家营北侧的这道大门堵起来。

“大家注意安全距离！”张晓舟对身边的人们说道。

他这边只带了十几个特战队员作为突击力量，其他的都是民兵，攻坚能力并不强。

不过他们也从来都没有想过要通过强攻把何家营占领，只是推着之前就做好的用木头改装过的车子，把它们围拢起来挡在了何家营的北门外，作为防御阵地。

“西门堵起来了吗？”他对高辉问道。

“放心吧，他们一个也逃不出来！”

张晓舟开始带着人们准备去堵住瓦庄村的出口，这时候，钱伟匆匆忙忙地带着一百多人沿着何家营东面的那条路跑了过来。

“伤亡怎么样?”张晓舟马上问道,这是他最担心的问题。

“你肯定想象不到!”钱伟眉飞色舞地说道,“零伤亡!只是有几个人中暑,不过并不严重。我们抓住了七百多将近八百个打手,解救了四千二百人,零伤亡!真是,真是想象不到的顺利!”

“好!太好了!”张晓舟心里的大石头终于落了地,他满意地对钱伟点点头,“你们来得正好,帮我们把瓦庄封锁起来!”

他们在行动之前早就已经搞清楚了瓦庄村和何家营的大体区位。何家营一共有三个出口,北面、西面和南面,现在都已经用简易工事围堵了起来。而瓦庄村则只有两个出口,分别在西面和南面,北面则是高速公路,很容易就能进去。

这样的出口当然并不绝对,他们完全可以爬下水道或从其他方向放下绳索跑出来,但那样做能够跑出来的只是少数人,不可能出现大部队,而这样零零散散跑出来的人,对于整体局势不会有太大的影响。

“大家都加把劲!弄好了我们赶快休息!”张晓舟不断地在各个工作点鼓动着士气,同时让负责后勤的队伍把淡盐水送上来。

在这种情况下展开行动,酷热的天气所造成的中暑也许比何家营那些人还要危险。

他让钱伟和齐峰分别带着特战队和民兵中的精锐监视何家营和瓦庄的动静,高辉则带着一队民兵去把板桥的那些人缴了械,又救出了将近四百劳工,听说这里本来有赵家和李家的几个头头,还有一百多打手。但在城北的人们忙于解救劳工、搭建工事的时候,他们全都沿着板桥通往瓦庄的那条隧道逃了。

“请吴工过来,带人把瓦庄村通往外面的这两条隧道都找出来,挖断!”张晓舟说道,“还有,通知万泽他们,让他们在高速公路上保持对瓦庄的压力,不要让他们有余力对我们这边施压。”

城北联盟和地质学院加起来一共动用了两千六百人,其中的主力当然是联盟的特战队、冒险队和民兵中的精锐,护校队也勉强算是可以信赖的力量,加起来有将近一千人。剩下的一千六百人主要是负责搬运材料,搭建各种各样的工事,运送食物和水,帮忙瞭望和巡哨。

要把方圆几公里的何家营完全围住,靠这么点人几乎不可能,但张晓舟他们的目的并不是让他们完全没有办法出来,而是让他们没有办法很方便地出来,只有通往城北和丛林两个方向需要严密地防守起来。

他把一千人的主力部队分成三块,护校队的四百人加上将近六百学生主要负责北面的防线,确保瓦庄村里何家的人没有机会狗急跳墙跑到城北去搞破坏;钱伟和齐峰带着二百多人加上将近五百劳动力负责挡住南面,确保何家营的人没法跑到丛林里去,同时负责看守所有的俘虏;而他自己则和高辉带着剩下的人驻守在何家营和瓦庄村之间,截断他们的联络,让他们只能各自为战。

老常、梁宇和吴建伟带着工作人员和志愿者们过来安抚被解救的劳工们,给他们讲联盟的政策,并且按照每二百人进行分组,让他们自己推选临时负责人,让他们暂时安置到周围的那些空厂房和废弃的住宅中,并且给他们盐和肉干,组织他们自己从丛林下面运水和树皮粉、野菜蕨根等可以吃的东西上来烧水做饭。

因为他们解救的劳工的数量多达五千五百人,远远超过了计划中最大的预期,这项工作一直持续了四个多小时才最终完全搞定,而这个时候,天色也开始发灰了。

一些劳工在吃饱之后心思开始活跃了起来,一方面是对于那些压迫他们的人的愤恨,另外一方面则是对于未来地位的想法,希望获取联盟的好印象,不少人开始向老常等人询问,需不需要他们帮忙做什么事情。

这正是张晓舟希望看到的。

一部分人开始在吴建伟的带领下,寻找瓦庄村通往外围的那两条隧道的位置,并且开始挖掘,准备把它们截断。一部分人在梁宇的指挥下,烧火做饭,把水运上来烧开加入食盐之后和晚饭一起运送到各个地点。而其他的人则在老常的指挥下,回到丛林当中,继续砍树,一方面是获取他们这么多人每天要吃的东西,另外一方面则是源源不断地把木材运送到何家营和瓦庄村外,继续加强和完善工事。

“他们到底想干什么?”何春林疑惑地看着外面那些忙忙碌碌的人,他在下午的时候试图去找城北的人,搞清楚他们的目的并且用人质威胁他们,却被他们远远地就赶了回来。

以他们现有的人力,攻破至少还有五六千人的何家营也许不容易,但只要把那些劳工组织起来,每人发一根棍子,足够冲进来把瓦庄村里的一千多人碾成碎片,但他们现在这个架势,到底是想干什么?

第13章

垂死挣扎

“他们想把我们都渴死!”何春华突然恨恨地说道。

人们这时候才感觉到自己嘴唇的干裂,因为遭到突然袭击的恐慌,他们整个下午都一直待在几道门附近的房子里,小心翼翼地观察外面的动静,根本就没有想到这个问题。

何春华这时候说出来,他们才惊慌地想到,何家营此刻所保存的水根本就不够现有的这六千多人喝几天的。

平时负责用水车抽水并且运送进来的是霍家,因为要完成这个工作,他们每天都要投入三百多劳动力,拥有将近五十个打手,这也让他们成为除了何、赵、李、高之外最大的一个家族。他们每天抽上来的水,一方面是通过水管直接输送到村子西面的那两块地里浇灌,以此获得收获的分成,另一方面却是用人力挑到村子里的几个储水点,从何家那里弄点盐来加进去后,高价卖给其他家族的人。

大多数家族买水只是供给懒得走远路的家族高层和那些留守在村子里的人,至于那些劳工,当然都是让他们自己走路到丛林下面的水坑去取水,喝够了再走回来。大多数时候,他们甚至还必须自己背着一桶水回来才能交差休息。

这样的做法从各家的利益来说,可以让他们不用在喝水问题上花费太多,但现在却成了一个很大的问题。

霍家在村里的储水点卖的与其说是水，不如说是盐，服务的对象也是高层和有一定消费能力的中层，数量当然不会太多。而各家自己储的水，因为每天都是劳工们傍晚放工的时候带回来的，而且日常的消耗主要都在丛林那边，也不会有太大的储备量。基本上，每天下午把储水用完正好换上新鲜干净的水，这已经是一种习惯。

“快点去看看还有多少水！都收集起来，没有我的命令谁也不准用！”好几个家族的家主都马上派人回去。

但结果却让人极度失望，甚至可以说是绝望。

剩下的水就算是再怎么省也不够这么多人一天用的，如果只供给高层和打手们喝，大概能多坚持几天，但在这样的天气下，不让那些人喝水？也许不用城北的人打过来，他们自己就要暴动了。再说了，大部分劳工其实都在外面，真正留在何家营里的也就是两千左右，大部分人都是没有办法克扣的对象。

“怎么办？”人们惊惧起来。

“和他们拼了！”何春华恶狠狠地说道，“而且越快动手越好！这种鬼天气，再等下去，渴都渴死了！”

城北联盟攻过来之后，何春成曾经匆匆地沿着久未使用的隧道过来了一次，但瓦庄那边面临的压力比何家营这边大得多，那么多人又不可能通过这么一条小小的隧道马上全部撤回来，于是他和各家的家主谈了一句，让大家一定要团结、要稳住之后，又匆匆地赶了回去，说是有情况再赶过来。

随后，那些人就把隧道给挖开了……

这样的局面其实应该是他在这里坐镇，何春华到瓦庄的前线去冲杀才对，但何春华受伤，何春潮等大批年轻一代身死，霍斯等人又随着自己的家族出来自立之后，何家已经没有什么可以在这种时候挑大梁的人了，何春林在别人的指挥下干点跑跑腿的事情还行，让他带人去打打杀杀，根本就不行。

何春华越发愤恨那个射了自己一箭，让自己变成废人的凶手，他深深地吸了一口气，想要站起来让眼前这些胆小如鼠的家伙们联合起来，但一口气没匀过来，胸口突然一阵疼痛，让他不停地咳嗽了起来。

“和他们拼了？”在他激烈的咳嗽声中，人们却面面相觑，拿不定主意。

外面那些人当然并不是全都穿着护甲，拿着弓弩，但他们的精气神和何家营里的这些打手一看就有着明显的不同，他们的气色看上去甚至比何家营的大多数村民都要好很多。而且看上去他们人也不少，还弄了不少木头来做拒马、大盾之类的，一看就不是那么容易就能打得过的。

“他们的人其实不多。”何春华好不容易才止住了咳嗽，他大声地说道，“里面明显有很多也不是当过兵的样子，我刚才已经仔细看过了，围住我们的，加起来也不会超过两千人，其中能打的也就是六七百人。凭借这么点人就想把我们困住？还分兵几处？这简直就是看不起我们，这是他们自取灭亡！把我们各家最精锐的人都集中起来，起码也有两三千人，就算是拿人命堆也堆死他们了。这些人肯定是他们最精锐的力量，只要把这些人都干掉，城北就是我们的！到时候大家把城北的东西和人口按照功劳分一分，难道不比困在这个地方好？”

他的话让一些人心动了起来，但也有少数人依然踌躇不安。

“都已经到这一步了，难道你们还想和他们和平相处？”何春华继续大声地说道，“他们明显是要拉拢下面那些人。要是被他们打进来，你们觉得自己能活？就算不被他们杀了，就凭我们之前做的那些事情，肯定也是一辈子的苦窑。这样的日子你们能过得下去？拿出骨气来和他们干一场，赢了就什么都是我们的！”

不少人当场就叫起好来，但仍然有少部分人拿不定主意。

“话就说在这儿了！”何春华强忍着咳嗽大声地说道，“赢了之后咱们按照功劳来分。现在不肯出人出力的，别后悔到时候什么都分不到！”

“说得没错！”赵家的家主终于站了出来。他们家的劳工多半是在板桥和西面的那两块地上，已经基本上被城北联盟的人给弄走了，现在只剩下一百多人，还没有他手下的打手多。

城北联盟的人难道还会把这些人放回来给他们？想想都知道不可能。

别说城北联盟的人现在还堵在门口，即使是城北联盟的人就这么带着人撤回去，他也根本承受不起这样的损失。

以后怎么办？难道让手下的那些人自己去种地？自己去打水？自己去砍树？那样下去，肯定用不了几天他们这个地方都要彻底散掉！

城北联盟这是在釜底抽薪，既然已经这么做了，那就不要怪他们拼命了。

他的话让本来还在犹豫的那几家也终于下了决心。

“都把自己最大的力量拿出来！”何春华说道，“现在这种情况，谁留一手谁就是罪人！不把城北联盟这些混蛋干掉，那就是我们这些人死期到了。和他们拼了！”

“拼了！”人们激奋地叫道。

何春华的期望还是没能实现，他们拿定主意的时候天都已经快黑了，等到各家的家主回去动员自己的手下，下发武器，天色已经彻底暗了下来。

这种光线下，大多数人的眼睛都是一团朦朦胧胧的，什么都看不清楚，连走出何家营的大门都成问题，更别说开打。

何春华知道这股气鼓起来不容易，泄下去却很容易，但面对这样的情况他也没有任何办法，只能拖着越来越痛的身躯，继续一家家地去和他们谈，坚定他们的信心和决心。

“水都给要上战场的人喝！”他对每个家族的家主都这样说，“让他们吃饱，明天一早我们就动手！”

他甚至做主把何家存放在何家营的粮食都拿了出来，分给那些在他看来更有决心的家族。

何春成派来照顾他的人对于他的做法有些腹诽，对他交代下去的事情也有点不情不愿的，但何春华却用尽自己现在全身的力量狠狠地给了他一个耳光：“你想抱着这些东西去死吗？要是明天输了，那这些东西留着也是便宜城北联盟的那些人，要是赢了，这点东西算什么？城北好东西多了去了，要什么没有？都给我送出去！我们这边也是一样，明天肯出去拼命的人，今天晚上要吃什么都没问题。只有一点，今天晚上不准碰女人！告诉他们，只要明天赢了，要什么样的女人都可以！”

他的命令传达下去之后，人们都欢呼了起来。但何家留在何家营的人手并不多，只有不到五十个，根本就没有办法成为箭头或者是榜样，可现在这种情况，也没有办法和瓦庄那边联系上，让他们一起动手。

他生怕城北联盟的人趁着晚上对瓦庄那边动手，一夜都没有睡好，但一直等到凌晨，那边都相当平静，除了一点一点火光之外，什么都没有。

他仔细地观察着何家营外面。西面的那道门显然人不多，火光也很少，应该只是有少量哨兵。而南面和北面的人却很多，而且一直到晚上都火光不断，他们在靠近何家营的地方点燃了一堆堆的篝火，应该是用来防止夜袭的。火光下，可以看到有很多人彻夜未眠，一直在小心地戒备。

成功的概率很大。这让何春华又多了一些信心。

他反复地计算着，城北的人口再怎么也不可能超过一万人，他们那支队伍放在这个世界当然是精锐中的精锐，但正是因为如此，以现在的生产力绝对不可能养太多，顶天了也不可能超过一百人。而他们唯一要担心的，也就是这些人。

但他们的人可以睡在房间里，完全放松，养精蓄锐，那些人却必须待在野地里，一方面是防范他们的偷袭，另一方面也是要防范恐龙的偷袭，肯定没有办法睡好。更何况，他们白天的时候就已经忙了一整天，而何家营一方的人却一直躲在村里，几乎没怎么动过。

如果有水，其实多等一天，让他们更加疲惫一些或许更有把握，但既然没有更多的选择，那现在这样也不错。

他甚至想着要不要像《三国演义》里那样，派人去南北两道门鼓噪弄出些动静，让城北的那些人更加不安，更加疲惫，但这样做对于自己人来说也是一种干扰，也有可能让自己人睡不好，权衡之后，他终于放弃了这样的念头，一个人瞪大了眼睛，在黑暗中等待着黎明的来临。

天才刚刚开始有少许光亮，他就迫不及待地让自己的人起床，然后派人去联络其他家族的人，但很多人在昨天傍晚的时候在他的鼓动下慷慨激昂，等到夜深人静的时候却想到了更多的东西，再一次犹豫不决起来。很多人的确是躺在床上，但却一直辗转反侧没有睡着，直到天快亮的时候才终于迷迷糊糊地闭上了眼睛。

何春华的判断其实并没有错，最好的做法是在激发起人们的斗志之后马上就动手，但现实如此，他也没有办法凭借自己的力量去改变。

他不得不再一次费尽口舌地去坚定他们的信心，甚至是拖着病痛的身体去威胁他们，咒骂他们，直到日上三竿，将近两千人的精锐队伍终于拉了起来，而他也几乎累得快要瘫掉了。

"成败在此一举！"他大声地对人们说道，"今天赢了，所有人都能吃香喝辣，随便玩女人！杀光他们！"

人们都狂叫了起来。

但新的问题马上又出现了。

主攻南门、北门，还是没有多少人防守的西门？大大小小二十几家的队伍，怎么分配？昨天晚上在何春华的协调下，几家人大致安排了一下，赵家、高家和李家各带着几个小家族负责攻击一道门，但很多人当时热血沸腾，没有多想，经过了一个晚上的思量，甚至是和自己的手下商量了一下之后，却觉得自己太吃亏了。

西门显然是个软柿子，为什么别人可以去那边，我们却得去强攻对方明显防备森严的阵地？

对面的那些人可不是村子里这些手无寸铁也没有什么反抗意识的难民，他们手上拿着的长矛和弓弩也不是玩具。任何人都能想象得到，即便是抬着用各种各样的材料制成的盾牌，第一批冲出去的人也必定会面临最大的危险，运气不好的话，说不定会直接变成刺猬。

“我们可以约定一个时间，一起破开窗户冲出去！”有一个家族的人说道，“整个何家营那么长的围墙，他们能守得住多大一段？我们的人手占优。只要能冲出去，就能把他们反包围起来！”

听上去是个不错的建议，但马上就有人质疑，这样做也意味着缺乏监督，要是有些人冲出去了，有些人却只是虚张声势等着看风向怎么办？别看现在很多人叫的声音大，义愤填膺，如果没有人监督，他们肯定能干出出工不出力的事情来。

“谁敢这么做，完事之后大家一起把他们家灭了！”之前提议的那个人说道。

“那干脆咱们就都不从那三道门冲了？”另外一个人说道，“好不容易才堵起来，要搬开那些东西也怪麻烦的。”

这样的扯皮让何春华的鼻子都气歪了，如果他没有受伤，说不定没等城北的那些人动手，自己就先把这些猪队友全砍死了。

全部从窗户出去，那就完全丧失了突然性和组织性，以他们平时的作风，肯定会出现前前后后拖拖拉拉的情况，那这仗还怎么打？

但他刚想开口，却感到伤口一阵剧痛，一口腥甜的血涌了上来，让他又一次激烈地咳嗽起来。

“不好了不好了！”突然有人从外面慌张地跑了进来。

人们大惊失色地站了起来。

又怎么了？

何家营的外面不知道在什么时候竖起了一块块很大的木板，上面用红色的油漆写了许多大字，组成了各种不同的标语。

“联盟是远山所有人的联盟！”

“不要替奴隶主当炮灰！”

“自由和更好的生活在等着你们！现在死了不值得！”

“放弃抵抗，拥抱未来！”

“团结一心，拒绝奴役！”

“阵前倒戈，既往不咎！”

“为了自己活着！”

“投降者酌情减罪，顽抗者死路一条！”

“替你们的家人想想！”

在现在这个时候还能找到这么多红色的油漆，并且弄来这么多木板写上这些字，也真是难为张晓舟他们了。

各大家族的家主们面对这样的标语，一下子集体失语了。现在怎么办？

“这些人简直太卑鄙！太下贱了！”有人愤怒地说道。

但更多人却直接陷入了惊惶和不安当中，他们当然明白自己手下那些人的德性，现在这种时候，把他们放出去，谁知道他们是真的去拼命，还是去投降？又或者，真的像那些标语里宣传的，反而阵前倒戈把他们给抓了去邀功？

“现在是最后的机会了！”何春华感觉自己的胸口热辣辣地就像是有火在烧，疼得几乎喘不过气来，越来越多的腥甜的味道涌上来，“趁着现在还没有多少人看到这些东西……我们必须先下手为强！只要能干掉他们，这些东西就都成了笑话！不然的话，我们就都死无葬身之地了！想想在板桥被杀掉的那些人！为了讨好那些难民，城北联盟的人不会放过我们的！都已经到了这种时候了，你们要死还是要活？！”

他的话最终让所有人都下了决心。

“提醒大家注意，何家营里面有动静。”张晓舟说道。

这是显而易见的事情。双方的距离其实并没有多远，以何家营的办事效率，要毫无声息地鼓动起两三千人的队伍，让他们依照一定的顺序冲出去拼命，绝对不是一件容易的事情。尤其是在决心破釜沉舟之后，他们已经不再考虑慢慢地破开周围窗户上的防盗笼和各种各样的栏杆，而是决定一起从三道门往外冲，北门和南门主要是牵制，大部队从西门冲出去，然后先把南门的敌人全部干掉，再集中所有力量把北门的人也全部干掉。

高高在上的村民们甚至把自己一直珍藏舍不得喝的酒，全部拿出来给敢死队员们喝，并且反复许诺，只要赢了，他们就能从现在准村民的身份直接上升到正式村民，食物、住所、女人，想要什么就有什么！

酒精的作用加上重赏，再加上用板桥被杀的那些走狗们的例子恐吓，终于鼓动了一批亡命之徒。

“不要放箭！不要放箭！”几道大门同时有人哭叫着，喧哗着，本来用来挡住门的那些障碍物被一一挪开，随后，很多手无寸铁的人出现在门口。

“这些人渣！果然用这一招了！”人们恨恨地说道。

驱赶百姓冲击阵地，这样的事情他们只在故事里看过，没想到现在真的要面对这样的局面了。

“一起喊！”张晓舟大声地叫道，“一起喊！”

那些人已经被驱赶着向他们的防御阵地跑来，依稀可以看到，人群里和人群后面是手拿武器的打手们。

“往旁边跑！找机会往旁边跑！”城北联盟这边所有人都一起高声喊了起来。

那些被逼着往他们阵地冲过来的难民，有的在这样的提醒下很快就醒悟了过来，趁着身后的打手们没有办法再紧密地控制自己，拼命地向两侧逃去，而有些被吓得脑子里一片空白的人却依然在那些打手的驱赶下，直接向着他们用拒马和木板等各式各样的东西构筑的阵地冲了过来。

“放箭！放箭！”混在人群当中的打手们纷乱地叫道。

一阵箭雨从人群里向阵地这边乱射过来。

“注意躲避！”张晓舟大声地叫道。

在跑动中，他们也没有办法保证什么准头，只是胡乱地向阵地这边射，但还是有几支箭射中了没有完全躲好的队员，好在他们身上多半都穿着护甲，只有两三个人受了伤，痛得惨叫了起来。

这一波箭雨很快就过去了。

“回击！回击！”张晓舟大声地叫道。

大部分难民都已经向两侧逃离，剩下的这些，他们也没有办法顾及了。

人们拿起之前就已经上好弦的弩箭向前方的人一阵狂射，他们已经冲到了很近的地方，在这种距离下，几乎不需要瞄准，他们身上那简陋的护甲也没有办法起到任何作用。

好几个冲在前面的打手被五六支弩箭从不同的方向同时射中，就连惨叫都来不及发出就直接死亡。而更多的人则在这场箭雨当中一阵鬼哭狼嚎，整个冲击的劲头一下子消失了。

“放箭！放箭！”这样的死伤让张晓舟的眼睛一下子就红了。这些人原本都可以成为远山人类征服这个世界的一分子，但现在，他们却像牲畜一样死去。但他在制订这个计划的时候就已经很清楚，何家营的那些人绝不可能坐以待毙，死伤在所难免。他们现在杀得越狠，把对方的战斗意志摧垮得越彻底，在这个过程中白白死去的人就越少。

射空的弩箭有专人从士兵们的脚边捡回去，在后方由专人上弦，然后再递回给士兵们，这让他们几乎可以毫不停顿地以几秒钟一箭的速度向那些还在继续往这边冲的人们射击。

在这样的距离上，钢弩发射出的弩箭足以刺穿何家营那些人身上的护甲，穿透他们简陋的盾牌，切开他们的皮肉，割断他们的血管，让痛苦和死亡带走他们本就不多的战斗意志。

混在人群里冲出来的那四五十人很快就倒在阵地前面，跟在他们后面冲出来的那些人也有好些受伤倒地，凄惨地尖叫了起来，满地血淋淋的躯体很快就让跟在后面的那些人彻底丧了胆，即便是那些来督战的村民，也丧失了继续把人赶出去的勇气，反而带头逃离了不时有流箭飞过来的路口。

北大门很快就重新关闭了，许多人慌乱地把那些刚刚搬开的东西又重新搬回来，堵住了大门。

一切终于又平静下来，远处依然能够听到喊杀声，但却听不太真切，何家营北门到阵地前这块小小的区域上，许多人正在哀号着，恳求着，希望有人能救救自己。一些伤势比较轻的人试图逃离这个血肉磨坊，而大多数人却只能绝望地躺在原地，声嘶力竭地惨叫着。

整个过程也许还不到十分钟，但已经有上百具躯体倒在了这片土地上。

城北联盟的人们这时候才意识到自己杀了多少人，很多人直接把上午刚刚吃进去不久的玉米粥吐了出来。

“救生队！救生队！”张晓舟大声地叫道。

一些人用巨大的木盾挡住自己的身体，小心翼翼地出去寻找那些还有救治意义的伤员，然后用简易担架把他们抬回来。

何家营里面的那些人不知道在想什么，他们沉默地看着这一幕，什么都没有做。

张晓舟一直防备着身后瓦庄村的人也冲出来。

虽然他相信自己的同伴们战斗意志肯定比何家营那些被奴役的人要强得多，但他们当中大多数人毕竟都不是战士，如果面临腹背受敌的威胁，为了大多数人的安全，他们也许只能暂时退避，把这些人引开，让高速公路上地质学院的护校队可以乘机占领瓦庄。

那样的话，何家的力量并入何家营的大部队，威胁也许会加强，但只要高速公路不失守，南边不失守，他们就还是没有办法解决喝水的问题，战斗力只会渐渐减弱，甚至是自行崩溃。

事实上，他们还曾经做过一个情况最糟糕的方案，如果何家营的队伍战斗意志非常强，那就北侧全面退守高速公路，南面则破坏何家营的抽水设备，全部退入丛林，以特战队和护校队的少部分精锐来干扰他们，让他们没有办法取水，从而达到彻底瓦解何家营战斗力的目的。

这个计划的灵感来自大家都耳熟能详的《三国演义》中的一段，大家都是冷兵器作战，而且他们这些人肯定还远远没有三国时期蜀国的士兵精锐，更没有那个时代的人能吃苦耐劳。故事中的精锐士兵会因为没有水喝而在短短几天内崩溃，那何家营肯定只会崩溃得更快。

幸运的是，不知道是冲出北门的何家营的队伍崩溃得太快，导致瓦庄的何家人马来不及组织起进攻，还是因为血腥的屠杀彻底摧垮了他们的战斗意志，又或者是高速公路上护校队及时做出攻击的姿态让他们下不了决心破釜沉舟，在这场短暂而又血腥的战斗结束之后，无论是背后的瓦庄还是南面的何家营都没有再试图对他们发动进攻。

死伤的人很多。

在发现何家营那些人没有用弓箭远远攻击他们的意思后，张晓舟安排更多劳工到现场去把看上去还有救的人用担架一个个抬了出来，在旁边急救，但这样的伤势，大部分人都不知道应该怎么做。

死者大概有二十几个，但有四十多个人被弩箭射穿了要害，虽然还没有死，但看样子肯定是活不下来了。另外还有三十几个受了伤但伤势并不严重的，别看他们叫得惨，其实只要伤口不感染，活下来的概率很大。

让张晓舟感到有些难受的是，死伤者中有至少三分之一是被裹挟而来的无辜的难民。他们当中有的人是被身后的打手胁迫，没法逃离，有的人则是被吓破了胆，根本没有听到他们这边的叫喊声。

那些之前逃到两边而幸存下来的难民们这时候也被安抚了下来，还有一些人过来寻找自己的亲人和朋友，还有一些人痛哭了起来。

这样的场景让高辉这样的乐天派都变得很难受，所有人心里都憋着一股火，恨不得把那些躲在对面那个堡垒里的何家营的混蛋全部拖出来碎尸万段。

但南面的喊杀声却比他们这边持续了更长的时间，张晓舟一直在看新洲酒店楼顶的旗帜，但那边却一直没有发出信号，说明南面钱伟等人并没有求助。一直到他指挥着人们重新加强了防御阵地，又安排人把这批难民和伤员送到安全的地方，那边的喊杀声才终于结束了。

"怎么办？派人过去看看？"高辉终于忍不住问道。

"好！"张晓舟点点头，"让他们从东面绕过去，小心一点儿，离何家营远一点走！"

城南的情况比他们这边要血腥得多。

直接从南门冲出来的那些人当然很容易就被他们打了回去，他们这里因为肩负的任务更重，精锐的比例更高，战斗力比张晓舟他们那个地方更强，下手也更狠。

但这些人被打回去之后，从西门出来扑向他们的那些人却给他们带来了巨大的麻烦。

虽然这两个地方的攻击没能给城北联盟的队伍造成实质性的伤害，但却给了从西门出来的这些人足够的时间去整顿队伍，鼓舞士气，并且让他们能够以相对严整的队形向南发动攻击，而人们一旦有了组织和阵形，战斗力一下子就有了质的飞跃。

这些人到来的时候，试图从南门冲出来的队伍已经丢下一大堆尸体和伤员狼狈地逃了回去，城北联盟的队伍鼓着的那口气刚好放松下来，一些没有见过这么多死人的民兵开始扑到一边狂吐，而剩下的人即使是没有这样严重的反应，心情也绝对不好。他们当然不是没有见过这么多死人，但见过死人和自己亲手造成了这么多人的死伤，绝对不是一回事。

虽然地上那些血淋淋的躯体让从西面扑过来的队伍短暂地混乱了片刻，但他们还是在各个家族的家主的威逼利诱下，鼓起勇气向阵地发起了一波拼死的冲击，歪打正着地打在了阵地防御最弱的那一刻。

钱伟和齐峰才刚刚把那些战士拖回原位，何家营的队伍便跨越了他们之间的距离，到了距离他们很近的地方。双方都只来得及匆匆放出一阵乱箭，便不得不拿起手边的武器，短兵相接地直接碰撞在了一起。

战斗的双方都没有经历过任何真正属于冷兵器时代的军事训练，也没有任何关于阵形运用、兵力投入方面的认识。城北联盟的士兵们好歹还训练过用来应对恐龙袭击的枪阵，用在这个地方也算是勉强合适，但何家营的这些人却多半只是凭着一阵脑热猛冲了上来。

长矛对长矛，血肉对血肉，勇气对勇气。

心中那一点点恻隐之心让城北联盟一侧少数人手中的长矛稍稍偏了一些，或者是没有办法像面对恐龙那样握得那么紧，刺得那么狠，他们这个地方马上就成了整个阵线的弱点，被蜂拥而来的人群突了进来。但在其他地方，对死亡的恐惧和内心的责任感却让大多数人咬紧了牙关，微微沉下身体，双手握紧了手中的长矛，然后狠狠地刺了出去。

很快有十几个人倒在了血泊之中。双方都没有在这样的情况下躲闪和格挡的技巧，很多人面对那明晃晃的枪头时本能地想要往旁边躲，但却撞在身边自己的同伴身上，再也躲闪不开，只能眼睁睁地看着枪头向自己的身体直刺过来。

何家营一方的冲刺抵消了他们力量上的弱势，但城北联盟的阵列却更紧密，而且拒马和工事的分隔让何家营一方在数量上的优势没有办法完全发挥，而双方护甲和长枪在质量上的差别也成了战斗力强弱的因素。

人们呐喊着，或者是绝望地号叫着，似乎这样就能让自己逃过死亡，但随着枪尖撞在护甲上的当当声和长枪刺入肉体的噗噗声，这些声音很快就变成了鲜血喷溅而出的嗞嗞声，还有受伤的野兽般沉默的喘息，以及伤者垂死的悲鸣。

数十人倒地之后，何家营的队列终于彻底停了下来。

许多本来还有存活希望的人就这样活生生地被践踏而死，但在这一刻，却没有人意识到这一点。在这样的地狱沙场之中，所有人唯一能够想到的，只是如何刺倒眼前的敌人，让自己活下来。

第14章 燃烧瓶危机

所有人都被这样的血腥所干扰，在极度的恐惧下，人们反而忘记了身边的一切，忘记了自己所受的训练，忘记了自己来到这里战斗的理由，甚至忘记了逃亡，只是被求生的欲望驱使着，像野兽一样本能地向眼前的人捅刺，像野兽一样本能地号叫着。

酷热的天气下，人们的体力都在飞快地下降。即使是那些被挤在后面，没有直接参与到这场屠杀当中的人也感到口干舌燥，筋疲力竭。

城北联盟的人们终于渐渐占了上风，而在最初的那一股勇猛渐渐消失之后，何家营的人们终于开始意识到自己在做什么。位置靠后的那些人最先醒悟过来，他们一直没有办法和城北联盟的人交上手，反倒最先冷静下来，看着南门到阵地那一侧的尸体，看着那些还没有死去的人在地上痛苦地挣扎，听着他们求饶和哀叫救命，看着队伍前方那些同伴一个个被残酷地刺倒，绝望地躺在地上，他们终于再也没有办法维持继续下去的勇气。

一些人开始悄悄地离开队伍，那些本来应该监督他们，把一切逃兵当场砍死的村民，却只是死死地盯着最前方的那个绞肉机，震惊得完全失去了正常的判断力，根本就没有发现他们的行动。

而随着他们的逃跑，更多的人马上被带动起来，一个，两个，十个，只是短短的几分钟，整个队伍就突然毫无征兆地崩溃了。

还在前方拼死战斗的人们突然发现自己身边空了，他们心里因为酒精的作用而产生的勇气终于彻底消散，一些人丢下手中的武器慌张地转身就逃，而另外一些人则干脆丢下武器举手投降。

钱伟在这个时候才终于松了那口气，他们的阵列已经被压到了坡头的那道大门附近，再后退一步，也许整个防线就会崩溃，幸运的是，训练、体能、战斗意志和武器装备的差别最终让他们比对手坚持了更久。

“追上去！抓俘虏！”齐峰在不远的地方大叫着。

钱伟抬头看了看天上的太阳，这场在所有人看来都极为漫长的战斗其实只坚持了不到半个小时，就算是加上之前那些从南门冲出来的人闹剧一样的进攻，总共也不过一个小时，但钱伟却感到自己就像已经过了漫长的一天。

“整理队伍！整理队伍！”他向人们发出了完全不同的命令，“清理战场！救治伤员！快！”

抓住这些人也没有多大意义，何家营里还有很多人，而他们不可能一路追杀进去。这场战斗应该已经足以摧垮他们的战斗意志，接下来的事情，干渴会替他们完成。死伤已经足够了。

放眼望去，地上满是鲜血和血淋淋的躯体，一些人还在艰难地挣扎着，而大多数人都已经彻底不动了。在这短暂的战斗中，至少有七八十人倒了下去，其中大多数都是何家营的人，但钱伟的部下也有二三十人永远失去了生命，五六十人带伤，只是并不致命，甚至不影响他们战斗。但伤势如果不及时处理，很有可能会带来严重的后遗症。

“医生！医生！”人们大声地叫着，不断地把一个又一个伤员送到设在丛林下面的临时营地里去。

“我需要人手！”老常的脸色非常难看，他悄悄地找到了钱伟和齐峰，对他们说道，“丛林外围有不少肉食恐龙在活动，它们还没有向人们发动攻击，但却越来越活跃了！”

“该死的！一定是被这些血腥味引过来的！”钱伟愤怒地说道。

“你下面那么多人不能用？”齐峰看着何家营那边，短暂的追击俘虏了将近二百人，何家营的胆气应该已经被彻底打了下去，但谁知道他们会不会再搞出什么事情来？他们这边本身已经减员很严重，人手严重不足，再调一批人离开？那如果何家营再打出来,拿什么来抵挡?

“那些难民没有勇气面对这些恐龙！民兵可以用,但他们也没有真正杀过恐龙,不可靠。如果出了事情,整个营地彻底乱掉,何家营那些人肯定会乘机发动攻击,那些俘虏也许都会乘机闹事,我们同样也守不住这个地方!”老常说道,“别忘了,我们的任务并不是死守这道门,而是守住丛林不让他们有机会取水,是保护好这些难民!”

“你调三十个民兵给我!”钱伟说道,“我把两个冒险队派给你！你把人聚拢起来,发给他们武器,让他们保持戒备,不要让他们靠近丛林边缘!”

何家营内,哀声一片。

进攻北门和南门的队伍早已经逃了回来,他们的损失其实并不算大,但在那么短的时间里就有那么多人受伤甚至是死去,这已经完全击垮了他们的战斗意志。

于是何春华把所有希望都寄托在了从西门出去的队伍上。他看着他们像潮水一样拥向南门外的那片阵地,看着他们与城北联盟的那些人战作一团,甚至把城北联盟的队伍慢慢地向后压了过去,心中的兴奋甚至战胜了病痛,让他的脸上不自然地潮红起来。

“就这样！杀！杀光他们!”他在南门附近的一幢建筑物顶上大声地叫着,表情狰狞可怕,那两个负责照顾他的女孩吓得脸色苍白,一句话也不敢说。

但毫无征兆地,本来在他看来已经占据了上风的队伍竟然就这么突然崩溃了,人们像被猎狗追赶的兔子那样竞相逃亡,很多人在慌乱中甚至跑错了方向。

这样的结果让何春华跌坐在轮椅上。他简直没有办法相信自己所看到的,怎么会？这一切是怎么发生的？他们人比城北联盟那边多了那么多,明明要赢了啊!

一口血突然涌了上来,让他无法控制自己的身体,猛烈地咳嗽起来,那两个女孩急忙走上来替他轻轻地拍着后背,他却突然猛地站了起来,疯狂地给了她们几个耳光。

“都是废物！废物!”他狂乱地大骂着,随后跌跌撞撞地向楼下走去。

有人正在号啕大哭,也有人在溃兵当中凄凄惨惨地寻找着自己的亲人,但从三道门出去了将近两千人,却只有一千多人逃了回来。

尤其是从西门出去的那些,有将近一半人没有回来。

死伤者当然没有那么多，很多人是在最后的溃逃中慌不择路逃错了方向，失去了回来的机会。但也有可能，他们本来就已经打好了要借这个机会逃走的主意。好几个家族的家主都在叹气，有人甚至已经满脸的绝望，就像是已经被人用刀架在了脖子上。

“这事还没完！”何春华大声地对他们说道。

“春华……”一个老者说道，“你看看这……还有什么指望？现在村子里已经没有水了，这种天气，只要再过半天，大家就熬不住了。现在投降，起码还能和他们谈谈价钱。”

“谈什么价钱？”何春华用手抓着自己的胸口，强忍着剧痛说道，“你们以为他们会放过你们？要是我们打赢了这一仗，或者是打平，那也许还有得谈，现在这种情况，他们会和你们谈价钱？”

“那你说怎么办？”一个男子暴躁地站了起来，如果不是离得太远，他也许已经上来重重地把何春华推开了，“鼓动我们出去拼命的是你，躲在里面看热闹的也是你！都现在这种情况了，你还要我们怎么样？就现在这种状况，怎么拼？拿什么拼？”

“用燃烧瓶！”何春华说道，他的表情因为身体的疼痛和巨大的失望而变得狰狞，“把村子里剩下的汽油全部找出来做成燃烧瓶，放火烧死他们！还有酒！把那些高度酒和酒精都拿出来！”

人们愣了一下。

何家之前用燃烧瓶干掉了那条暴龙，这事大家都知道，他们也知道何家在这之后几乎把所有汽油都做成了燃烧瓶，用来防备城北联盟的攻击。

但其他家族却没有这么做。汽油对于他们来说是无法再生的资源，况且村里弄到的那点汽油，在将近一年的时间里，用来带动焊机加固村外的防御设施，用来发电给应急灯手电筒之类的设备充电，已经用得剩下不多了。

最后那点汽油，很多人都小心翼翼地收着，留着准备以后用来交换物资或者是迫不得已的时候用，唯独没有想过拿来当作武器。

“你疯了吧？”马上就有人说道，“现在这种天气，火点起来怎么灭？一把火下去说不定整个村子，甚至整座城都要被烧了，到时候怎么办？”

“眼前这一关都过不去了，还想什么以后？”何春华冷笑了起来，“等我们赢了再来考虑怎么办,现在先把他们烧死再说！要是烧不死他们,那我们也就不用操心这个事情了！”

他话里破釜沉舟的意味让很多人心里一沉。

“但他们都躲在那些东西后面,就算是扔燃烧弹也扔不到他们头上啊！”

“派人去进攻！等他们的人从那些东西后面出来之后趁乱往人群里扔！”

“那样会烧到我们自己人的！”

“我们人比他们多！”何春华狞笑着说道,“就算两边死一样多的人,他们也耗不过我们！”

他的话让所有人都倒吸了一口气。

“要是他们也放火烧村子呢？现在村子里到处都是木头搭起来的东西,只要烧起来就全完了！要是他们输了恼羞成怒放一把火,那我们怎么办?”

“现在想这些有什么用?”何春华说道,“就是因为你们顾虑太多,干什么都束手束脚怕这怕那的所以才会输！都已经到这个份儿上了,我们双方只有一边能活下来,还考虑这些干什么？赢了,整座城都是我们的,村子就算烧掉又有什么关系？输了,那就更无所谓了！”

“这个事情我们得再议一议。”一名老者说道。

“还议个什么！”何春华说道,“再拖下去,士气更低,大家口更渴,那就彻底没有指望了！”

人们却没有办法下决心。

何春华一直在告诉他们城北联盟的那些人不会放过他们,一定会把他们都杀掉。但除了少数几个家里有年轻人死在板桥的家庭外,其他人其实并不这么想。

他们又没有做什么伤天害理的事情。好吧,就算是有些事情稍稍有那么一点点过分,但在这样的世界,又怎么能拿之前那个世界的道德和法律来衡量？不管怎么说,他们这些人终归是接纳了这么多难民进来,并且让他们一直活到了现在。如果他们也像那个地质学院那样,一开始就关住村子的大门,堵住通道,不让这些人进来,难民们说不定早就已经死了！

就算他们后来稍稍做了点不应该做的事情,但他们用村子里的粮食养活了这么多人,让这些人付出一点代价也是合情合理的,他们救了一万多人,这个功绩是再怎么也抹煞不了的。真的要说谁害死的人更多，怎么也轮不到他们何家营的这些人，地质学院那些人害死的不是更多？要是没有他们何家营，活下来的人肯定不到现在的一半！

据说城北联盟的那个张晓舟是个讲道理的人，他们总不会对这一点视而不见吧？既然城北联盟能忘了地质学院做的那些事情，那他们就没有道理抓住他们何家营的这些人不放，非要置他们于死地。

有几个小家族的族长偷偷地用眼神交流着，然后找空子走出了这个房间，大家都乱哄哄的，也没有人注意到他们的动向。

何春华继续用各种办法恐吓、利诱，甚至是恳求人们按照他的主意去做，但人们却明显已经被吓破了胆，一直拿不定主意。

胸口越来越痛，这让何春华的内心也暴怒了起来。如果是以前的他，早已经砍死那几个唱反调的人，逼迫人们跟他一起干了。但现在，他身边没有几个可用的人，自己也失去了亲自战斗的力量，这让他感觉自己就像是一个小丑，拼命地想要取悦这些无能之辈，却永远也无法成功。杀了他们！杀了他们！脑海中有个声音一直在这样叫着，他紧紧地握着拳头，浑身都颤抖了起来。

外面突然喧哗了起来。

“又怎么了？”人们慌乱地问道。

“刘家、邓家和李家的人，用破坏钳剪开东面那几幢房子窗户上的钢筋网，打开窗户跑了！”一个年轻的村民慌慌张张地跑进来说道。

“该死的叛徒！”

“这些不要脸的杂种！”

“抓到他们非活剥了他们不可！”

人们纷纷大骂起来，但何春华却分明地看到，有许多人脸上的表情诡异了起来，诡异得让他的心一下子冷了下去。

一些人开始窃窃私语起来，他们中有些人在小心翼翼地看着何春华，这样的表现让何春华瞬间就明白了他们的心思。

这些孬种已经被城北联盟的那些人吓破了胆，而逃走的那几家人则彻底揭破了他们心里的想法。但他们却太贪心，不肯放开手中牢牢抓住的那些东西，依然奢望着能够通过某种办法保住它们，至少是保住其中的一部分。

何春华此时在他们眼里已经不是同伴，而是可以用来交易或者是背锅的筹码。如果城北联盟的那些人恨他，他们可以把他交出去换取自己的安全和财产，甚至还有地位；如果城北联盟的人不恨他，他们也可以把之前那场战斗全部推到他身上，让城北联盟的人恨他。

何春华悄悄地向后退去，那些人见状，慌忙向他走了过来，但他却猛地拉倒了旁边的一个柜子制造混乱并且挡住他们追上来的通道，疯狂地跑了出去。

“抓住他！”那些人终于彻底撕下了面具，大声地叫了起来，“抓住他！”

“帮我挡住后面的人！”何春华疯狂地向外跑去，何春成留在这边保护和照顾他的那几个人愣了一下，随后依照一年来的惯性，按照他的命令向那些冲过来的人拥了过去。

他们不敢对高高在上的村民们动手，但在这么窄的地方假装不知道发生了什么事挡住那些人，这样的事情他们还是敢做的。

何春华拼命地往何家营的深处跑，最初开始改造这个地方的时候他还只是护村队的队长，参与了其中大部分的工作，虽然后来那些乱七八糟的改造已经和他无关，但他还是大致上可以判定方位。

就这么阻挡了一下，迷宫一样的楼梯和四通八达的通道便帮助他甩脱了身后追赶他的那些人。尤其是那些何家营深处终年不见阳光的地方，很多人其实在建好之后就再也没有进去过，而在那个针对村民的凶案发生后，村民们便彻底不再靠近这些地方。

追兵们犹豫了一下，看着那些黑暗而又深邃的通道，终于骂骂咧咧地退了回去。

何春华其实也没有敢太深入，他躲在一个黑暗中的角落，用手死死地捂着自己的嘴，不让自己咳嗽的声音传出去。肺里的痛已经不再像是针刺，而像是有人在直接用刀割，口中的血腥味也越来越重，他有一种感觉，自己或许已经活不了多久了。但他却不愿意像个懦夫那样躲在这样的黑暗中默默无闻地死去，当然，他也绝不愿意被那些他一直看不起的人绑起来，像猪狗一样送去给城北联盟的那些人处理。

何家营已经完了。

那些人既然已经动了这样的心思，那他们就绝无可能组织起另一次像样的攻击，他们投降的想法很快就会席卷整个村子，并且瓦解掉所有人最后一点斗志。

真可笑啊！何春华把口中的血又咽了回去，心中的不甘越来越重。

他们明明比城北联盟强，如果不是这些人的拖累，如果不是哥哥一直下不了决心，他早就已经把他们一网打尽，那样的话，即使是会死一些人，甚至是死掉一些亲戚，一些叔伯兄弟，但在他们的统治下，何家营绝不会走到现在这一步。

这些人什么正事也没有做过，一切都是他和哥哥……不，其实哥哥也几乎没有做什么，何家营的一切都是他何春华一手建造出来的，可笑的是，那些人在做正事的时候毫无建树，但在争权夺利出卖队友的时候，却比什么人都强。

如果早听他何春华的，如果一开始就不要给这些人机会，而是直接把他们压下去，那他现在根本就不会是这个样子！

如果他不听何春成的，而是自己干……

肺部的痛苦越来越强烈，几乎已经开始影响他的思维，让他没有办法正常地思考。

好！既然你们要这么做，那就一起死吧！

“一定要把他找出来！他是个疯子！什么事都做得出来！”

“你们真是一群废物！就连一个半残废都抓不到！”

人们又开始相互指责，仿佛这样做就能解决当前的危机一样，但除了让所有人都越来越渴，越来越烦躁，却根本就没有任何作用。

“我们要不要派人去问问城北那些人的意思？”终于有人说道，“他们围着我们不打，终究应该还是想让我们投降的意思吧？”

这个提议倒是马上就获得了所有人的认同。

就在他们吵吵闹闹地选择代表的人选时，外面有人进来报信，说城北联盟的人在外面喊话，说是希望能够谈谈。

“啊？让他们……不，赶快请他们进来！”

来的人是老常，作为联盟的秘书长，在邱岳失势之后，一直都是他在负责对外接洽沟通的工作，由他出面，比较有说服力，也能表明联盟的立场。

各家的人都迎了出去，赵家和高家甚至把自己手上已经不多的一点精兵派去引路并且保护他的安全，生怕他在这个节骨眼上出什么事情。虽然可能性不大，但在之前爆发的那几场战斗当中，有很多人受伤甚至死去，说不好会不会有什么人突然得了失心疯来报复。

好在这样的担心并没有变成现实，老常带着一小队全副武装的特战队成员，一路微笑着来到了何家营开会的地方。

双方都心照不宣地没有提起之前的战斗，而是在寒暄了几句之后，直接进入了正题。

“如果我们也加入联盟，联盟那边是怎么考虑我们这些人的？”人们迫不及待地问道，这也是现在他们心中最大的顾虑。

“我来之前，有几位也问了张主席同样的问题。”老常答道。

联盟内部对于这些人的处理也有很多不同的意见。有些人认为他们这些都是丧心病狂的奴隶主，应该全部杀掉；也有人认为应该明正典刑，把那些劣迹斑斑的杀掉，其他的则关起来服苦役；但也有少数人认为，何家营那些人再怎么说也挽救了那么多人，虽然他们确实存在很多问题，也造了很多孽，但这一点却没有办法漠视。

最后这种说法甚至引发了地质学院一些人的不满，认为这是在影射他们，变相地指责他们当初的作为。

有趣的是，认为应该把所有何家营的奴隶主杀掉的，以学校的人居多，而抱最后一种态度的，却有好几个是来自板桥的劳工。

“如果我们坚持要把他们全部杀掉，会不会让他们绝望，死拼到底，甚至是做出不理智的举动来？”老常这样对参会的人们问道，“我们已经解救了大多数人，但别忘了，何家营里还有一两千无辜的人，还有两三千村民、打手和他们的家属。如果大开杀戒，杀的标准是什么？领头的全杀，村民全杀，护村队全杀，还是只要参加过何家营队伍的人全杀？如果我们这样做，和他们又有什么区别？”

“你说什么？”

老常微笑着说出的话和人们心里预想的差距太大，甚至让他们有一种自己听错了的错觉。

他作为城北联盟的二把手巴巴地主动找上门来，态度又这么平和，最终说出的却是这样的结果！

“你要我们是吧?”赵家的家主脸色阴沉地说道,“信不信我们现在就砍死你?”

“那样的话,你们的罪责就又多了一个,未来要服刑的期限也会更长。”老常平静地答道,“一个不杀,轻罪不究,这就是底线。张主席身为联盟的第一人都没有任何特权,也从来不容许任何人拥有特权,你们觉得他会为了你们破例?如果我告诉你们,只要你们愿意投降,你们之前做过的一切都可以既往不咎,还能保证你们的地位和特权,那我就是在欺骗你们,那样的条件你们真的敢相信吗?”

人们沉默着,不知道该如何回答。

“但我们救了那么多人!”另外一个人说道,“要是没有我们收留,现在何家营里这些人早就已经死了!地质学院的人关住大门害死了那么多人你们追不追究?他们要不要判刑?为什么只盯着我们这些人?”

“就是啊!为什么?”

“你们的确是救了很多人,但这并不是你们可以肆意妄为的理由。而且正是因为这个原因,我们才会愿意给出这样的条件作为对你们的回报。否则的话,只要继续把你们堵在何家营里,这样的天气下,你们还能坚持几天?根本不用我们动手,只要我们在外面喊话鼓动,被渴疯了的人们就会把你们抓起来,送出去换取生存下去的机会。正是因为你们保全了这么多人的生命,联盟才愿意给你们一个机会。”老常摇了摇头,“我不是来和你们谈条件的,我是来给你们最后一个机会,最后一个保全自己的机会。”

“但是……但是一点优待都没有就想让我们投降,这也太过分了!”

“未来你们将和其他人平等地生活在一起,如果不对你们曾经做过的事情进行一个清算,你们真的能够活得安心吗?”老常反问道,“你们做过什么,自己心里应该都清楚,以后你们将不会有手下保护,不会有人跟进跟出。你们真的相信,那些曾经在你们手上遭受过痛苦和不幸的人们,会就此忘记曾经发生过的一切,心平气和地看着你们像没事人一样过着平静的生活?”

他摇了摇头:“让你们接受审判,为自己曾经犯过的错误承担一定的代价,其实是在帮助你们清洗自己身上的罪孽。当你们接受联盟的审判、服刑时,也就意味着过去的一切都得到了清算,从零开始。受害者的怨气能够得到化解,联盟也将安抚这些人,让他们接受这样的结果。如果他们还有怨气,那也只会觉得联盟办事不公,不会再完全针对你们这些人。”

“要怎么判？”一个人铁青着脸问道，“你说轻罪不究，哪些算轻？哪些算重？”

“杀人，强奸，虐待和故意伤害，过失致人死亡或者残疾，这种等级的罪孽都算是重罪。”老常说道。

“如果那些女人是自愿的呢？”有人马上问道。

“如果你们能够证明她们是自愿的，那就不算。”老常答道。

“什么算虐待？他们不老实干活抽了几鞭子，打了几棍也算虐待？”

“只要不是专门针对某个人，或者是故意要折磨某个人，那也不算。”老常看了看那些站在门口偷听的打手，补充了一句，“如果是在别人的强令下做这些事情，只要不是故意伤害，只追究下令者，不追究执行者。”

很多人一下子松了一口气，如果是这样的话，那应该问题不大。按照这样的标准，何家营的两千村民当中真正达到重罪标准的也不多。当然也有好几个人的脸色变得很难看。他们真的很想像何春华那样破罐子破摔，但到了现在这个时候，他们已经很难再鼓动其他人跟他们一起干了。可以想象，当老常刚才说的那句“只追究下令者，不追究执行者”的话传出去后，或许他们就连自己的部下也很难再鼓动起来。

“杀人会判多少年？”终于有人问道。

“这个我没有办法回答你，要看情节严重程度。”老常答道，“我只能保证，只要你们放弃抵抗，按照联盟的安排列队到指定的地方投降，任何人都不会被判处死刑，也不会追究没有直接责任的家属。联盟将会保证你们每一个人、每一个家庭拥有和联盟其他成员相同的权利、责任和义务，保护你们的人身和合法财产不受侵害。等到你们服刑期结束，你们就能获得和其他成员完全相同的权利，当然也要承担相应的责任。”

房间里再一次沉默了下去，这样的结果绝对不是他们希望看到的，但现在这种局面下，他们还能怎么办？就像老常之前说的那样，即使是他们现在杀了老常和护送他进来的人，也已经没有办法扭转局面，甚至于，很多人或许会为了自己的安全而站在联盟那一边来阻止他们。

“我们要再讨论一下，可以吗？”终于有人对老常说道。

“没问题，你们决定之后，派人打着白旗到北门外就行。”老常站了起来。他冒险进入何家营，一方面当然是为了讲解联盟的政策，另外一方面也是为了近距离观察何家营内部的情况，把第一手情报带回去。现在他的使命已经完成，当然没有必要再留下。

也有人提出能不能先弄点水来给他们解一下燃眉之急，老常笑着摇了摇头："只要你们放弃抵抗从何家营走出去，水和食物都会有，我们早已经准备好了。"

"非要逼得那么急吗?"之前问杀人罪判多少年的那个人愤怒地问道。

"这是为了你们好。"老常答道，"我们不可能送满足你们所有人需要的水给你们，何家营里还有几千人，恕我直言，现在你们的军心已经散了，大家都没有水喝也许还能维持基本的秩序，有水，反而会马上引发严重的暴乱。"

这样的理由让何家营的这些人无话可说，许多人突然感到自己的喉咙已经干渴得像是有火在烧，这让他们觉得，现在就答复老常愿意投降也许反而更好，反正他们看起来也没有第二条路可以走了。

老常站在原地等了一会儿，看他们没有更多的要求和疑问，便点点头，带着自己的护卫们向门外走去。

原本站在外面的打手们马上敬畏地让开了一条路给他们，这样的景象越发让那些曾经在何家营呼风唤雨的人心灰意冷。

"各位，希望你们能够尽快考虑清楚。"老常回身说道，随即带头向北面的出口走去。好几个家族的家主都主动跟在他们身后，像下属那样殷勤地送他们出去。

老常随口向他们介绍着更多关于联盟的细节，这时候，从何家营中心的方向突然传来了什么人惊慌失措的叫声。

"救命啊！着火了！"

人们闻声色变，整个队伍都停了下来，就在这时，他们头顶的一扇窗户突然打开。

一个他们都很熟悉的声音绝望而又凶狠地叫道："都去死吧！"

砰的一声，烈焰突然在人群中爆开，将他们笼罩在了里面。

第15章

新时代的来临

人们惨叫起来，但这并未结束，更多的烈焰在人群中爆开，何春华将自己好不容易才弄到的四个燃烧瓶向着人群最密集的地方狠狠地砸去，随后马上离开这个窗口向远离火场的地方逃去。

人们惊慌地避开那个地方，身上被引燃的人惊慌而又痛苦地拼命拍打着自己的身体，甚至是慌乱地把已经被引燃的衣服脱掉，但何春华从高处丢下来的是经过加工，填充了黏着剂和其他材料的汽油，没有那么容易就熄灭。

人们曾经用这样的武器重伤甚至杀死庞大的暴龙，更何况是他们？

有两个身上着火最严重的人在地上滚了几下之后，很快就彻底不动了，而其他人则拼命地尖叫着，尝试着自己能够想到的一切办法。

他们身上着火的地方很快就起了泡，皮开肉绽，甚至是露出了骨头，有人无法承受这样的痛苦，直接晕死了过去。

周围的人们这时候才想到要来帮助他们，有人抬头想要看看是什么人从什么地方丢下了这样残酷的武器，而更多的人则开始想方设法地扑灭他们身上还在熊熊燃烧着的火焰。

何春华头也不回地向东面跑去，心里却畅快得无法形容。

这下，看他们怎么办！

他没有傻傻地留下看自己究竟造成了多大的伤害，但那些人像哈巴狗一样围在城北来的人身边，而自己所有的燃烧瓶都是往那个人投去的，他就算是不死，也肯定会受尽痛苦。

村子里以前曾经有人被烧伤，他也曾经去医院看过，知道严重的烧伤有多难治、多可怕，在现在这种医疗条件下，不管投入多少东西也救不了，他们当场死了算是幸运的，如果活下来，那等待他们的将是更大的痛苦！

这样的想法让他忍不住像个小孩子那样笑了起来，但很快，胸前的伤口再一次被牵动，让他疼得咳嗽了起来。

使者遭遇这样的事情，城北联盟的那些人将会怎么办？村子里那些一心想要投降的孬种们又会怎么样？他一边咳嗽一边哈哈大笑着，眼泪都流了出来。

不远的地方传来人们此起彼伏的求救声，在他这个位置甚至已经能够感觉到浓烟和火焰带来的热气。无数的脚步声在他周围纷乱地响起，在这样的环境下，救火是一件不可能做到的事情，所有人都只想要逃离。

火势发展得极快，当他混在人群中逃到东面那些被之前逃走的人打开的窗户和出口时，看到已经有很多人聚在这里，拼命地争抢着想要逃离。

火势已经到了距离他们很近的地方，人们疯狂地拉扯着前面的人，或者是拼命地推着他们，一些人不慎倒在地上，很快就被后面惊慌失措的人们从身上踩过去，但他们的惨叫声在这样混乱的情况下却根本就不会有人注意，所有人都只能感觉到那越来越浓的烟火，感觉到越来越近的热力，随后变得越发疯狂。

何春华停下了脚步，如果是以前的他，完全可以砍开一条路首先跑出去，但现在的他，贸然过去的唯一结果——很有可能是像那些人一样被践踏而死。

要另想办法！

他烧掉了何家营，并不意味着他就想死在这里，瓦庄那边或许也不能去了，但他相信远山城这么大，总有他藏身的地方。

他开始观察周围的环境，希望能够找到另外一条出路，这时候，他却听到了一个女人惊惧的声音："何春华？"

该死！是那两个负责照顾他的女人中的一个！

他猛地转过头，却看不清楚她在什么地方，但几乎就在同时，她却用最大的力气尖叫了起来:“是何春华! 是他放的火! 是他把我们害成这样的!”

他的样子也许不是每个人都知道,但他的名字和他曾经做过的事却几乎所有人都知道。

周围有几个人突然停了下来。

何春华急忙向黑暗中跑去,但却被一个人从旁边拦腰抱住,他举起手中的刀子狠狠地刺向这个人,那人惨叫了起来,却怎么也不肯放手,并且狠狠地在何春华身上咬了一口。

“是他! 是他把我们害成这样的!”

越来越多的人拥了上来。

“他已经死了?!”张晓舟无法相信自己所听到的,搜索了一整天,最终得到的却是这样的消息。

“据说他偷袭了老常他们之后,准备从东面逃出村子,却被之前他身边的人认了出来。”梁宇低声地说道,“按照他们的说法,他被好多人一拥而上,活生生地咬死了。我问了将近二十个人,他们讲述的细节稍有不同,但对于何春华下场的描述都是一样的。”

这样的结局也许对于何春华这样的人来说是罪有应得,但却无法平息他们这些人的愤怒。

张晓舟的手紧紧地握了起来,青筋暴起,但终究还是慢慢地放开了。

“让他们自己选一个人到瓦庄去,做最后的通牒。”他对站在旁边的钱伟说道,“如果何春成还不投降,我们就攻进去!”

他心里的愤怒和痛楚难以用言语形容,在这一刻,他甚至有一种想法,希望何春成等何家的人负隅顽抗下去,那样的话,他就可以不用去考虑更多的东西,可以带队冲进瓦庄村,把何家的人全部杀光!

但何春成却在知道发生了什么事情之后,马上放弃了凭借那些人质讨价还价的想法,选择了马上无条件投降。

“那是他一个人的事!”他高举双手对前来纳降的人们说道,“这件事情和我们无关! 我们完全不知道他会那么做!”

钱伟一拳打在他脸上，他向后跌跌撞撞地退了几步，却马上就再一次高举起双手，表示自己完全放弃抵抗。

“你们说过不会因为一个人的罪孽而迁怒家属！”他只是继续说道，“我们无条件投降！愿意接受所有的审判！接受应有的惩罚，但他所做的真的和我们无关！”

钱伟再一次向他扑去，但这一次，张晓舟等人却从后面拉住了他。

“谢谢！谢谢你张主席！”何春成终于松了一口气，但回答他的却是张晓舟更重的一拳。

眼泪、鼻涕和血一下子涌了出来，他的鼻子又酸又痛，眼前变得一片模糊，但他却什么也不敢说了。

“你可以向联盟裁决庭控告我故意伤害。”张晓舟说道，这一拳无法把老常救回来，也没有办法让他心里的哀痛稍稍少一点，但他却没有办法控制自己，“他们一定会秉公办理。”

何春成急忙摇了摇头。

“我没事！”他用手轻轻地摸着自己的鼻子，鼻梁骨一定是已经断了，但他还是大声地说道，“我没事！我没事！我完全能够理解你们！但这件事情真的和我们无关。”

张晓舟没有再看他。

瓦庄村投降的人排成两条长龙正在慢慢地往外走，按照城北联盟士兵们的指挥到指定的地方集合，接受鉴别和安置，这样的事情这几天一直在做，人们都已经习以为常。

在距离他们不远的地方，何家营正像一个巨大的火堆那样熊熊燃烧着，虽然隔着将近五十米，但站在这里依然能够感觉到何家营燃烧时向周围散发出的可怕热量。火场中不时有某幢房子或者是其他构筑物倒下，发出可怕的轰鸣，让无数的火星像火山爆发那样喷溅到天空。

成百上千的人手持各种各样的工具守在它周围，生怕火势蔓延到其他地方。

更远的地方，人们正在运水，把它们泼在火场周围可能燃烧的地方。

浓烟直上天际，久久不散，而那足有三四十米高的火焰，即使是在很远的地方都能看得清清楚楚。

它似乎是在替人们向这个世界宣告着，一个新时代的来临。

“这鬼天气，要么连续三四个月不下雨，一下就像漏了一样，真见鬼了！”

盐矿的办公室里，王永军看着外面像盆泼一样的暴雨，没好气地对王哲说道。

王哲忧心忡忡地摇了摇头，看着山谷的上游。

水位已经比前一个礼拜上升了将近两米，如果不是因为囚犯人数增多后，不少囚犯无事可做，严烨提议让他们在河谷中用木头打桩，然后在其中填充石料，再填入沙子和小石头，最后用土填平，在河谷两侧各筑了一个简单的堤坝，变相地疏浚了一下河道，现在洪水或许已经淹没了整个河谷。

但这种没有用混凝土，只是用木桩、石头、沙子垒起来，然后在后面填土和小石头筑起的堤坝，稳定性也实在是令人担忧，昨天晚上上游冲下来的一些树枝和枯叶挡住了后墙那儿的孔洞，让洪水漫过堤坝，淹没了他们正在新建的那个营地，把刚刚挖好的地基全部泡了，那些从山上伐木营地送下来的木材也被水冲得漂到了下游，甚至差一点把一段河道也阻塞起来。

王永军和严烨带着盐矿的守卫和一部分囚犯，冒着大雨把挡住水流的那些东西清理开，这才没有酿成更严重的后果，但整个队伍现在有七八个人感冒，在现在这个世界，这样的病很有可能转为更严重的肺炎，夺取人们的生命。

给囚犯们建筑居住点的构想在这样的暴雨下完全没有办法实施，他们之前给囚犯们居住的简易帐篷也没有办法再住人，他们只能把囚犯分成两批，一部分安置在盐矿下面，而另外一部分则转移到伐木营地那边去，由严烨负责看管和指挥。

盐矿这边现在已经完全变成了联盟的流放地，随着一批批何家营的村民和与他们关系密切的打手被定罪送往这里，之前那些志愿者便渐渐撤离盐矿回到他们原本的地方，只留下了一百多名守卫和少数负责指挥熬盐、伐木、烧炭的技工。

每天都有新的囚犯被送过来，但这时候送过来的却都是罪名相对轻，罪行比较少，也比较容易判定刑期的人，他们的刑期多半都在十年以下。而如何春成等各家家主和他们的心腹，罪行累累，而且异常复杂，现在还拘押在新洲酒店，等待继续收集证据，形成最终的审判。

这个过程没有几个月不可能完成，但相对于他们的刑期来说，这几个月的时间几乎微不足道，为了能够最大限度地伸张正义，人们有足够的耐心来做这个事情。

即便是这样，整个盐矿算上伐木营地的囚犯，人员已经达到了将近六百人，未来肯定会达到八百甚至是一千以上，一百多名守卫要在防备恐龙偷袭的同时管好这些人，也不是件容易的事情。

好在他们理论上并不需要担心囚犯们逃跑的事情，这样的世界，离开了群体，少数几个乃至几十人完全没有生存下去的可能，现在整个远山都已经成为联盟的领地，逃回去也很难隐藏自己的行踪不被发现。另外一个方面，他们这些人在这里服刑，其实也是变相地让他们远离那些仇恨他们的人，保障了他们的生命安全。只要他们不是得了失心疯，应该不会选择逃亡。

但各种各样的问题还是很多。

这些人在这一年来养成了一种秉性，因为一直养尊处优，他们的身体相对于其他人来说都算是不错的，但和之前联盟的那些囚犯不同的是，漫长的刑期和生活方式的骤然变化让他们既没有工作的动力，也不太愿意服从命令，完全自暴自弃。

他们来到这里之后很快开始拉帮结伙，悄悄地分成几个派系，彼此之间因为睡哪个铺位、干多少活、吃什么东西这样的事情经常发生矛盾，暗地里打架闹事，甚至试图收买和拉拢守卫，给自己谋取一些便利。

王永军狠狠地收拾了几派的领头者，当众鞭笞，关禁闭，然后把他们打散了重编，但效果却并不显著。盐矿的地盘就这么大一点，要管的人却这么多，很多时候，根本就没有办法管得过来，也没有办法管得那么细。

“他们中很多人都该杀!”严烨这样说道，“张晓舟他们简直是妇人之仁!”

他和王哲被其中一些人认了出来，于是很快就有人开始暗地里接触他们，试图攀关系捞好处，严烨和王永军商量了一下，扶持了其中几个比较愿意听命令而且有一定威信的犯人，让他们狐假虎威地去管理和恐吓其他人，终于让盐矿的秩序恢复了表面上的平静。

王哲觉得这样的做法不太符合张晓舟的要求，但他没有多说什么，在这件事情上选择了沉默。

他们没有想到的是，才过了没几天安生日子，暴雨和洪水就来了。

“我担心洪水会越来越大，”王哲对王永军说道，“还有两边的这些山……之前被我们砍了那么多树，干旱这么长时间，全都变得光秃秃的，会不会有泥石流?”

为了躲避洪水，他们应该尽量远离河道，但为了躲避泥石流，他们又必须尽量远离陡峭的山坡，这简直两难。

而更让他们头疼的是，随着何家营这一万多人的加入，远山对于食盐的需求量骤然增加，但在这样的暴雨天气下，伐木变得危险而又困难，卤水也被雨水冲淡，卤泉那个地方甚至有被洪水冲毁淹没的危险。木头都变得湿漉漉的，烧炭的难度加大，而熬盐也必须付出更多的努力，耗费更多的人力。

“只能加强巡视。”王永军皱着眉头说道，他在之前的冒雨工作中淋了一天的雨，有点感冒，“下午我派人回去汇报一下这边的情况，看联盟那边能不能给我们想想办法。最起码，不能再弄人过来了。”

“还要弄点雨具，最好是能弄点塑料布过来。”王哲看着正在漏雨的屋顶说道，“要是能弄点感冒药抗生素什么的那就更好了。”

“难。”王永军摇了摇头，“不过还是让严烨去试试吧。”

对于严烨来说，从盐矿回远山城的路几乎已经熟悉到闭着眼睛都能走完，但每隔几天经过，路边的景致都会发生很大的变化。

上一次回来的时候，道路两侧还都是枯黄的植物，而这一次，所有的树木和那些低矮的林间植物却像是被什么魔法唤醒，突然就变得郁郁葱葱，放眼望去，满眼都是绿色。

如果是抱着旅游的心态，这样的风景当然比那干枯到死气沉沉的世界要好得多，但严烨从成为生产队的一队之长到担任盐矿的副队长已经有很长时间，这让他开始忍不住总会从一个领导者的角度去思考问题。

恐龙外皮上的羽毛会随着季节的变化发生些许变化，让它们更加能够适应枯季时丛林的环境，但那个时段毕竟草木干枯，尤其是林间那些蕨类和苔藓等植物枯黄萎缩后，人们的视线能够穿过树林看到很远的地方，它们很难像以前那样发动突然袭击。而现在，随着这些植物的重新生长，丛林又将成为人们行动的禁区。

另一个威胁则是蚊虫。

从刚刚开始进入丛林，张晓舟就把消灭蚊虫作为首要的任务之一，只要砍伐出一块空地，接下来要做的事情必然是用草木灰把周围的水坑全部填平，然后点燃火堆用烟昼夜熏赶蚊虫。这样做当然不可能让蚊虫完全绝迹，但却能让它们的数量明显下降。随着旱季的到来，周围的积水之处几乎完全消失，蚊虫也几乎看不到了任何踪影。但随着雨季的到来，可以预想，它们这些讨人厌的东西肯定又要卷土重来了。

洪水也是个大问题。

严烨在去联盟总部找人之前，先绕路去了生产队那边，人们都在冒雨开挖排水沟，虽然之前就有一些准备，但却没有人想到雨势会突然变得这么大，之前挖出来的排水沟根本就没有办法及时引走这么多雨水。大量的积水汇集到了之前干旱时他们所挖的那些池塘里，水早已经漫了出来，把池塘附近的田地完全淹没。

人们正在联盟工作人员的带领下努力建立起一个新的排水系统，把田地中的积水引到远处地势较低的地方，但这样的工作在这样的暴雨中却并不好做，雨具明显不够，很多人都只是戴着自己用各种各样的东西编织的斗笠，披着不伦不类的蓑衣，苦苦地咬牙坚持着。

收成肯定要大受影响，但这一季种下的玉米已经长得很高，没有人愿意在这种时候放弃，所有人都在努力保全自己的财产。

“严哥！我们的鱼都跑了！”一个生产队的孩子看到严烨，大哭了起来。

严烨从盐矿那边的溪流中抓来投入这边池塘的那些鱼他们已经养了很长时间，大人们平时都有事情，养鱼的事情多半都交给他们，他们白天上学，早晚的时候便来这边投喂蚯蚓和磨碎的玉米，几个月过去，那些不到筷子粗细的小鱼已经长到了手指粗细，有些甚至已经快要长到巴掌那么长。他们都憧憬着不久以后就有鱼可以吃，但随着这暴雨，池水暴涨，很多鱼都随着溢出的积水不知道游到了什么地方。

“没关系，还会有的。”严烨安慰他们说，“等过几天雨小一点，我去抓恐龙来给你们吃！”

朱永的眼睛红红的，不知道是哭过还是没睡好，不过严烨觉得应该是后者。

“真是遭罪啊！”他低声地对严烨说道，在自己的下属面前他不能表现得软弱，但严烨虽然年轻，却曾经是他的上级，“还以为何家营完了之后就能放心过日子了，可现在这种情况……”他长长地叹了一口气，摇了摇头，“这一季的收成算是完了。”

“主要是因为我们还不知道这个地方的气候，什么事情都是第一次遇到，没法做准备。”严烨只能这样安慰他，“联盟肯定有人专门记着这些事情，等到明年，一切应该就会顺当了。”

“但愿吧。”朱永摇摇头说道。

这种天气下，严烨也没有心情和他们多说话，他和那几个从盐矿回来的人打了招呼，便匆匆向东木城走去。王永军和王哲的想法估计很难实现，看这边的情况，雨具不是一般的缺乏，这样干下去，感冒的人也肯定是一大把，联盟不太可能专门给他们多少物资和药。但他起码要把盐矿现在所面临的情况告诉梁宇等人，让他们知道盐矿那边面临的困难和危险，停止把更多的囚犯送到那边去。

一进城就闻到一股浓烈而又辛辣的气味，严烨去找邓佳佳，看到她们正在大锅里熬制着像是草药的东西。

“来了？”邓佳佳对着他笑了一下。

“这是什么？”

“我也不知道，但他们说是用来驱寒祛湿的药，还可以发汗防治感冒。”邓佳佳答道。

锅里的东西味道很浓，严烨觉得应该有生姜和大葱，这些都是联盟普遍种植的蔬菜，但其他东西是什么他看不出来。

她一边搅动着锅里的东西，一边伸手摸了摸严烨的头发：“怎么都湿了？”

“一路从盐矿走过来，就靠一把伞，这么大的雨能不湿吗？”严烨答道，随即顺手帮她往炉子里加了点柴火。

“别弄了，快点回去换衣服，不然要生病的！”邓佳佳说道。

严烨曾经想着在盐矿的环境稍稍好一些之后把邓佳佳接过去，但随着大量囚犯的拥入，这样的想法彻底打消了。

那个地方已经从联盟的一个分基地彻底蜕变成了一座监狱，重要性提高了，但随之而来的，却是混乱和各种各样从何家营带来的阴暗。

严烨绝不会让邓佳佳再去和那些人接触，让她想起那些不堪回首的经历。

他当然知道在她身上发生过什么，也正是因为如此，他才对张晓舟等人做出的决定感到耿耿于怀。这些人活着就是祸害，他绝不相信五年十年的刑期之后就能让他们变成好人。把他们全部杀掉，也许看上去很残忍，很恶毒，也许会带来一些小问题，但其实却是一劳永逸地解决了这些人的问题。

但他却没有办法改变联盟的决定。他已经决定要尽快提交申请从盐矿调出来，之前他愿意留在那个地方是因为觉得那个地方大有可为，可以获得足够的功绩，也能获取一批人的信任和支持，但现在，那个地方除了少数守卫之外就只有大量的囚犯，对他来说已经没有任何意义。

他希望能够建功立业，而不是在那个地方守着一群人渣默默无闻地老死。

“我先去联盟把公事办了，马上就回来！”他对邓佳佳说道，而她则笑着点了点头。

严烨却没能在联盟总部找到任何一个高管，包括张晓舟在内，所有人都冒着暴雨出去，要么在帮助和组织人们挖排水沟，要么在城南处理何家营那一万多人的事情，办公室里只有几个留守的办事人员，匆匆忙忙地处理着各种各样的杂事，把来办事的人员的姓名和事由记录下来。

“张主席他们应该会在傍晚回来，如果很急，可以在那个时候来找他们。”

“他们不休息？”一个明显是地质学院来的生面孔诧异地问道。

“你那个时候来，他们应该都在。”

严烨考虑了一下，决定把自己带来的消息和要求写下来，但这几个办事人员明显都认识他。

“小严队长，你找哪一位？”

“这个……我找梁宇。”

“梁主任应该在瓦庄。”

“没关系，我写下来就行了。”严烨说道。

“这样下去肯定会有一大批人生病的！”高辉用手扶着自己头上的斗笠，大声地对张晓舟说道，“我看最好是先把工作停了，等雨停，至少等雨小一点儿！”

张晓舟却叹了一口气。这样的想法他早就有了，与地里的收成相比，人们的健康显然才是更重要的。

粮食在这个时候其实并不是最迫切的问题，无尽的丛林同时意味着无尽的粮食来源，无非就是获取那些东西的距离更远，口味糟糕一些。吃过玉米和番薯之后再回去吃树皮粉肯定会让人有些难以下咽，但那东西毕竟可以让人继续活下去。

可人们却不愿意就这样放弃自己地里好不容易才长到一人多高的玉米，按照前几次收获的经验，只要再过一个月，它们就将再一次变成沉甸甸的粮食。在干旱的时候，他们费了多少力气才把它们培育长大，大多数人都不愿意眼睁睁地看着它们被雨水泡死。

人们的意愿如此，他们也只能尽最大的努力去帮助他们。

“暴雨应该不会持续很久。”他只能这样对身边的人们说道，“算算时间，去年我们来到这个世界的时候，也差不多就是在这个季节，天气应该很快就会恢复到每天几场雨的状态，大家咬咬牙，很快就过去了！”

他们已经在这短短的几天时间里开挖了数公里的沟渠，城南本来有上千人在知道了这个事情之后自愿申请过来帮助他们干活，但段宏却警告张晓舟说，他们当中有很多人一直生活在卫生条件很差的环境下，贸然让他们过来和城北的人们一起工作和生活，很有可能带来疫病。

这样的威胁最终只能让张晓舟选择婉拒了他们的好意，把他们这些志愿者编组为城南的护卫队，准备拿起武器来保护城南的人们。

梁宇和钱伟这段时间都留在城南，按照既定的计划，帮助人们分成一个个二百人左右的团队，然后选举自己的队长和其他负责人。这些东西对于这些人来说很容易理解，也很容易和他们之前的生活产生强烈对比，他们在这个时候才真正相信，城北联盟并不是像何春成他们那些人曾经宣传的那样，在这样的氛围下，人们对于自己的新生活迸发出了极大的热情，对于自己还要长时间承受艰苦的劳动，并且长时间以树皮粉和树叶蕨根这样的东西为主食没有任何抵触。

大雨让何家营的大火终于彻底熄灭，梁宇开始组织人们搜索里面有可能还能用的东西和粮食。遗憾的是，因为大火燃烧了好几天，整个村子里几乎没有留下什么可以用的东西，只剩下一片残骸，一具又一具尸体被找出来，暂时堆放在一起，然后一批批烧成灰烬，被人们收集起来，准备埋在一起，和老常等人一起立碑纪念。

瓦庄的粮食不够他们这么多人吃，即将面临大范围减产甚至是绝收的联盟和学校也没有能力承担他们这么多人的生活所需，人们不得不冒雨拿起工具继续到丛林中去伐木，以保证所有人的生存。

齐峰带着少量特战队员和新的护卫队，一边训练一边执行保卫的任务，而钱伟则带着更多的志愿者们，准备在东南区那个直接与丛林相接的区域构筑起一道防线，这样一来，整个远山将只有少数几个通道与丛林相连，整个区域都将变得安全可靠，只需要少数维持基本治安的巡逻队,可以解放更多的人力资源去做更有建设性的事情。

但所有工作都在暴雨的面前变得极其困难,吴建伟警告人们不要过于靠近远山周边的悬崖,很多区域都已经在暴雨的冲刷下显现出了坍塌的迹象,无论是在悬崖上方还是下方都极度危险。他带领人们把东木城和北木城的崖壁用木头想方设法地加以支撑和固定,而地质学院里一幢靠近悬崖的宿舍楼周围的地面上甚至出现了大面积的裂缝。他们对此无计可施,只能把里面能用的东西赶快搬出来,把那个区域和那个区域下面的丛林划为禁区。

“这个地方可以坚持的时间也许会比我想象的更短。”吴建伟这样叹息着,“我以为我们可以在这个地方住上几十年,但也许,在这样的极端天气下,又缺乏必要的维护手段,这些建筑物能够坚持的时间不会很长。”

“我们未来还是要逐渐搬离这个地方。”张晓舟点点头说道。

就像他曾经对身边的所有人说过的那样,何家营问题的解决,并不意味着一切就能够突然变得顺顺畅畅,相反,从现在开始,他们所有人都将面临更多的工作。

“没有人提起我?”

“已经说了多少次了,没有!”施远答道。

某种意义上来说,他其实很希望有人能够站出来检举杨勇在何家兄弟手下时的种种劣迹,最好是能够让他的罪名直追已经被证实死亡的何春华,成为联盟第一个被判死刑的人,一了百了。

但杨勇却在这段敏感时期小心翼翼地躲避了起来,几乎不出现在任何人面前,并且用他手里的罪证逼迫施远“自愿”来参与对何家营那些人的起诉工作。他对施远的指示是,一旦有人提起他的名字,就要想方设法地把一切罪名引到何春华或者是何春潮等已死的人身上,并且尽量避免事情闹大。

“这对你也有好处。”他对施远说道,“联盟现在只有一名疾恶如仇的检察官,这怎么够?”

施远没有说话,但却无法否认自己在这个事情上的收获。

与江晓华相比,有杨勇帮忙的他在起诉何家营那些人的事情上显然事半功倍。

杨勇虽然已经从何家营逃出来好几个月,但当初他从城北逃到何家营的时候,曾经被任命为护村队的一名队长,这让他有机会接触许多高层,也很清楚他们其中大部分人的秉性,这让他可以帮助施远迅速划分出其中哪些人有死咬不放的价值,哪些人只是喽啰不值得投入精力,并且很清楚那些人做事的手段,知道他们的弱点。

这让施远可以准确地锁定目标,然后一击致命,迫使那些人认罪。

他的名声在地质学院已经很差,虽然通过干早期的努力工作挽回了一些,但在作为临时检察官起诉何家营那些人的事情上,却让他在不知道他过往的何家营的难民当中获取了不小的声望,甚至成了很多人眼中的英雄。

他对外宣称,正是因为那段被俘的经历,让他对何家营这个地方有了充分的了解,江晓华对此感到既惊讶又不服,但他却只能通过更大量的加班和走访调查去获取对于何家营的认识。

施远有一个新的想法,或许做一名正式的检察官也不错,区域自治表面上给了各个区域的代表委员们足够的权限,但事实上却让他们每一个人的影响力都变得很弱。一个代表委员再有能力,他所做的事情也只有他自己那个区域的人清楚,影响力最多也就辐射到周边的几个区,他们很难让人们都知道自己做了些什么。

这样一来,未来能够成为联盟主席候选人并且获得更多选票的人,要么就是获得联盟认可、得到大力表彰的人,要么就是联盟总部那些因为工作关系能够经常出现在大众面前的人。

施远觉得自己已经看穿了张晓舟的阴谋,以他的身份,当然很难有机会成为张晓舟当选后重新组建的行政体系中的一员,但他可以走另外一条路,成为一名始终在公众目光下维持正义、惩戒歹徒、保护弱小的检察官,然后在获得了足够的声望之后,辞去检察官的职务参选联盟主席。

他比张晓舟年轻得多,即便是等上个十年八年也不是问题,反而可以让人们忘记他身上曾有的那些污点,让他们只记得他正大的一面。

十年以后,他不过三十来岁,正是年富力强的黄金阶段,而张晓舟身边的那些人却都将老去,如果他能够在这十年时间里获得足够的声望,那他获取胜利的概率将会非常大。

"下一个目标是谁?"于是他问杨勇道。

总有一天他会把杨勇想办法解决掉,并且销毁那个被杨勇抓在手中的把柄,但现在，他却可以利用这个人，让自己能够在这场比赛中脱颖而出。

第一次大规模的塌方很快就出现了，所幸的是，那个区域早已经被巡视人员发现，并且标注出来提醒人们不要靠近。

人们对此无能为力，只能站在远处默默地看着那几幢悬崖边的房子在几个小时内慢慢地歪斜，然后在几分钟内突然和地基一起倾倒下去，在悬崖下面摔得四分五裂。

原本近乎浑圆的远山城从此出现了一个小小的缺口，但所有人都相信，这或许只是开始。

“要加固的话，只能修筑挡墙。”面对张晓舟的询问，吴建伟这样答道，“从技术上来说，一点儿问题都没有。以前我曾经做过山区高速公路的边坡支护，比这高得多的挡墙我都做过，但现在的问题是：第一，工程量浩大，以我们现在的能力根本就做不到；第二，我们没有水泥。”

“那我们就想办法！”张晓舟说道。

需要水泥的并不仅仅是这个地方，更迫切的其实是盐矿那边。支护边坡，加强堤坝，甚至是加固他们挖出来的矿洞。坍塌在远山这边仅仅是造成一些人们可以避开的破坏，但在盐矿那边，却有可能造成严重的死伤。

那些陡峭的边坡让张晓舟忧心不已，任何一道山梁如果坍塌，必然会阻塞河道，造成水流改道，并有可能将整个矿区淹没，而他们现在建成的营地后面的山体如果出现滑坡或者泥石流，后果也不堪设想。

“没那么容易。”吴建伟摇了摇头，“我早问过地质学院的几位老师，工艺上可以想办法改进和克服，但找不到黏土矿和石灰石矿，那就没办法。没有煤矿也是很严重的问题，虽然可以烧木炭代替，但需求量将会是一个非常可怕的数值。”

这似乎变成了一个死结，在当前的环境下，派人冒着大雨和风险去满世界寻找石灰石矿和黏土矿几乎是不可能的事情，但这样的需求却是实实在在的，而且正在变得越来越迫切。

“把盐矿的一部分人撤出来吧。”吴建伟这样建议道，“留下能够保障基本食盐生产的人就行，盐矿如果毁了，等洪水过后我们还可以再建，但人如果死了，那就没办法了。”

严烨很快就被找了回来，和武装部、宣教部派去的工作人员一起赶回盐矿，负责把人从河谷中撤到伐木营地去，剩下的人也做好了随时撤离的准备。

“你们必须密切注意水位变化和周围山体的情况，最好是每两个小时就安排人巡视一次！如果出现裂缝或者是新的出水点，一定要高度重视！不行的话，就马上沿紧急通道撤出来！”

“有这么夸张吗？”王永军忍不住说道，但还是和严烨、王哲一起把联盟那边送过来的巡检手册研究了一下，然后把巡检工作安排了下去，四人一组，每两小时巡视一次。

“希望不会有事吧。”王哲忧心忡忡地说道。

王永军带了将近二百五十人到伐木营地去安置，同时把最重要的那些东西转移到那边去，严烨和王哲则把留下的人们尽可能集中起来，安排他们熟悉巡检手册的内容，并且安排值班。

但在这样持续不断的暴雨下，白天还算是勉强能够看得到周围的山坡是什么情况，晚上就几乎只能说是尽人事听天命了。人们唯一能做的，只是每隔两个小时用一根标尺去测量几处营地旁的河道里水的深度，然后努力去观察后面的山坡有没有滑坡的迹象。

木炭也全都浸湿，燃烧的时候有大量的水蒸气冒出来，越发让熬盐的棚子里雾气迷蒙，抽水的水车早已经因为担心被洪水冲毁而暂时拆掉，人们一边处理着白天挑过来的那些被雨水稀释过的盐水，一边小声地议论着，期盼着黎明早一点到来。

“那是什么声音？”一名囚犯突然紧张地问道。

外面突然有一道闪电划过，随后是隆隆的雷声，人们努力地想要搞清楚发生了什么，但雨幕遮蔽了他们的视线，只能看到很近的地方。

“河道里的水！”另外一道闪电划过，另外一个人惊叫了起来。

他们旁边河道里的水正在迅速减少，在这样的暴雨下，唯一的可能性只有一个，上游的某个地方被堵住了！

“快去叫人！”人们慌张起来，但没等他们跑出多远，严烨已经带着巡检组的几个人从远处跑了回来。

“小严队长!”人们马上叫道。

“你们守住这个地方!”严烨大声地叫道,“别乱跑!”

人们看着他跑进营房里,把本来就没有敢熟睡的人们全都叫了起来。

“所有人! 带上工具! 跟我去救人!”他大声地叫着。

一些人胆怯了起来:“小严队长,上面怎么了?”

“三号营地后面的山坡塌了! 房子倒了! 有人被埋在里面! 大家快点带上工具跟我去救人!”

“这种时候?”人们不安地看着外面的大雨问道。

水在这时候漫了过来,一部分流进了河道,而另外一些则泡在营地外面的低地上,哗哗地快速流淌着,让那里看上去就像是一片汪洋。

盐矿护卫队的人行动了起来,但囚犯们却几乎都没有动。

严烨又叫了几次,他们却只是站在那里。

“你们要违抗命令?”严烨的脸狰狞了起来。

“小严队长,我们是来服刑的,救灾这种事情,轮不到我们吧?”一个平时就不太听话的刺儿头说道,“外面现在黑灯瞎火的,什么都看不清,怎么救人? 依我看,还是等……”

严烨突然举起手中的棍子,一棒狠狠地砸在他的脑袋上,让他向侧面倒了下去,人们惊呼起来,但严烨并没有停手,而是继续用手中的木棍在他身上狠狠地抽打着,直到他的脸变得血肉模糊,然后才重新抬起头来:“现在就去领工具! 跟我去救人!”

人们终于行动了起来,王哲惊讶地看着严烨,而他则用力地甩了一下头,把脸上头上的雨水甩掉:“我带他们去救人,你带剩下的人守住这儿,想办法挖条沟把水引过去,别让水把营地的基础冲垮了!”

王哲下意识地点了点头。

人们用伞护着火把向那边走去,在这种情况下,火把能够提供的光源几乎没什么作用,只能靠天上的闪电和微弱的光线来辨别方向,上百人在严烨的带领下一脚高一脚低地摸索着回到三号营地旁,靠近山边的房子已经被泥土完全掩盖,完全看不到了,剩下的房子大部分也都已经被从高处落下的泥土冲倒,一些人正在拼命地把那些还在流动的泥土挖开,试图把房子里的人救出来。

山上依然有泥水不断地往下淌,已经没有那么严重,但之前从山上滚下来的那些石头和泥土却已经把河道完全堵住,大量的河水直接从旁边的低地冲过来,水流哗哗地响着。

严烨从来也没有遇到过这样的情况,事实上,现在站在这里的人没有一个遇到过这样的情况。三号营地的幸存者们只是凭借本能在试图拯救同伴,而严烨带过来的人却根本不敢靠近那个地方。

“你们几个！挖一条沟出来！把水重新引到河道里去!”严烨高声地叫道,“剩下的人,去帮他们把土挖开！小心下面的人!”

人们纷乱地行动起来,效率说不上多高,严烨和护卫队的人们也没有多少工夫去监督他们,但人人都在忙碌着,周围都是空地也没有可以躲藏的地方,大多数人还是跟着他们行动了起来。

距离最近的房子很快就被挖了出来,有人在下面惨叫着,应该是被坍塌的房子砸断了骨头,而更多的人则悄无声息,不知道是晕过去还是已经死了。

人们小心翼翼地抬起倒塌的木墙和横梁,把他们移出来,严烨又派人回去找东西做担架,然后把他们全部转移到一号营地那边去。

山上突然又有一大片泥土混着石头滑落下来,人们惊慌地从那个地方逃开,十几分钟后,这一阵规模很小的泥石流终于停住了。

“回去干活!”严烨在这时大声地叫道。

“你疯了吗?”终于有人再一次反抗起来,“那下面的人肯定已经没救了！这种情况下到那边去,山上落一块石头下来就能把我们都砸死!”

“好！你们负责这边!”严烨大声地说道,“护卫队,跟我去那边!”

人们站在原地看着他们向那还陆陆续续有泥土和小石头落下来的地方跑去,想尽办法地运走泥土,终于也跟着行动了起来。

王永军在将近两个小时后也加入了救援行动,他带人上去安置好了之后已经很晚了,按照计划他本来是准备在天亮后再回来的,但他心里却一直放心不下,最终还是决定摸黑回来,没想到河谷里真的出了事。

上百人冒着被高处落下的石头砸死的风险继续冒雨拼命工作着,天快亮的时候,雨渐渐小了,那些倒塌的房子里的人也一一被救出,送到了一号营地那边去救治,大多数人都受了伤，但并不致命，屋子里简陋的木头家具挡住了落下的木头，给了他们狭小的生存空间，但如果没有严烨带着人们过来挖开泥土，他们很有可能活不下来。

但是，依然有一些人没那么幸运，被落下的木头砸死，或者是被泥土掩埋在下面，活生生地憋死了。

王哲把伤员们安置在距离山坡比较远的房子里，尽可能地把他们骨折的地方固定起来，然后安排人烧热水，煮粥，天亮的时候带着一批人把这些东西送了过去。

三号营地已经变得面目全非，一大片山体消失，变成了一个新的冲沟，一些巨大的石头露了出来，看上去岌岌可危，似乎随时都会滚下来。三号营地所在的那个山梁上则到处都是泥土和裹在泥土中的石头，那些房子曾经的位置被挖出了一个个坑，建房子的木头横七竖八地扔在旁边，一些人冷得发抖，却没有地方点燃木头取暖，只能紧紧地依靠在一起，而王永军和严烨则依然在带着其他人拼命地想把那些被埋在下面的人救出来。

一些尸体被放在旁边的空地上，看上去触目惊心。

河水明显已经小了很多，但依然淹没了一大片区域，然后才从他们刚刚挖出来的通道里流入河道中，哗哗地响着。

整个现场安静得让人感到压抑，只听到人们挥动锄头和铲子的声音，还有人们偶然的咳嗽和打喷嚏的声音。

让人感到难受的是，雨却在这个时候慢慢地停下了。

第16章 无尽的问题

“死亡九人，十六人受伤，轻伤没有计算进去。九间房屋被毁，河道被淤塞将近五十米，现在正在疏浚。伤员已经全部送到医院救治。盐矿的生产已经恢复。”

张晓舟看着这样的结果，重重地吸了一口气。

但来向他汇报情况的江晓华却有些欲言又止，因为死伤者绝大多数都是来自何家营的新囚犯，作为联盟检察官他得到消息后马上放下手中的事情赶过去调查。

“还有什么损失？”张晓舟问道。

“受伤的人当中，有一个是被打伤……”

“怎么回事？”张晓舟的目光一下子锐利了起来，这让他马上想到了暴乱、趁乱抢劫之类的罪行。

“是严烨……那些犯人一开始的时候拒绝参与救灾，他对其中一个带头的人动了手。”

“严重吗？”张晓舟不由自主地把刚刚吸进去的那口气给叹了出来。

“主要是外伤，可能还有轻微脑震荡。”江晓华答道，“伤情应该不严重。我问过当时在场的人，如果严烨不这么做，有可能就没法把犯人动员起来，依靠事发时在现场的盐矿护卫队的成员，不太可能那么快把人都救出来，伤亡，尤其是死亡人数很有可能会上升。”

他不愿意向张晓舟隐瞒事实的真相，但他并不认为严烨在这件事情上有严重的错误。方法可能不一定恰当，但在那种情况下，这也是一种快速解决问题、防止问题扩大化的方法。

在他有些担忧的目光中，张晓舟微微地点了点头："调查一下，看严烨之前和这个人有没有私仇，如果没有，那他这就是危急时刻的职务行为，我来给他背书。由宣教部和武装部联合发文在盐矿内部通报批评，让他公开做个检讨。但如果他们俩之前有什么过节，那就要追究下去！"

江晓华点点头："我明白了。"

"何家营那些人现在是什么情况？"

"有点人心惶惶。"江晓华当然明白他问的是那些正在等待审判的人，"因为三号营地都是十年以上的重刑犯，有谣言说这是联盟故意在制造事故弄死他们……不过何春成他们这些单独关押的人应该还不知道这个事情。不单单是他们这些人，很多地方都有这样的谣言，真不知道是从什么地方来的！"

"总有想给我们捣乱的人。"张晓舟摇了摇头，"既然事情已经调查清楚了，那就尽快出一个通稿，把事实在宣传栏和《远山周刊》上说清楚，清者自清，这样的谣言不用去管他。"

之前双方对立甚至是三方对立，再加上外部环境的恶劣，那些人总算是还不敢跳得太厉害，但现在远山已经趋于统一，外部世界似乎也没有那么可怕了，他们就开始活跃了起来。

张晓舟完全可以想象他们将要做些什么，但他也相信，只要自己不犯错，联盟依然能够保持相对高效的工作态度和清廉的作风，那些人再怎么跳也不可能成功。

远山现在还不过是个小地方，人们自己有眼睛，能够看到事情的真相，这些流言除了被大家作为笑料之外，不会有什么作用。

但如果他们的行为超出这个界限，那他也就不会客气了。

"你这么搞，严烨那小子肯定又要不满了。"等江晓华离开，在旁边有事等着汇报的钱伟说道。

"那也没办法。"张晓舟摇了摇头。他准备请吴建伟再去现场调查一次，看这次滑坡到底有没有人祸的因素，如果盐矿方面没有违反巡检制度，没有渎职的问题，那他准备在稍后给予盐矿护卫队一个集体奖励，受奖的对象当然也包括严烨。但功是功，过是过，严烨这种行为肯定不能鼓励，必须做出处理。

“什么事?”他对钱伟问道。

“城南的民兵已经整编好了，按照六十二个区编了六十二个小队，总人数一千八百七十六人。小队长都是他们自己选举出来的，高一级的负责人我们觉得应该由联盟直接任命，但人员还没有定。”

“你们自己有方案了吗?”张晓舟问道，“联盟这边和学校那边怎么改?”

这股力量现在还没有什么战斗力，唯一的作用还只是维持治安，继续防范恐龙的入侵，不过好在当何家营已经不是一个威胁之后，暂时也不需要他们去承担什么要求太高的任务。

联盟本身就有民兵制度，但却和新联盟的军事体系有些不匹配，肯定还要进行整改，而地质学院那边也是一样。

护校队整体转为联盟常备军肯定不现实，他们只准备在其中择优挑选一半人左右，而其他人则作为骨干放到下面去担任各级民兵组织的负责人。

“我和老辛谈过。”钱伟说道。老辛名叫辛玉坤，是一名退伍军人，也是地质学院护校队的队长，因为新联盟还没有正式成立，他还没有到武装部任职，但张晓舟和钱伟都有意让他担任武装部的副主任，私下里也和齐峰、武文达、王永军、龙云鸿谈过这个事情。

“我们的想法是按照区的大小，设置小队或者是中队，就近编次，如果就按照现在的区不进行调整，那就是十七个中队，总人数两千二百人左右。以特战队和护校队为骨干，编组联盟的常备武装，计划设三个中队四百人左右。这样联盟的武装力量总人数将达到四千六百人到四千七百人左右。”

“太多了吧?”张晓舟说道。

整个联盟现在的具体人力资源情况还没有完全统计上来，但总人数和各个年龄段的数据已经出来了。整个远山的幸存者总共两万四千三百七十人(已扣除盐矿事故中死去的九人)，其中男性一万六千零九十二人，女性八千二百七十八人；十四岁以下的儿童五百二十人，其中绝大多数都在九岁以上，六十岁以上的老人一千一百九十四人，大部分都在六十五岁以下，十五岁到三十岁的年轻人四千七百五十五人。

这样的数字让人本能地感到触目惊心。儿童和老人多半来自城北联盟，地质学院本身收容的孩子和老人就不多，而何家营的那些，则早已经在长达一年的时间里被逐步淘汰，所剩无几。

某种意义上说，这样的数字背后所代表的，是一个又一个足以令人流泪的故事。

这样的人口比率在十年后必然带来可怕的灾难，但联盟此刻却没有足够的生产力去养活更多的孩子，也没有足够的医疗条件去保证每个孕妇的安全。

在这种情况下，维持二百多人的特殊人员、四百人的常备武力、四千人的民兵？

“其实不算多。”钱伟却说道，“教导队的日常工作可以由武装部兼职，工兵由机加工厂兼任，卫生队由医院兼任，这些人几乎不占用额外的名额，民兵也只有小队长一级在各个区域专职，其他人都是以日常生产为主，我们真正要负责的脱产人员，只有四百常备武力和一百多个小队长，占总人口的比率只有百分之二左右，加上所有民兵比率也不到总人口的百分之二十。我们将尽可能减少民兵离开自己生活的区域执行跨区任务的机会，而让他们主要承担本区域治安、日常安全保卫、防灾救灾之类的工作，接受基本的训练。一个二百人的居民点三十人左右，这已经是最少的人数了，否则的话，面对威胁，单独的居民点根本就没有自保之力。”

张晓舟默默地点了点头。

“具体的人员呢？”

“主要考虑之前在历次执行任务过程中坚决服从命令，训练出色，个人能力强的人员，并且按照功绩排列。”

这样的话，很显然，大部分指挥员都将来自城北联盟，考虑到他们所处的这个环境，人员流动几乎不存在，人选一旦确定，晋升和调动的机会都非常渺茫，这样的结果短期来说也许不会有什么问题，但长远来看，肯定会让来自地质学院和何家营的人感到失望，甚至是不满，也会让下层失去向上的动力。

张晓舟把这个顾虑告诉了钱伟。事实上，这个问题在行政体系中也同样存在。之前的城北联盟就被人们说成是安澜团队控制下的联盟，而新洲团队的问题，某种意义上来说，也是这种特定环境下人员缺乏流动和阶层变化而带来的恶果。

之前他们曾经采用的勋章是一个解决的办法，但却只是治标，不能治本。

“我们总不可能因为要搞平衡而专门避开有能力而又表现出色的人不用吧？”钱

伟说道,“那样不是更挫伤人们的积极性吗?”

“现在你们先把城南的基层民兵组织建立起来,让我们都好好地考虑一下这个问题,看要怎么解决。好在我们还有一点儿时间,这些事情可以等到联盟正式成立的时候再来讨论通过。”

“下面的水流一直在损害基础,这个地方还是有可能塌。”吴建伟对王永军等人说道。

这样的话让人们的脸色都有点难看。一方面是安全压力,另外一方面则是联盟的需求,这让他们怎么选择?

“一号营地那边呢?”严烨问道。

“那边的情况要稍微好一点,但你们巡视的时候要从上面观察边坡的整体稳定性,单从下面是看不出来的。水流一定要及时排走,引到河道里去,不然有可能会影响这个地方的整体稳定性。”

“要是不下暴雨还行,要是继续下暴雨,那就麻烦了。”王哲皱着眉头说道。暴雨不仅仅带来了洪水和泥石流塌方的可能性,也带来了他们工作的极度不便。下暴雨的时候人们连正常爬山坡都有危险,更不要说还要举着火把。这个事情即使是在白天都很危险困难,晚上就别提了,晚上最容易出事情了。

“不然的话,你们的工作只能改成白班。”吴建伟说道,“晚上把人全部从河谷里撤出来!我马上回去向张主席提出建议,他应该会同意的!”

这也是没有办法的办法了,但如果只干白天,那食盐的产量依然是个大问题。

“先尽量克服吧。”吴建伟对此也没有什么好办法,现在他们的生产能力和工作条件就只能这样,没有别的办法。“毕竟人命关天。”但他马上又提醒道,“山上的营地也要注意加强巡视,如果发现出水或者是有裂缝产生,一定要马上采取措施!”

“吴工,就没有什么办法可以处理?”严烨还是有些不死心。

“要是以前,那打锚杆喷浆挂网就行,要不然就是一层层地修承重挡墙支砌上去。”吴建伟摇了摇头,“现在这个条件,没有水泥,那就什么都干不了。现在只能等一段时间,等河谷两边的地质情况稳定下来,你们再恢复正常的生产。”

人们只能按照他的建议先行动起来,不过严烨很快又想出一个笨办法。他们用木头做了很多木桶，专门组织了一队人从卤泉那边把卤水运到伐木营地这边来，然后在这边垒了几个炉子二十四小时熬盐。这样做很累人，而且效率很低，但也省了把木炭运去河谷的事情，他们现在有充分的人力投入这个工作，勉强可以保证食盐的产量满足远山两万多人的需求。

但这样一来，他们就再也没有多余的精力和人力去狩猎了。

“我们得尽快把水泥弄出来。”在会议上，吴建伟这样建议着，“最起码，得把东、北两座木城的边坡支护起来，把盐矿一号营地后面的那道边坡也支护起来。否则的话，随着雨水的冲刷和风化，盐矿的事故很有可能会再次发生。”

“工艺上应该没有什么问题，但我们现在没有稳定的矿源。”地质学院之前派在盐矿区域内负责打钻井勘探的负责人段云波说道。他以前是地质学院的一名老师。其实他的家并不在学校这边，但却因为第二天一早有事情而选择在学校安排给他的宿舍里休息，结果事情发生的时候被带到了这个世界。

“黏土我记得应该不是什么很罕见的矿藏吧？”吴建伟问道，“难道你们一点儿也没有发现？”

“有是有，但太分散。”段云波答道，“其实之前做烧炭的炉子的时候就用了一部分高岭土来制作耐火砖，如果批量不大的话，现在发现的这些应该也勉强够用一段时间。现在的关键是石灰石，我们沿着河谷逆流而上一路勘探，并没有发现有开采价值的石灰岩矿藏。”

“河里的那些石头呢？”张晓舟问道。

“石头？”段云波愣了一下。

“那里面有石灰岩吗？”

“那当然有，但是量太少而且太分散了啊。”段云波说道。

“能用吗？”

“这个……当然能用。”

“那就先收集这些石头和黏土，尽快试制一批水泥，段老师，你别以工业的角度去考虑问题，我们现在的生产力，不需要太大的储量，只要有个几吨的储量就值得我们开采了。”

“几吨？一块大一点的石头都不止……”段云波低声地说道，但他已经理解了张晓舟的意思，并没有继续揪着他这个显而易见的错误不放，“这样的话，有几个地方是可以去采一下的，只是我们需要大量的人手，还要开采工具、破碎设备，水泥的制作工艺我不太熟，得去找邓老师他们。”

“没问题，你负责开采矿物的事情就行，人手盐矿那里多的是，只要你把用工计划提出来，我这边安排。工具和设备你提要求，我让张四海他们配合你，看我们周边这些厂子里有没有，该怎么改。”

段云波答应着走了，准备去列计划，张晓舟让吴建伟把他说的邓老师找来，邓老师也不是教这个的，只是曾经带学生去水泥厂参观，多多少少有点概念。

“没那么简单，就算我们做最简单的水泥，只用石灰石和黏土做原料，也要破碎设备、球磨机、立窑等等一大堆东西。现在没有动力，这都不好办啊！而且立窑我也只是有个概念，具体怎么做，这个我还真不清楚。”

“有个概念总比什么都没有强！邓老师，失败也没关系，我们可以多做几种方案，一个个地试验，一切工艺从简，既然知道原理，又有一定的概念，那就一定能成功的！”张晓舟只能想方设法地打消他的顾虑，说服他来负责这个事情，“我们会在城南发个通告，让懂这些的人报名，只要有能用的人，我们马上就给你送过来！”

“那得等老段那边高岭土运过来以后，先烧一批耐火砖出来……”邓老师叹了一口气，但开发区这块并没有水泥厂，有人懂这个的可能性太小太小，这个事情他没有办法推开，只能硬着头皮上了。

水泥的事情就这样安排了下去，但看这两位老师脸上的表情，这东西真不知道什么时候能够弄得出来。

“下面，我们再来说排水渠的事情吧。”张晓舟叹了一口气，把桌子上的纸重新拿起来。

永远都有新的难题、新的工作在等待着他们，而他们也只能想尽一切办法地去解决它们。

“我列了一个近期和远期发展的计划，想请大家看一下。”张晓舟说道，同时把一块写了字的白板立了起来。

在水泥的事情过后，他越来越感觉到，有些事情必须提前做出规划，进行布局，因为他们现在对之前那个世界绝大多数的科学成果所拥有的只是理论，甚至只是最终的效果，要想重新把它们复制出来，必定要付出大量的时间和巨大的努力。

一个再简单不过的水泥，理论上只需要将石灰石和黏土粉碎后，混合煤炭燃烧到一千摄氏度至一千四百摄氏度就能获得一种原始的，但却可以满足他们基本需要的水泥。性能更好但同时需要添加更多原料、有更多工艺要求的水泥，他们根本就不敢奢望。

但地质学院并没有专门阐述水泥生产的教材，教科书上只有一个简单的流程图，告诉了你原理，却没有更多更详细的工艺说明。

三种原料要以什么样的比例混合？矿石对于各种成分的具体要求是什么？要不要预先处理？要怎么预先处理？燃烧时空气的需求量是多少？怎么通风？立窑的内部结构究竟是什么样的？一千摄氏度以上的高温要保持多久？

一旦开始实施，就有无数的问题需要解决，而他们唯一能做的就是一次次地去试验，并且认真地把每一次的步骤和结果记录下来。

某种意义上来说，运气在这里面占了很大的比重，也许他们运气好，一次就找到了最合适的配比和方案，但最大的可能则是，他们必须投入海量的时间、人力、物力，最终面临的却是一次次的失败。

水泥的制造当然不会有这么复杂，不用这么悲观，张晓舟相信几个月内应该就能看到结果，但有很多东西也是他们未来很有可能需要，又不可能走捷径，必须提前很久就开始进行研究、开始布局的。

之前远山处于分裂状态时，人们唯一能够考虑的只有生存问题，现在所有人都团结到了一起，他觉得，可以开始着手做一些这样的远期规划，最起码，也得让人们对于自己要做什么事情有个清晰的认识，明白轻重缓急，做好准备，等待条件成熟后马上开始行动。

他让梁宇抓紧时间对城南的幸存者做一个人力资源调查，希望能够从中间找到一些专业技术人才，找到一些能够真正帮助人们解决生存难题的专家，但遗憾的是，这样的人虽然不是完全没有，但却微乎其微。

张四海的机加工厂倒是新增了不少人手，很多幸存者都来自周围的那些修车厂、汽车4S店，还有一些像钱伟一样来自附近的某个厂，但张晓舟所期望的那种人才却非常缺乏。

远山本身就没有什么重工业、化工工业的基础，开发区内的企业多半是食品加工、木材加工、汽车修理、工艺品加工、印刷和物流业。这些厂并不是完全没有用，但对于这些幸存者却没有根本性的帮助。也许这个区域中原本的确有一些专业技术人才或者是专家存在，但他们却没有能够活到这个可以展现他们价值的时候。

“最重要的当然是农业，包括玉米和番薯的育种，现有各种蔬菜、水果的育种和选种，对现代社会过来的各种植物的保护和育种，还有对现有家禽和物种的培育，对白垩纪原生物种，包括动物和植物的驯化和培育。”

这是张晓舟的专业，里面虽然有些东西他只是稍稍知道一些，但最起码已经比其他人强，他也有信心把这些事情推动下去。

事实上，从城北联盟成立起，他就已经建立了一个实验室，开始养殖和培育各种虫子，试图从中找到能够规模化养殖作为食物的种类。后来又加入了秀颌龙和褐家鼠的培育，加入了对从地质学院获取的鸡鸭的培育。与此同时，李雨欢也一直在他的指导下进行着蔬菜种子的培育。加上地质学院此前建立的用来育种的大棚和鸡鸭舍，这方面的研究可以说已经走在了所有研究的前面。

但这也的确是最重要的研究方向，民以食为天，现在严重制约他们发展的最严重的问题也是饥荒，城南的一万多人还必须以难以下咽的树皮粉和树叶、蕨根等东西为食，只有解决了粮食问题，他们才有能力让更多的人从粮食生产中解放出来，去从事工业生产，去从事基础设施建设和科学技术的研究。

另一方面，人们也急需从跟随他们来到这个世界的物种中寻找可以用作中草药的植物，从白垩纪的原生态植物中甄别出可以用作中草药的植物，然后进行培育种植，以满足医疗的基本需求。

想得更深远一些，只有在粮食充足的前提下，他们才有可能用它们来酿制酒精，而高浓度的酒精除了用于医疗，还可以作为内燃机的燃料。如果他们能够找到合适的含油量高的植物，也许可以生产出生物柴油。

可以说，农业是他们在这个世界生存的根基，投入最多的资源和关注一点儿也不为过。

“然后呢？木材加工？”

这或许也是毫无疑问的，毕竟，他们身处的环境决定了，他们所能找到，并且储量最丰富的资源就是木材。食物、燃料、建材、武器、家具、工具、生活用品等等，很长一段时间内，木材都将是他们生活中最重要的资源之一，当然必须进行深入的研究。

怎样在现有的条件下提高伐木和对它们的加工效率，绝对是值得投入的事情。

在这个过程中，他们也可以找到新的食物来源、药物来源，甚至是提取到工业所需的某些原料。

“金属加工和机械制造?”张四海说道。

无论是农业还是木材加工业都需要使用金属工具，人们用来保护自己的武器和护甲也是金属加工业的一部分，在城北联盟成立和崛起的过程中，一开始由钱伟负责，后来则交给了张四海的机加工厂，起到了至关重要的作用，没有他们一次次加班加点绞尽脑汁地制作出来各种工具、武器、机械和车辆等等，联盟就没有办法走到现在这一步。

未来各方各面的发展肯定会需要更多的工具和机械，如何利用水力、风力，如何保存现有的机械设备，都可以列入这个范畴。

这个话题马上又引出了电力的问题。

电力的重要性毋庸置疑，可以说，有了电，他们手头所拥有的许多已经变成废品的东西才有价值。那些工厂中的机械设备也需要大量的电力供应才能够派上用场。有了电之后，他们的生产效率和生活水准一定会马上就产生巨大的飞跃。

地质学院之间已经走出了很关键的一步，但距离真正投入使用还有很远很远的距离，距离工业用电更是相差十万八千里。

没有了万泽给予的压力后，李乡直言不讳地告诉大家，他们仅仅是进行了发电机的改装，理论上发出了电，但距离实用还很远。随着雨季的到来，这项研究可以继续开展下去，但需要投入更多的人力和资源，也许在几个月内可以做到的也就是点亮少数电灯泡，给电池充充电，最多也就是带动笔记本电脑，而且因为损耗问题还不可能给太远的地方供电。

无论是采取风力发电还是水力发电，对于材料、设备和配套设施的要求都不简单，同时要有输电配电变电等一系列设备，而且电力是危险性极大的行业，稍有不慎就会带来死伤，即使是最乐观的估计，他们也得用五年到十年的时间才能复制出真正能够满足工业需求的发电站。因为某个环节卡住，在他们有生之年都无法恢复工业用电才是最有可能发生的事情。

这让大家有些沮丧，张晓舟急忙出来给大家鼓劲："工业生产的事情不急，只要能点亮灯泡给电池充电也是巨大的进步。工业动力的问题我们可以考虑风力、水力，甚至是蒸汽机，如果未来我们搞出生物柴油，那电力的问题应该就迎刃而解了。李委员，未来的趋势肯定是水力发电，但这个事情不用急，你们可以一步步来，做好技术储备，我相信，只要能够把这些技术复制出来，你们一定能在我们的历史上留下自己的名字！"

越来越多的发展方向被提了出来，勘探采矿，建筑，有线和无线通信，冶炼烧炭，武器制造，烧制玻璃陶瓷，皮革加工，纺织，制皂，甚至是气象，干旱和暴雨已经让人们吃够了苦头。

"如果能找到硫铁矿，那我们也许就能同时冶铁和制硫，那样的话，我们就能想办法制造出黑火药，用作炸药采矿，那样效率会高很多很多。"段云波最后说道，"还能制造硫酸，那也是重要的工业原料。"

这个话题让人们很感兴趣，很多人都认为，硫黄只有在火山附近才能获取，还能用硫化铁制取？

"当然可以！"段云波很肯定地说，"但我们只知道原理，具体的工艺流程还要摸索，但硫化铁本身最大的用途就是制作硫酸和提取硫黄，这是肯定没错的！"

"那硝呢？"马上就有人问道。

一硫二硝三木炭，火药的配方几乎所有人都知道。当然，具体的配比不是每个人都清楚，但那无非就是反复试验的问题。

"可以用粪便之类的土法制硝。"段云波说道，"但……"

"但你只知道原理，具体的工艺流程还要摸索！"高辉没好气地说道，这句话他已经听了一整天，搞得他一听到这句话就烦躁得要命。

这所学校究竟教些什么？难道就不教点有用的东西？成天教这些原理到底有什么用？

"高辉！"张晓舟马上低声地叫道。

段云波的脸上有些尴尬。

“硫铁矿……土法制硝……黑火药”，张晓舟在白板上把这几个名词也写了下来，本来他写的字只占了这块白板的一半，但在人们的补充下，现在已经满满的，几乎没有地方写更多的字了。

他把“黑火药”三个字圈了起来。

黑火药如果能够生产出来，意义当然不仅仅是采矿。

他们将可以用现有的这些钢管制造出火枪，甚至是火炮，哪怕只是最简单的火枪，也将带来巨大的革命。

火枪的出现将让他们不必再用长矛与那些危险的动物拼死战斗，人们将具有更强的自卫能力，他们将不再需要沉重的盔甲保护自己，可以携带更多的物资，走到更远的地方，面对更危险的生物。

只要有枪，即使是妇孺也可以杀死那些巨大的生物，每个人都能保护自己的安全。

他们将重新回到熟悉的节奏当中——征服和统治这个世界的节奏。

“还有吗?”张晓舟对着满屋子的人问道，“那么，现在我们来根据重要性和紧迫性给它们排个序吧!”

这件工作其实在联盟成立后做更加合适，但一连串的天灾人祸让张晓舟已经没有耐心再等待下去，这些事情即使不是他来做，下一个在联盟主席位置上的人也应该要把它们作为重中之重，并且坚定不移地推行下去。

但最大的制约还是人，而制约人们脱离土地的，又是效率低下的生产力和技术水平，就像是一个无法解开的死循环。

各个组的带头人也不足，张晓舟最终只能把千头万绪的工作划分成了五个组，分别由自己、张四海、吴建伟、段云波和李乡来牵头，各个组都分别有侧重点和主攻方向，相互之间既有交叉和重合，也有对人力和物资的竞争，先后次序，急难程度按照这次会议暂时确定，由联盟专门设置了一个部门来进行对接，协调各方各面的关系和进度。

“真不知道那些故事里的主人公，随随便便就能找到一大堆技术人员，隔三岔五地就取得重大进展是怎么做到的。”高辉自言自语地说着，“不自己干，真不知道这些事情这么麻烦，这么困难。”

这样的话让张晓舟只能摇摇头："学校那边怎么样了？"

"你不说我都忘了，快给我配人！至少要五个！四个老师，一个管生活的！"高辉急忙说道，"当然，如果能多一点那就更好了！"

之前的"远山学园"一共有接近三百个孩子，而现在，一下子增加到了四百个，还有一百多个在隔离营里等待检疫。

虽然高辉推行的教学办法基本上相当于放养，只负责最基本的文化教育，大部分内容都要靠孩子们按照自己的兴趣参加社团，自己找辅导老师安排学习，但突然增加这么多人，还是让学校一下子忙得喘不过气来。

"你把要求写下来，我让夏末禅那边发通告公开招聘，让大家自愿报名，择优录取。"

高辉却皱了皱眉头："何家营那边没有当过老师的吗？"

"有是有，但他们要隔离一个月，经段宏他们检查没有任何疾病之后才能到城北来，你能等吗？"张晓舟问道。

"那你还是先给我调五个人应急吧！"于是高辉说道。

"现在都是一个萝卜一个坑，我到哪儿去给你找多余的人？"张晓舟说道。

"地质学院那边的那些老师呢？"

"那些是教大学生的教授和讲师，你让他们去给你教小学生初中生？"

"教大学生都没问题，那教小学生肯定就更没问题了！"高辉胡搅蛮缠地说道。

"不可能！之前的会你也参加了，这些人都是各个研究方向的带头人，不可能调给你！你还是老老实实公开招聘吧！"张晓舟感觉有点奇怪，"怎么了？这有什么为难的？"

"公开招聘的话，来找我的人肯定太多了……"高辉只能说道，"这都还没开始招聘，已经有好多人来找我问要不要人了，要是公开招聘，那我不得烦死？"

联盟的公家饭不好吃，相对而言，学校在所有的岗位里面算是比较轻松而又没有什么很重的责任，一下子变成了大家眼中的香饽饽。

张晓舟脸上的笑容一下凝固了，他万万没想到，新的联盟都还没有正式成立就已经开始有人搞这些了。

"都有谁？"

高辉叹了口气:“你别问这个了,会来找我的肯定都是和我关系好的,要是没这层关系,一般人也不敢开这个口。我帮不了他们,也不可能让他们被你记上。要怪都怪我自己没开好头,现在说什么都没用了。”

当时把薛蕊从生产队调到学校去做生活老师是他专门去求梁宇,走了一个非正常的途径,两人的关系因此而有了不错的进展,但也正是因为如此,面对别人的说情,他实在是没有立场去拒绝。

张晓舟也无话可说,这件事他事后当然知道了,但当时高辉正拼命地追求薛蕊,他不可能专门把薛蕊又从学校里强行调开安排到什么地方去,把高辉的事情搅黄,更不可能因为这个事情而把梁宇和高辉免职,最后只能狠狠批评了高辉和梁宇一顿,让他们俩在联盟管理层内部做了一个检讨。

薛蕊的知识和为人处世最终证明她很适合干这份工作,但从程序上说,这件事情的确是违背了原则,也开了一个很坏的先例。就连完全走正规途径,经过两次评审成为老师的刘佳嘉也被怀疑是走了后门,搞得钱伟满肚子的委屈无处发泄,只能找张晓舟私下抱怨。

“既然是这样,那更要公开竞聘了。”张晓舟最终对高辉说道,“你自己把岗位要求拿出来,不准搞什么因人设岗的事情!评审的时候你不要参加,我这边找人来做这个事情。如果再有人来找你,你就告诉他们,你没有权力确定人选,要是他们非要找关系走后门,那就直接来找我。”

高辉吐了吐舌头,这样做相当于张晓舟替他挡住了这些火力,把人们的不满和怨恨拉到了自己身上。

“那……”

“你给我好好地把学校的事情抓好就行了!”张晓舟说道,“这些孩子对我们来说意味着什么我已经说过很多次了,其他事情错了都可以改,但小孩子教坏了,那就是一辈子的事情!你给我拿出十二万分的精神来,好好地把学校的事情给我搞好了!千万别给我出什么纰漏!”

“我知道了。”高辉老老实实地答道,“我知道轻重,你放心吧。”

“凭什么要我检讨?我什么地方做错了?”严烨差一点就直接从座位上跳起来。

“你别这么激动啊。”武文达叹了一口气说道。

“你去告诉张晓舟，有本事他就让江晓华公开起诉我！让我认错？这不可能！”

武文达看了看王永军，但后者显然抱着相同的态度，一脸的不理解，一脸的不服。

“武队长，你大概不清楚，当时确实是没有其他办法。”王哲试图站出来缓和气氛，替严烨辩解一下，“要是严烨不采取果断措施，把犯人的那些理由堵回去，他们根本就不可能跟着他去救灾，就凭我们当时留在这边的护卫队的人，挖到天亮也不可能把那些人救出来，那就不是死九个人的问题了，被埋在下面的人肯定都活不下来！张主席他们难道不考虑这个后果？”

“这我们都很清楚。”武文达点点头，“所以我不是一开始就告诉你们了，联盟准备给你们一个集体三等杰出贡献勋章，表彰你们在这件事情上做出的贡献。为了这个事情，张主席还在开会的时候专门找了个机会，让所有委员临时增加议题讨论表决通过了这个事情。只是单独颁发这个勋章有点不合适，准备放在联盟正式成立的那天，在给之前的战斗中表现出色的战斗英雄们一起颁发完勋章之后，再给你们颁发这个勋章。”

“那让我检讨是什么意思？”严烨说道，“张晓舟他就是故意针对我的，是吧？”

“你这么想就太钻牛角尖了。”武文达摇了摇头，严烨这样的态度让他感觉很不舒服，“你老是觉得张主席迫害你，针对你，可你怎么不想想，要是他真的要迫害你，你还能在这儿好端端地和我们说话？换个人，别说是邱岳那种人，就算是换成万泽，你也早就专门负责挑粪或者是砍树去了，还能担任生产队的队长？还能担任盐矿的副队长？”

“这些不是他给我的，是我自己争取的！”

“你有这些的确是你自己的努力，但你想想，他如果真的是针对你，完全可以抹杀你的所有功劳，完全可以不给你任何机会！你又能怎么办？难道你还能煽动大家一起去闹事，让大家因为他故意打压你而暴动？有几个人会参与？严烨，我没有针对你的意思，但有时候，你真的太把自己当回事，觉得自己太重要了！”

严烨咬着牙满脸不服，王哲急忙出来舒缓气氛。

“张主席每天事情那么多，说句你不爱听的，他要操心的事情比你重要得太多太多了，真没这个闲工夫去想着怎么整你，因为完全没有这个必要。”武文达却继续说道，

“你们俩完全就不在一个水平线上，他有什么必要成天专门针对你？”

这样的话让严烨额头上青筋都暴了出来，要不是王永军在旁边，武文达以前又和他关系不错，他早就砸门出去了。

“单就这件事情来说，我完全可以理解你当时为什么这么做，如果换成我是你，在那种情况下大概也只能那么做，但我绝对不会认为自己做的就是对的，更加不会以此为荣，觉得自己做得很对很好值得夸赞。那只是在危急时刻的权宜之计，你明白吗？所谓的权宜之计，就是非正常的、存在问题的，在正常情况下不能采用的做法。采用权宜之计是因为迫不得已，因为没有更好的选择，而不是因为这种办法正确，更不是因为这种办法好用、管用。联盟授权你们管理这些犯人，并且允许你们在必要的时候对他们采取强硬措施，但这并不意味着你们有权利对他们进行殴打，自行对他们施加联盟法庭判决的劳役之外的刑罚。那样的话，你们就从执法者变成了犯法者。”

严烨显然听不进去，但武文达还是继续说了下去：“你想想看，如果我们都当作这件事情没有发生过，会不会让其他人产生一种误解，如果犯人不听话，那我就可以，甚至是应该像严烨那次做的那样狠狠地打他们，打到他们听话为止？严烨，你来告诉我，如果这件事情不做任何追究，甚至还因此而给予了你们一个集体荣誉、集体奖励，会不会有人这样认为？会不会有人模仿你的做法？甚至会不会有人错误地认为联盟默认甚至是鼓励你们这样对待犯人？认为打犯人是天经地义的事情？”

王永军终于动容了，王哲则默默地点了点头。

“联盟正在树立规则的阶段，在这个时候，我们做出的每一件事情都有可能对将来造成严重的影响，我们所表彰和批判的每一件事，都是在为未来做榜样。你本来是在危急时刻采取了一个权宜之计，我相信你的所有出发点都是好的，也得到了很好的结果。但如果我们因此而什么都不做，你的这个做法最终就有可能成为监狱暴力的开端，这样发展下去，这里会变成什么样子？你希望看到这样的结果吗？”武文达看着严烨的双眼问道，“严烨，我们只要求你能站出来认个错，表明态度，告诉大家打人这种做法是不对的，防止事情向着我们都不希望的方向发展，你觉得这很过分吗？”

严烨还是不说话，王永军忍不住用手推了他一下：“你倒是说句话呀！我觉得老武说得没错，只是口头上做个检讨，而且没有外人，不是什么大事。”

严烨感到心里憋屈得难受，明明就是张晓舟在故意找机会整他，却在武文达的巧言和夸大其词之下变得冠冕堂皇，变得无法反驳。更让他难受的是王永军和王哲的态度，他们明显已经被武文达说动站在了他那一边，这让他有一种遭到背叛的失落。

武文达心里却更加感到失望，因为他曾经觉得严烨是年轻一辈中能力最强、最有希望的一个，尤其是在他曾经救过自己一命之后，他更加这么想。

但现在，他觉得自己完全看错了人。

“严烨，我真的没有办法理解你对张主席的敌意是从什么地方来的，也完全没有办法理解你考虑问题的出发点，就因为之前的那个事情？我认为他在那件事情上的确没有处理好，但这并不是你从那之后就一直把自己当成被迫害者的理由。如果张主席他真的要整你要迫害你，就不会只是轻描淡写地让你在内部做个检讨，有的是合理合法让你痛不欲生的办法。这件事情调查清楚之后，他已经对外说明了这是紧急状态下的职务行为，用自己的声誉和地位来替你背书，只希望你做一个口头上的检讨，而且只是在你们盐矿内部，并不扩大，你觉得他还应该怎么办？你觉得他还能怎么办？如果是你在他的位置上，是他犯了这样的错误，你又会怎么办？你能不能像他对你一样地对他？

“你能不能跳出你自己编织的那个遭人迫害、遭人针对的假设，站在另外的角度考虑一下这些事情？也许张主席从来就没有专门针对过你，也许他也从来没有专门要迫害什么人，也许等你冷静下来，你就会发现，事情并不是你想象的那样。”

严烨却依然没有说话，更没有回答。

“我的话就是这些了，你自己好好想想吧！”

第17章

风平浪静

“事情已经办妥了。”武文达专门找张晓舟汇报道。

“那就好，辛苦你了。”张晓舟说道。武文达的伤其实还没有完全好，但他想来想去，能够说服严烨的人也就只有那么几个。他现在头疼的事情已经够多了，实在是不想再节外生枝。但他却没有想到，武文达最终还是忍不住又对严烨说教了一通。

“盐矿现在的情况怎么样？你看过那些边坡了吗？有没有坍塌的危险？”张晓舟更关心的是人们的安全和食盐生产的问题。

“这个我说不好，但就现在来看，应该不会有什么大问题。”

“那就好。”张晓舟点点头，“辛苦你了，这段时间就请你帮帮钱伟的忙，但注意身体，别太勉强了。”

“你放心吧。”武文达答道。

严烨在盐矿护卫队中所做的检讨其实非常勉强，几乎是捏着鼻子在念。武文达觉得他并没有真正想通，只是在王永军和王哲私下又和他谈了几次之后才最终同意这么做，武文达甚至觉得那份检讨书都很有可能是王哲帮他写好了让他照着念一下，因为他读得磕磕巴巴一点儿也不流利，这让武文达感到非常失望。

自己说的那些话他显然完全没有听进去，也许在他看来，张晓舟替他们争取的集体奖励丝毫没有意义，根本就不是对他们救灾行动的鼓励和认可。他关注的只是自己必须站出来检讨，而不是和自己一起冒险努力施救的人们获得联盟的认可和奖励。他看到的不是他们的行动得到上级的肯定，即将受到表彰，而是他个人受了委屈。

他最关注的只是自己，也许在他看来，自己就是世界的中心，所有人都应该围着自己转，这让他不会反思，不会站在别人的角度看待和考虑问题，永远都只会觉得自己受了委屈，别人在迫害自己。

武文达离开的时候他甚至没有露面，不知道躲到了什么地方，也许在他的认知里，武文达也被划入了迫害者的行列。

这让武文达只能叹息，但他并没有把这件事的过程告诉张晓舟，张晓舟心烦的事情已经太多，他觉得没有必要再让张晓舟为这些事情操心，让他稍稍高兴一点吧。

事情似乎也开始向好的方向发展，从日期上来说，他们来到这个世界已经超过了一年，天气又恢复了那种他们很熟悉的一天几场雨的状态，偶然会有一场短时间的暴雨出现，但像之前那样连续一周的暴雨似乎已经结束了。

人们抓紧时间完成了所有田地的排水渠开挖，把水流直接引到地势更低的地方，沼泽又开始在他们周围的丛林中出现，蚊虫也变得多了起来，但曾经经历过一次这样的生活，并且已经比之前有了更好的条件和更多的物质支持，让他们在面对这样的生活时稍稍从容了一些。

虽然有不少玉米和番薯都在之前的暴雨中根茎腐烂死掉了，但也有一些活了下来，希望依然存在。

人们在完成了排水渠的施工之后，开始组织起来处理之前他们砍伐一空，但却没有真正开发的土地，而城南的人们也在完成了远山东南方向那道可以保护整个远山不受恐龙入侵的防护墙之后，开始在联盟工作人员的帮助和指挥下，规划和开发远山城南方向他们之前砍伐出来的那一大块空地，继续把何家营曾经想要开垦的那些土地开垦出来，竖起遮阳挡雨的网架，播下玉米种子，种下番薯苗，也播下了属于他们这些人的希望。

时间在这样的忙碌中变得飞快，城南的人们逐渐熟悉了新的生活方式，比起他们之前的生活，现在的生活可以算得上是天堂；而地质学院和城北联盟的人们却面临着两难的选择，是回到生活和居住条件更好的远山城，每天花费更多的时间在来回的道路上，还是继续住在简陋的木头房子里，每天多一些休息的时间，却必须面对蚊虫的骚扰和更大的危险。

由吴建伟负责牵头的那个专业组受到了很大的压力，人们都渴望着能够住在更安全，更舒适，也更靠近自己田地的地方。在这样的压力下，他向联盟申请到了三百名囚犯，并且征集到了将近五十名志愿者，加上十几名技术人员，开始正式在东木城和龙首营地之间建设一座全新设计的木城。

这座木城和北面的另外一座木城早就在城北联盟的计划当中，却因为一直有各种各样的原因耽误而没有动工。

另一方面，段云波也带领着一部分学生和囚犯们，开始小心翼翼地冒着坍塌的风险在河谷中挖掘黏土矿，收集河谷中和泥土中夹杂的那些石灰石，把它们敲碎以后运送到山上烧炭窑附近，着手准备试制第一批水泥。

李乡带着人们架设着从东木城到伐木营地和盐矿的电话线路，他们从远山城收集到的通信线缆勉强能够满足这条九公里长的线路的需要，在这个工作完成之后，人们将不需要再凭借自己的双腿来传递信息，考虑到盐矿对于远山城的重要意义，把这些宝贵的材料用在这个地方，所有人都觉得很值得。

所有人都在疯狂地忙碌着，偶然会有事故出现，但却多半并非天灾人祸而是单纯的意外，后果也不严重，一切都非常平静，平静到了让早已经习惯一个坏消息接着一个坏消息的人们都感觉有些诡异了。

终于，高辉忍不住问道："到底是怎么了？所有人都转性了？"

"什么意思？"梁宇问道。

老常死后张晓舟并没有任命新的秘书长，梁宇事实上履行了大部分原来由老常负责的事务，好在一切都还算是顺利，他脸上看起来终于有点肉了。

"就是字面上的意思啊！地质学院的那些委员和我们的这些执委不搞事，邱岳不搞事，那些律师也不搞事，甚至连何家营的那些人也老老实实地不搞事，这个世界怎么了？还是我所知道的那个远山吗？"

所有人都笑着摇了摇头。

"你是什么意思？难道你非要他们天天跳出来唱反调、搞破坏才高兴？"

"那肯定不是啊！可你们不觉得这平静得有点不正常吗？"

钱伟说道："也许他们都在各自努力争取着马上就要到来的选举吧？你看万泽不

就是在一次次地刷存在感吗?”

“但其他人呢?”高辉说道,“就连施远那个搅屎棍也一心一意地要当热血检察官,甚至干得比你江晓华都卖力,这人设崩得这么厉害,剧情发展得让我有点心虚啊!”

江晓华摇着头笑骂了他一句。

“为什么不能是他们都已经认清了形势,知道继续唱反调对自己并没有什么好处,跟着联盟的政策走才能获得最好的结果呢?”钱伟说道,“他们这些人没有一个是傻瓜,你总不能要求他们一直傻乎乎地跳出来当反派当丑角吧? 那他们还怎么选举代表委员? 有人会投他们的票吗?”

“你的意思是,他们就算是要闹事也是选举完成以后?”

“应该不会有人再出来闹了。”梁宇说道,“至少在一段时间内应该不会,除非我们有明显的失误或者是犯了严重的过错,否则任何人在这种情况下跳出来都毫无意义,只是自取其辱。也许,他们正在等着我们犯错误。”

“那就别给他们机会!”张晓舟说道,“让我们继续努力吧!”

“今天学什么?”孙海华向刚刚走进来的夏末禅问道。

“这个……如果没有具体的议题,那就继续读《哲学导论》?”夏末禅短暂地考虑了一下之后说道。

“唉!”周围的人马上一片怨声载道,“大哥,都已经是这样的世界了,读那个还有什么用?”

“也不是我选的,是张主席说,读点哲学对我们年轻人有好处嘛……”夏末禅多少有些委屈。

在接受了张晓舟交给的任务之后,夏末禅马上着手在地质学院那些表现得比较积极也比较有团队精神,比较肯做事和付出的学生中发展和建立了好几个学习小组。

这一点儿也不难,学生们本来就喜欢高谈阔论和遐想未来,而这个世界本来能做的事情也不多,在联盟管理层中的重要成员来推动这个事情之后,很快就有很多人主动地参与了进来。

被邀请的人都有一种莫名的兴奋和自我期望,很多人认为自己已经进入了高层的视野,很快就能成为这个白垩纪时代的先锋代表和掌舵者,但夏末禅和江晓华并没有给予他们这样的机会，而更多的时候只是作为旁观者，冷眼观察着这些年轻人的表现。

有些人满腔热血，但那股热情却也很容易就失望冷却。有些人夸夸其谈，但却很少实干或者是有什么切合实际的想法。有些人完全是来这里宣泄自己多余的精力和不满，当一个喷子。也有人明显是抱着混资历的想法，兴冲冲地来参加活动，但在发现这个小组并不像他们所想象的那样可以让他们成为掌权者的一员，而是一个很松散，随便人们怎么讨论都可以，甚至可以胡乱地评论联盟高层，没有什么意味的沙龙之后，他们便失去了兴趣，慢慢淡出了这个活动。

这样的人之前在城北联盟内部开会的时候江晓华和夏末禅就已经见过很多，一点儿也不觉得诧异。他们只是继续小心地观察着人们的表现，把那些投机者、夸夸其谈者和没有韧性的人慢慢地剔除，然后悄悄地邀请那些在他们看来符合要求的人参加更进一步的学习小组。

他们当然没有能力去甄别这些人当中有多少人是真正的理想主义者，有多少人是更加高明的投机者，但更进一步的筛选自然有其他人去做，他们现在要做的，只是尽可能地扩大这个队伍的人数。

他们把这个小组称为未来学习组，一开始的时候只有十几个人，但曾经在地质学院学生会组织部担任干事的孙海华加入之后，提出了自己的观点。

他认为如果要以张晓舟那种道德标准来吸收新人，那即使是现在的十几个人也很难说达到了要求，按照那样的标准，他们这个学习小组将始终面临人才匮乏的窘境，甚至有可能变成一个孤立于群体之外的小圈子。那样的话，他们这些人就会成为人们眼中的异类，并且渐渐地被孤立，被异化，甚至站到人们的对立面去。那样的话，他们正在做的事情不但失去了应有的意义，反而有可能起到了相反的作用。

人的思想觉悟不可能一成不变，在正确的引导教育和良好的环境影响下，人们的境界也会得到升华，而在一个满是抱怨和负能量思维的环境下，人们很容易就会走偏，变得满腹牢骚怨天尤人。

所以他们这个学习小组的使命并不仅仅是发掘出那些本来就符合他们期望的人，更应该影响和推动人们的思想向着他们所期望的方向发展，把更多的人转变成为符合他们期望的人，让他们的这个小圈子变成一个大圈子，并最终影响到大多数人。

投机者的存在并不可怕，可怕的是那些满腹牢骚而又不愿意做出改变，不愿意付出任何努力的人。

所谓的投机者，在某种意义上也可以说是比其他人更有上进心，更渴望成功和进步的人，其中当然有渴望投机取巧，利用不正当的手段获取最大利益的败类，但也不乏真正有志向有能力也愿意付出努力的人。前者可以用良好的规章制度来堵住他们取巧的途径，迫使他们走正途，如果他们不肯，那就彻底淘汰他们；而后者则可以通过良好的氛围和环境来引导和改变他们追求的东西，努力去转变他们的思想和需求。总而言之，就是要想方设法把更多的人变成自己人，而不是把更多的人拒之门外。

这话未必全对，但已经足够说服夏末禅和江晓华，于是他们放松了标准，学习组很快就有了将近四十人。孙海华开始帮助夏末禅拟定正式的学习计划和每次讨论的重心，但之前他们就已经意识到的那个问题很快就再一次出现在了他们的面前：他们的活动名为学习小组，却没有什么纲领性的文件可以拿来学习。

张晓舟做事的中心思想很容易理解，无非就是三点。

首先是要尽一切努力让远山所有幸存者都过上安全而有保障的生活，这也是一切的底线；其次是要捍卫联盟所有成员应有的权利，确保联盟各机关、各部门的公正、清廉、高效，实现有效的监督和制衡，让人民真正成为联盟的主人，这也是他们正在着手进行的工作；第三步则是要真正地征服和改变这个世界，让人们过上幸福美满的生活。

这三个目标实现的难度呈阶梯上升。

第一个目标很容易完成，可以说，只要别再出什么天灾，联盟内部不要有什么严重的分裂，按照现在的趋势，这个目标很快就能实现。当然，如果要求高一些，甚至是把要求定在恢复他们之前那个世界的生活标准，那也许会要几百年的时间才能实现。工业化有时候并不仅仅是技术的问题，人口也是一个很重要的因素，没有几十万甚至上百万的人口，没有足够的人去从事高度专业化的工作，很多事情就只是空中楼阁，看得见摸不着。

第二个目标有一定的难度，但并非没有可能。

但第三个目标却很难很难。

没人知道未来会是什么样子，甚至不知道它应该是什么样子，这个世界与他们之前生活的那个世界有着太多的不同,太多的困难和考验在等待着他们。

张晓舟无法给出理论性的东西,他自己对于其中很多东西也是初次接触的门外汉,和其他人一样都在摸索,怎么可能像那些伟人一样,写出可以指导人们思考和行动的纲领性的文章?

所有的学习小组在大多数时候都是自行寻找学习和讨论的内容,争论也经常出现,有时候也会反馈到张晓舟等人这里供他们参考。某种意义上来说,他们现在的状况还远远说不上有什么组织性可言。

“我有一个想法。”就在这一天,却有一个人提出了自己的意见。

“乔波?你说说看。”夏末禅说道。

这个人刚刚进入学习组,他之前曾经是施远的亲密伙伴之一,但在施远被挟持后,他对于那些人彻底失望,对于他们所采取的手段也产生了怀疑。在知道夏末禅等人正在组织这样一个活动之后,他马上就积极地参与了进来。

按照夏末禅他们之前的标准,他这种有着过于明确目的的人是不能进入学习组的,但孙海华却坚持认为他没有问题。

“不知道你们有没有意识到,准备出来参与选举的人比想象的多很多,而且现在基本上都已经开始了在各个区域拉选票的行为。”乔波说道,“但张主席却没有任何行动。”

所有人都点了点头,但没有人觉得这有什么,难道还有人能够动摇张晓舟当选的机会?即使是最狂妄的人也不会觉得自己能够在竞选中击败张晓舟吧?

“这恰恰是问题所在。”乔波却说道,“所有人都觉得张主席一定会当选,但你们有没有想过这样一种结果:选举将是按照各个区分散投票,然后最终同时开票和计票,如果人人都觉得张主席一定会当选,虽然心里也在支持他,却因为自己所在区或是和自己更熟悉的候选人过来拉票,就抱着反正也不缺我这一票的念头,把票投给了别人?”

这样的假设让夏末禅呆了一下:“这……不会吧?”

“这其实很有可能。”乔波却说道,“比如我,如果没有人来动员我一定要投票给张主席,而是另外一个和我关系不错的人来找我拉票,我很容易就会有这样的想法,反正也是张主席当选,少我这一票也不算什么,就算是给我认识的人一个面子,把票投给他好了，免得他一票都没有或者是票数太少面子上过不去。一个人这么做没关系，但如果有很多人都这么想呢？”

江晓华的眉头皱了起来：“你说得对！小心驶得万年船，我们必须提醒张主席他们提防这种情况出现！”

“我早说过不可能奏效的。”邱岳对王牧林说道，“现在这种情况，搞太多候选人已经没有意义，倒不如把票集中起来，看能不能超过万泽。”

“你天天都在替他鼓吹，怎么超过他？”王牧林面色不悦地说道。

“如果你们能够有值得宣传的新闻，我当然不会拒绝任何有新闻性又值得宣传的东西。万泽和我关系确实不错，但他的年纪太大了。”

事实上，他们都面临同样的问题。

以张晓舟的声望、做事的立场和方式，只要他自己不放弃，人们应该一直都会支持他，那样的话，万泽固然永远没有成为联盟主席的希望，他们俩同样也没有。邱岳的年龄比王牧林还要大得多，几次选举以后都可以算是老年人了。而在白垩纪这样的世界，人们很难把票投给一个老人。王牧林的情况也相似，两轮选举之后他也将有四十几岁，虽然理论上依然还有参选的希望，但谁知道几年后会发生什么样的事情？

不搞点阴谋诡计，他们或许永远也没有机会。但是，那些年轻人跳出来之后，他们的期望也终于破灭了。

邱岳私下进行了一些调查，确认这件事情其实并不是张晓舟的授意，但这些年轻人的热情一旦被点燃之后，如果没有人去扑灭，就根本不会停下来。

他们成群结队地到每一个居民点，到每一个区去替张晓舟拉票，这些人本身就是学生当中最有行动力和热情的那些人，他们中有好几个讲话也很有感染力和煽动力，他们把一切都放在阳光下给人们看，反复地告诉他们投票的意义，再加上张晓舟本来就有的声望，此前王牧林等人好不容易才获得的支持，在这样强大的攻势下很快就土崩瓦解，溃不成军，甚至干扰到了代表委员的选举。

而他们之前暗中策划的那种想法，显然已经不再具备丝毫的可行性。

“专心代表委员的选举吧。”邱岳说道，“现在正面对抗毫无意义，至少几年内都没有任何意义。在这种时候，韬光养晦甚至是融入规则才是聪明的做法。”

这样的话他不久前同样对严烨说过，两人在严烨去了盐矿之后几乎就没有怎么联系过，邱岳曾经到他们那边去采访，但出来接待他的却是王哲。但严烨却在前几天悄悄地找上门来，向他问计。

邱岳对此并不意外，作为联盟消息最灵通的人之一，盐矿所发生的事情他当然很清楚，他也同样很清楚张晓舟的处理决定。严烨的应急手段和张晓舟的收尾在他看来都没有任何问题，不过这两人也许真的是命理相冲，只要一杠上就一定会让事情往最坏的方向发展。不过，这样的结果他乐见其成。

但联盟现在的情况比起他们俩密谋的时候已经有了很大的变化，其中最大的变化就是何家营和地质学院都比他预想中更快更简单地土崩瓦解了，而不管是他自己还是严烨，在这个过程中都几乎没有发挥什么作用。另一方面，严淇和邱岳的儿子完全对不上眼，这让他所谋划的把双方捆绑在一起，以亲缘关系达成信任关系的想法也成了泡影。没有这层关系，要想获得严烨这种人的信任很困难，而他也很难真正去信任严烨。毕竟，严烨就连张晓舟都看不上眼，那还会有什么人能够压服和指挥他？

但邱岳并没有把严烨拒之门外，甚至以比之前更热情更谦卑的态度来给他分析形势，给出意见。

对于邱岳来说，这是一颗闲棋冷子，当面给予他足够的重视，不得罪他，对他释放好意，不抱太大的希望，但如果某个时候发挥了作用，那这一步就没有白走。

事实上，他对许多人都是这样做的。张晓舟上次和他的交流已经让他明白，张晓舟看似对他放手，其实已经盯死了他，不会再给他任何机会。所以他开始广结善缘，替自己的儿子铺路。

这条路肯定不好走，要比他之前设计的道路艰难许多倍，要在张晓舟设定的规则下走出来，势必要付出比别人更多的努力，甚至是比别人更加没有私心。但他的儿子还年轻，与他同龄的孩子几乎都还没有这样的意识，他成功的可能性依然存在，而且并不小。

如果没有力量推翻规则，那就最大限度地理解和利用规则。

不能看清这一点的人，不能顺应这一点的人，必然会被淘汰。

选举活动终于在这些年轻人的加入后变得如火如荼了起来，渐渐有一些年轻人在这个过程中崭露头角,他们中的一些人随后突然宣布参选自己所在区的代表委员,并且借助张晓舟的声望获得了很高的支持率,甚至把那些老资格的委员和执委们都远远地抛在了身后。

这样的变化让那些委员和执委措手不及,他们不得不联合起来,集中力量,共享资源,采取类似的方式去与这些年轻人争取民心。

有趣的是,委员和执委们在被邱岳提醒之后,并没有试图站在这些年轻人的对立面,而是同样表明坚决拥护张晓舟的理念和原则,他们的战略是,倾力攻击这些年轻人的年龄、办事能力、经验和为人处世,号召人们把票投给更有实绩、更稳妥的一方。

作为联盟主席选举前戏的代表委员推选如火如荼地进行了起来,年轻的候选人和之前的那些委员们开始不遗余力地进行最后的努力。一些执委甚至把自己本来应该干的事情都扔下,全力应付这些咄咄逼人的年轻人。

双方都有各自的优势和劣势。

年轻人们占据了道义上的制高点,虽然委员们随后也很快就调整策略表明自己完全支持和拥护张晓舟的理念,但之前他们在各种会议上对抗张晓舟的事情被年轻人丝毫不讲情面地揭露了出来,这让人们对于他们的真实立场稍稍有些怀疑。

但委员们却对此矢口否认,宣称这样的指控毫无依据而且小题大做,莽撞地把委员会内部正常的意见表达和讨论当作了反对,这恰恰说明了年轻人的激进和狭隘。他们宣称自己完全支持张晓舟的理想,并且会毫无保留地帮助张晓舟完成它们。相反,这些年轻人空有热情而没有真正的知识和经验,办事全靠一时冲动,而且喜欢画线,喜欢给人贴标签。他们隐晦地用地质学院的例子来警告人们,让这些年轻人上台的后果有可能很糟糕,只有他们这些人才有可能带给人们真正可靠的未来。

在人们枯燥乏味而又缺乏变数的白垩纪日常生活当中,这场大戏可以说得上是相当精彩了。

张晓舟极力想要阻止局势向着双方恶意攻击和刷下限的方向发展,但事情到了这一步,已经不是他个人能够阻止的了,双方都在拼命地找对方的黑材料,年轻人攻击委员们的主要方向是人品,而委员们的主要攻击目标则是能力和经验,并且一次次地把地质学院过去的乱象拿出来打靶。

在这样的混乱中,钱伟在一次私下的谈话中随口说出的"能力和经验可以通过学习提高，人的三观、人格和立场固定了之后却很难改变”的话被年轻人知道，随后变成了他们重要的论据，最后甚至变成了张晓舟借钱伟的口说出来的话，在各种场合广泛流传。

张晓舟和钱伟在这种情况下当然没有办法站出来声明这并不是他们的真实表达，那些委员和执委们已经不太可能成为他们可以倚重的对象，他们没有理由在这种时候站出来让局面变得更加复杂。

更何况，某种意义上来说，这也的确是他们想法的一部分。联盟各个分区需要做的事情其实并没有多复杂，并不需要太专业的技能和太多的人生经验，相反，所需要的更多的是为人们服务的热忱和公平公正的态度。严烨当初以一个大一新人的身份也能把这份工作做得很好，没有理由认为这些年轻人就一定不行。地质学院的乱象与其说是这些年轻人的责任，倒不如说是上层利益斗争的结果。

梁宇私下甚至对其他人说，从联盟未来工作便于开展的角度出发，让更多的年轻人成为代表委员或许更加符合联盟的利益，更有利于联盟的长远发展。

这样的混乱如果持续下去，联盟的日常生产和生存说不定都要受到严重的影响，好在这件事情早已经定下了日期。在身为联盟大法官的杨鸿英和吴建伟的监督下，各个分区一一进行了无记名投票。

第18章 就职

决定联盟未来权力归属的主席选举本应是一场恶战，但结果却波澜不惊。

城南刚刚成立的分区强烈要求加入这场选举获得表决权，强烈要求加入联盟而不是继续游离在联盟外。

最终，除去未满十四岁的孩子和少数被剥夺了政治权利的服刑者外，远山的两万多名幸存者全部参加了选举。

宣布参选的候选人仅有三人，张晓舟、万泽和王牧林。

张晓舟一人独得百分之八十二的选票当选远山联盟第一任主席，而万泽则获取了将近百分之十六的选票成为远山联盟人民委员会第一任秘书长。

王牧林的票数少得可怜，但对他来说，这样的结果早在他的预料之中，他站出来参与这次选举的目的并不是获选，而是在人们面前刷一下自己的存在感，让人们知道有他这么一个人，为将来可能出现的机会做准备。

"准备庆祝吧。"当开票进行到一半的时候，梁宇就这样对高辉说道。

张晓舟的优势如此之大，甚至让人们都有一种走了一个过场的感觉，一点也没有办法兴奋起来。

但高辉、夏末禅等年轻人还是策划和组织了一场庆祝活动，人们甚至动用了发电机给数码相机充电，然后到处拍照记录下这对于远山联盟来说有着深刻意义的一刻，人们举着临时用各种颜色的布条或是纸片制成的旗帜，拼命地挥动着，欢呼着。

对于所有人来说，这并不仅仅是一次选举，更重要的是，这次选举代表着远山所有幸存者们在经过一年的分裂、对立甚至是敌对之后，终于聚合在了一起，他们的力量终于可以融合在一起，全力去面对来自这个世界的挑战。而对于那些来自城南的人们来说，则意味着新生活的真正开始。

整个联盟一半以上的人都聚到了广场，广场上站不下，很多人便站到了周围的房子里。

站在台上，放眼望去全是黑压压的人头，全是充满了希望的目光。

喧哗声随着张晓舟走到话筒前而慢慢地停了下来，人们下意识地闭上了嘴，屏住呼吸，等待着他的发言。

但张晓舟却不知道应该说什么。

他并不是没有准备，三天前他就已经开始着手写一篇就职演讲的稿子，并且已经把它完完整整地背了下来。他明白人们想要听到的是什么。

他更加不是怯场。如果他还是以前那个副研究员，那他也许会因为要面对这么多人的目光而感到极度紧张，甚至无法正常呼吸，更别说当众演讲。但他已经经历了这么多的事情，许多次与死神擦肩而过，也多次站出来鼓舞人们拼死奋战。他当然从来都没有面对过这么多的人，但他此刻的心情其实非常平静，手心干燥而温暖。

但他却依然不知道应该说些什么，此时，此地，他所说的话必将载入联盟史册，成为远山幸存者们，乃至他们子孙后代记忆的一部分，在这个时候，他突然不想照本宣科，不想按部就班，更不想为了迎合人们的希望，用那些四平八稳的陈词滥调来应付他们。

也许是太久没有使用过，音响设备突然发出了尖锐的噪音，一名工作人员慌张地跑上来调试，就在这个过程中，张晓舟突然明白了自己想要说什么。

等到噪音完全停止，他终于拿起话筒。

“联盟的各位成员们，远山的各位幸存者们，各位同胞们。”他平稳地说道，“今天，对于我本人，对于整个联盟，乃至对于这个世界来说，都是一个值得铭记的日子。这不是因为我个人当选为远山联盟第一任主席，而是因为，这一天的到来，意味着我们远山所有的幸存者们，终于放下了成见，放下了利益之争，放下了所有的门户之别，为了我们共同的利益和未来，真正融合在了一起。我们今天聚集在这里不是见证联盟主席的诞生，而是在共同见证远山联盟的正式成立，而我可以向你们保证，这必将是一个伟大的，足以令我们所有人都感到骄傲的时刻！这一刻，将是一个新时代的开始！”

他的目光在人群中扫过，经过这么多事情，大部分人他都认识，就算是叫不出他们的名字，他也记得他们的脸庞。

“我们经历了动荡的一年，我们经历了彷徨、恐惧、无助甚至是堕落，许多人白白地死去，他们因为莽撞、自私、恐惧，因为对未来失去了希望，甚至是因为内斗，因为种种微不足道的理由而失去了宝贵的生命。而他们，本应该成为我们当中的一员。他们当中很多人原本应该有机会站在这里，和我们一起欢庆新生活的开始，他们原本应该成为我们可以依靠、可以仰仗的伙伴，应该能够为我们征服这个世界而贡献出自己的聪明才智，贡献出自己的知识和力量，但他们却没有能够等到这一天。”

他想起了张孝泉骑着小小的电动车在暴龙前向它投出长矛的身影，李彦成年轻而又充满朝气和自信的笑脸，王永军满身是血却毫不畏惧的大笑，高辉和他一起离开安澜大厦时惴惴不安的表情，还有老常语重心长的叹息。

被困在那个服装店时，何春华的故作豪迈，施远的仓皇恐惧。

下水道里，黑暗中那几个骂骂咧咧向前艰难爬行的身影。

昏暗的病房中，樊武的挣扎和反抗。医院大楼前，康祖业惊愕的脸。

“我们曾经被胆怯控制，曾经为了自己能够活下去而做出一些违背我们良知，甚至是有违法律的事情。我们曾经以邻为壑，把本应可以依靠和信任的同伴当作竞争对手，我们曾经勇于内斗，却不敢向我们真正的敌人开战！我们在无休无止的内耗中白白地浪费了我们本来应该把握的机会！联盟今天所做的事情，一年前我们就应该并且也有能力去做！如果我们在灾难来临的那一刻就放弃所有争端，勇敢地站出来面对这个世界，那我们的成就绝不会仅限于此。”

那些不被人们理解和支持的痛苦；那些被人拖后腿、误解甚至是反对的时刻；那无数个筋疲力竭、怀疑自己、恨不得结束自己的夜晚；那些在反复扯皮、解释、毫无意义的内耗中消逝的时间。

“我不是要指责任何人，因为我们都犯过许多错误，我也不是要旧事重提，撕开我们心头同样的伤口，但在这一刻，我有责任，也必须如实地告诉大家，我们正在面临着什么。我坚信联盟必将拥有一个绚烂的未来，但如果我们不能看清现实，如果我们不能从现在开始就做好一切准备，终止分歧和内耗，并且为之付出汗水、泪水甚至是鲜血，那我们就将停滞于此，那些曾经发生过的悲剧就有可能再一次上演。”

恐龙、饥荒、疾病、暴雨、干旱、酷热，所有因为这些而遭遇的，所有为了克服这些而经历的，一切都历历在目。

“我们必须明白，就在此时此刻，我们面临着的，并不是高枕无忧的生活，而是随时都有可能存在的全军覆没的危险！我们取得了一些可喜的成就，但对于这个世界，我们依然可以算得上是一无所知。相对于这个世界，我们依然可以说是微不足道，一场更严重的灾害就有可能让我们面临绝境。如果我们不能正视我们曾经经历、曾经遭遇的痛苦，不能正确地从中吸取经验和教训，那我们将要面临的是失败和灭亡！”

张晓舟的目光越过人群飘向远方，在他们辛辛苦苦开辟的田地、沟渠，在他们努力建设的木城、树屋和道路之外，是无限广阔的丛林、沼泽，远处的高山，高山背后或许还有森林、草原、荒漠、雪原，依然有无尽的考验在等待着他们，但这同样也意味着，他们的未来有着无限的可能。

“这些话或许会让你们感到失望，但我作为联盟主席，必须让你们清楚地看到这一点。而我所能做的，并不是编织一个美好的假象，空洞地告诉你们未来会有多美好，而是和你们所有人一起，踏踏实实地一步步努力去实现我们所有的目标。我不能马上带给你们安逸的生活，不能给予你们脱离现实的承诺，我能够给予你们的，唯有更多的汗水，更多的辛劳，也许还有更多的鲜血和眼泪。因为这就是我们所有人都面临的现实，这就是这个世界给予我们所有人的痛苦的考验。”

他似乎看到套着辔头、驮着货架的甲龙和鸭嘴龙，全副武装、装备精良的冒险者们驱赶着它们，正在走向未知的世界。

他似乎看到，广袤得看不到边际的农田，高大的玉米硕果累累，丰收在即。粗大木头制成的兽栏中，笨拙的角龙正在吃着人们投喂的食物，旁边是刚刚卸下的专门配合它使用的农具。

他似乎看到，广阔的草原上，骑在某种鸟龙身上的牧人正懒洋洋地看着报纸，鞍袋中斜插着步枪，挂着套索，已经被驯服的羽龙正警觉地在由鸭嘴龙构成的牧群周围巡弋，像猎犬那样守护着它们。

“我看到有人的脸上已经露出了沮丧的表情，不，我的朋友们，我的兄弟姐妹们，这并不意味着未来就没有希望。幸福的定义并不仅仅是安逸的生活，幸福还在于成功之后的喜悦，在于努力改变这个世界，亲手创造出美好生活的过程！甚至在于战胜自己，战胜痛苦和困难的过程！也许我们的生活将是艰苦的，但我坚信，当我们从无到有地建设我们的城市，开垦我们的田地，收获我们自己种植的粮食，一步步把我们都曾经生活过，但却已经远离我们的世界重新复制出来时，我们获得的成就感和满足感，将远远超越这些东西本身带给我们的愉悦。”

他似乎看到，吐着黑烟的轮船在江河中穿行，巨大的飞艇缓缓地划过天际，码头、空港、整齐平整的道路，各具特色、漂亮坚固的房子散落在田野、果园、池塘之间。

他似乎看到，沼泽里架起了高高的桥架，长长的列车拖着烟雾在上面高速行驶，列车的车厢里，身穿统一制服的孩子们正在兴高采烈地透过玻璃窗观察外面的世界，对比手中图文并茂的图书。高大的恐龙因为受惊而成群结队地向两侧逃离。

“我坚信我们将会成功，我坚信，一切困难都只是暂时的！只要我们齐心协力、全心全意地投入到这个伟大的事业当中，我们就一定能够获得成功！只要我们所有人都行动起来，只要我们所有人都把自己的智慧和力量贡献出来，我们就一定能够获得成功！也许你们要问我，我的政策是什么？那我可以告诉你，这就是我的政策！我将尽我最大的努力去创造这样一个环境，给予每一个人公平的权利和机会，给予每一个人充分的尊重和重视，团结我们所有的力量，去创造属于我们自己的未来！去战胜这个世界！”

他看到了高大的堤坝，汹涌的水流，铁塔和线路把电力送往远方。

他看到了矿山、工厂，商品正被搬上全新外形的货车，准备运往远方。

他看到了花园一样的城市，人们牵着细小的恐龙宠物在街头漫步，恐龙拉着车子从旁边跑过。繁华的商业街，恬静优美的公园，美轮美奂的雕塑，老人在茶馆里下棋、闲聊，情侣在路灯下拥吻，小贩们在大声叫卖，与顾客讨价还价，孩子们在宽敞明亮的教室里读书，在操场上踢球。

天空中，有风筝在飞。

所有人的脸上都洋溢着幸福的笑容。